북두칠성 국자에서 찰랑찰랑 흘러내리는

엄니 옴마 어무니 말씀

엄니 옴마 어무니 말씀

나해철
母語詩集

솔
시선
38

　우리나라의 창세신화와 신화화된 건국 역사를 연결해서 하나
로 묶은 신화 서사 시집 『물방울에서 신시까지』(솔출판사)를 펴
낸 후 '신화시대 우리 민족은 어떤 말을 쓰며 어디에서 살았을
까' 궁금했습니다. '지금은 잘 쓰이지 않는 조선 시대까지의 다
양하고 풍부한 우리 옛말들은 어떻게 발생되었으며 어떻게 쓰
였을까' 알고 싶었습니다.

　옛날 우리 민족의 주류는 대륙의 문명 길을 따라서 해 뜨는 쪽
으로 옮겨왔습니다. 그리고 인도 유럽어의 어원일 뿐 아니라 동
양 언어의 어원이 되는 언어를 발생시킨 지역이 히말라야 지역
입니다. 우리 신화에서도 지구의 가장 높은 곳 즉 히말라야에 마
고신이 마고성을 쌓고서 만물을 창조하고 여러 색깔의 피부를
지닌 인간들과 함께 살았다고 하였습니다. 그러므로 히말라야
지역의 언어가 우리말과 관계가 있으리라 여겨 히말라야 지역
에서 고대에 만들어진 산스크리트 문자를 살펴보게 되었습니다.

　『한글 고어사전 실담어 주석』을 읽게 되었습니다. 옥스퍼드 대
학의 방대한 산스크리트 영어 사전을 읽고 연구한 선각자가 일

찍이 펴낸 책이었습니다. 참으로 반갑고 통쾌한 사실들이 거기 들어 있었습니다. 우리말 단어와 일치된 산스크리트 단어들이 너무나 많았는데 특히 우리의 옛말과 사투리는 산스크리트어와 완전히 동일했습니다. 그리고 산스크리트어의 단음절들은 그대로 우리말의 단음절이었고 이 단음절들이 합해져서 우리말의 복합 음절 단어가 되는 것이었습니다. 우리말을 껴안고 사는 시인으로서 우리말의 시원을 아는 기쁨이 비할 바 없이 컸습니다.

그러나 이러한 사실은 저를 포함한 우리 일반 국민에게 잘 알려지지 않았습니다. 영국 옥스퍼드 대학의 사전에 의하면 산스크리트어는 현재 영어와 같은 세계어가 포함된 인도 유럽어족의 어원이 되는 언어이고 또한 『한글 고어사전 실담어 주석』에 의하면 동양 언어의 뿌리이기도 합니다.

현대를 사는 우리가 일제 강점기의 기조를 그대로 따른 역사 교육을 받아왔다는 것은 잘 알려진 사실입니다. 일제 압제자들은 우리 한민족의 역사를 축소하고 약화해 우리에게 주입하는 교육을 하였습니다. 우리말을 쓰지 못하게 하였을 뿐 아니라 우리말을 연구조차 하지 못하게 하였습니다. 언어와 역사는 한 몸이기 때문입니다. 현재 주변 많은 나라에서 자기 나라의 신화조차 역사화해서 교육하고 있습니다만 우리는 아직도 일제 강점기의 축소된 역사관을 그대로 교육하고 있습니다.

우리 민족의 주류가 세계사적으로 아주 늦은 시기인 기원 전후에 어떤 근거도 없이, 그야말로 뿌리도 없이 만주 지역에서 갑자기 생겨났다는 것은 참으로 믿을 수 없는 일입니다. 또한 '마한', '진한', '변한'이 일찍이 한반도에 있었다면 이들 나라의 뿌리가 되는 '한'국이 그 전에 어딘가 있었어야만 합니다. 비슷한 발음이지만 결국은 같은 뜻을 가진 단어인 '환국'이나 '칸국'이라는 이름으로라도 대륙의 어느 곳에 존재했어야만 합리적입니다. 고대의 이 '한국'은 지금의 역사학계에서는 찾아볼 수 없습니다. 다만 우리나라의 고대 역사를 다른 고기류의 책에 '환국'이 환인과 환웅에 의해 세워지고 오랫동안 존재했다고 기록되어 있습니다. 이러한 사실과 더불어 우리 민족의 여러 가지 특별한 특질을 보거나, 인류의 초기 시기의 히말라야 말과 우리말이 일치한다는 사실, 그리고 세계적으로 우수한 문자인 한글을 보아서도 기원 전후에야 민족이 돌연 발생했다는 것은 도무지 합리적이지 않습니다.

언어, 즉 말은 그것을 쓰는 족속의 모든 것이 담겨 있습니다. 말의 뿌리가 그 민족의 뿌리입니다. 부디 이 시집이 우리말과 우리 역사의 뿌리를 되살리고 우리 민족의 위대한 정신을 되찾는 데 도움이 되기를 갈망합니다. 우리 국민이 본래의 위대한 정신으로 화평한 정치를 시행하여 민족의 통일을 이룩하고 인류를 평화로 이끄는 사명을 실천하면 좋겠습니다.

이 시집을 엮는 데에는 쁘라즈냐 윤 선생님의 도움이 컸습니다. 많은 시간을 들여 한글의 자모에 대응하는 산스크리트 문자를 원고에 기입해주었습니다. 그리고 수시로 이 시집의 집필을 격려해주었습니다. 덕분에 어려운 여건 속에서도 시집이 상재될 수 있었습니다. 고맙습니다. 어렵고 복잡한 원고를 편집하고 출판해준 솔출판사와 편집진께도 감사드립니다. 이 시집의 원고를 편집부에 보내기 전 마지막 퇴고를 하는 밤에 나라가 난데없이 비상계엄 상태가 되었습니다. 민족정신이 흐려지고 왜소화되어서 수준 미달인 정치인들이 생겨나 이런 일이 일어났습니다. 부디 홍익인간과 재세이화와 같은 큰 뜻을 품고서 나라를 경영했던 선조들의 정신을 되살려 우리나라가 세계를 견인하는 문화와 정신 의식의 대국이 되기를 간절히 바랍니다.

母語 그리고 詩

이 시집의 편집자인 임우기 평론가의 권유가 있어서 이 시집의 시 창작에 대해서도 말씀드립니다. 스스로가 의도한 그대로 창작이 이루어지지 않는 것은 모든 예술가의 어려움일 것입니다. 그러한 마음의 부담을 가지고 저의 시론을 짧게 적습니다.

저에게 시는 샤먼의 노래입니다. 영원하고 불변 불멸하는 세계로부터 아름다움과 신비로움을 공수받아 적는 것이 시라고 여깁니다. 영원하고 불변 불멸하는 세계는 인류가 한 번도 쉬지 않고 그리워하고 바라봐온 세계입니다. 모든 종교가 그곳을 향하여 있고 모든 예술이 거기에 머물기를 소원합니다. 그 세계는 우주를 거느리고 있고 끝없는 시간을 지니고 있으면서도 어떠한 흔들림이 없습니다. 한결같고 평온하고 여여합니다. 형상이 없으면서도 삼라만상이 나타나고 또 아무렇지도 않게 그것이 허물어집니다. 모든 힘이 그곳에서 일어나고 가라앉습니다.

공수받는다는 것은 샤머니즘의 단어입니다만 영원하고 불변 불멸하는 세계의 힘이 지금 여기에 닿아 내린다는 것을 의미합니다. 그 힘의 발현은 지금까지 여러 분야에서 여러 가지로 단어로 말해져왔습니다. 영감, 상상력, 감응, 직관, 직감, 텔레파시, 공명, 동조, 모심, 시천주, 기운생동 등이 그것입니다. 저는 그것에 혼백의 혼을 더하고 싶습니다. 혼이 내려와 혼이 씌어 시가 써져야 한다고 말하고 싶습니다. 시는 혼의 노래입니다. 그러므로 제대로 된 시는 영원하고 불변 불멸하는 세계 그 자체입니다. 저는 저의 시가 혼의 시가 되기를 소원합니다.

　아름다움이라는 것은 존재들이 조화를 이루어 평화롭고 평온한 상태인 것을 의미한다고 생각합니다. 인간의 삶도 세상 속에서 억눌림이 없이 자유롭고 평등할 때 조화롭고 아름답습니다. 그러한 순간들은 영원하고 불변 불멸하는 세계가 인간의 삶에서 찰나 찰나 비춰 보이는 것이라고 생각합니다. 신비로움도 마찬가지입니다. 저의 시가 그러한 찰나 찰나에 머물기를 소원합니다.

　언어를 통해서 공수받는 것은 샤머니즘의 신탁을 받는 것과 같으므로 그 언어는 영성스럽고 신성하며 신의 언어와 같은 완전함을 갖습니다. 번개와 같이 강력하고 금강과 같이 단단하며 봄바람같이 부드럽고 따뜻합니다. 저는 이 시집에서 말씀드린 것과 같이 우리말이 인류 초기 언어로써 신과의 대화를 위한 영성으로부터 탄생된 언어라는 믿음을 가지고 있습니다. 그러므로 저에게 우리말은 본래부터 영성스러움과 신성함을 가지고 있습니다. 이러한 믿음이 삼라만상에서 빚어지는 모든 현상에 대한 시를 쓸 때 신성이 깃들어 있고 힘이 있는 말을 공수받도록 노력하였습니다. 시어 속에서 영성스러움과 강한 혼이 느껴졌으면 하였습니다. 이전에 출간된 제 시집인 『물방울에서 신시까지』에서도 저는 그러한 언어가 활발하게 활동하도록 마음을 애써 모았었습니다. 저의 시 속에 영성과 신성함의 힘이 가득하기를 소원합니다.

어려서부터 서정시와 리얼리즘시, 민중시, 민족시라는 틀의 시들을 써왔습니다. 그리고 지금은 저의 시가 그것들을 껴안고서 좀 더 근원을 향해 가야 한다고 생각합니다. 위대한 영성을 본디 갖고 있는 우리말의 신성함을 철저히 인식해야 한다고 여기고, 히말라야 높은 산정 고원에서 피어난 인류 초기 문명의 신비를 품고서 홍익인간과 재세이화 등과 같은 높은 사상을 품은 우리의 근본정신을 더 깊이 깨달아야 한다고 믿습니다. 또한 너무나도 크고, 넓고, 깊고, 무거워서 주변인들에 의해 묻혀버린 우리의 옛 역사를 되살려야 한다고 생각합니다. 우리말과 우리 정신 그리고 우리 역사의 근원을 향해서 저의 시가 흘러가야 한다고 믿습니다. 그것이 현재 우리가 갖고 있는, 분단과 정치 오염으로 훼절된 역사에서의 제반 문제들과 인류가 당면하고 있는 여러 문제에 대해서 가장 본질에 가깝게 신탁의 공수를 받는 것이라고 믿습니다. 저는 저의 시가 우리가 가진 것의 강력한 근원에 가닿기를 소원합니다.

이 시집을 엮을 때 우리말에 대한 것을 밝히는 것이 우선이었습니다. 히말라야 산스크리트어와 동일한 우리말 단어들이 먼저 공책에 모였습니다. 그다음에 그 단어들이 불러들이는 문장들을 공수받아 비교적 짧은 시간 안에 받아 적게 된 것이『엄니 옴마 어무니 말씀』의 시들입니다.

1부에는 모자의 인연으로 만났으나 서로가 바라보면 늘 서로의 가슴이 아픈, 어머니를 그렸습니다. 어머니는 저를 탄생시킬 때 바로 마고신이셨습니다. 생활인으로 살아가실 때는 무던히도 이 세상과 뜨겁게 만나셨습니다만 이제 나이가 많이 드셔서 자기의 본성인 신의 자리로 다시 가시려고 합니다. 우리 민족의 신화이고 역사이면서 역시 우리 인류의 신화이고 역사인 마고신화의 마고신은 이 순간도 저와 우리 모두의 어머니 안에 살아 있습니다.

2부는 우리말에 대한 것입니다. 우리말이 시작되었을 때의 신성함과 영성스러움을 체험하며 노래를 불렀습니다. 참 감격스럽고 신명 나는 시간이었습니다. 언어는 그 언어를 사용하는 집단의 문화와 전통, 역사가 담기어 있습니다. 우리말의 뿌리를 알게되는 순간 우리나라, 우리 민족, 우리 인류를 더욱 소중히 여기게되었습니다.

3부는 우리의 옛 역사에 대한 것입니다. 안타까움과 의욕으로써 내려간 시편들입니다. 세계의 역사가들이 참 의아하게 생각하고 있는 것이 우리 한민족의 고대 역사가 텅 비어 있는 것이라고 합니다. 우리말의 뿌리를 알게 되면서 북히말라야 산정과 고원에서부터 아시아 대륙을 거쳐 한반도에 이르게 된 우리 역사의 시간을 선명하게 인식하게 되는 기쁨이 크게 있었습니다. 그만큼 또 안타깝고 서러웠습니다.

4부는 현재의 정치를 포함한 우리 현대사의 안타까움을 공수한 시들입니다. 삼국, 사국 시대 이래로, 특히 일제 강점기를 지나면서 우리의 정신사, 언어사, 역사가 크게 왜곡되고 축소되어서 현재의 훼절되고 오그라든 정치가 행해지고 있다고 믿습니다. 부디 우리 민족 본래의 크고 웅장한 기상을 되살려 올바른 정치가 행해지고 민족 분단이 해소되기를 기원합니다.

5부는 근년에 체험한 저의 어떤 상황을 노래했습니다. 살아오면서 저를 포함한 존재들의 존재하게 된 이유와 그 시작과 끝 그리고 그 본질에 대해서 오랫동안 열심히 생각을 모아왔습니다. 그 결과로 찾아온, 자유롭고 안온한 체험을 그렸습니다. 불교의 어떤 세계와도 같은 것이겠지만 본디는 샤머니즘에서 출발한 인류의 정신사의 결과라고 여깁니다. 무아라는 개념은 샤머니즘의 출발과도 같은 것입니다. 그리고 불교와 자이나교, 힌두교의 공성 체험 혹은 진리장 체험도 이 세계의 불변 불멸하는 그 어떤 것을 체험하는 것으로 샤머니즘 의식 세계를 체험할 때의 여러 초월적 현상과 동일한 것이라고 생각합니다. 북히말라야의 샤머니즘이 갖는 인류 초기 종교의 체험과 사상이 히말라야를 넘어 인도에 이르러 좀 더 고등한 종교가 되었다고 여깁니다. 지금까지 우리의 전통 종교인 무속과 전통사상이라고 알려진 삼국, 사국 시대까지의 풍류도나 근대의 동학, 천도교도 당연히 샤머니즘이 그 근원이라고 믿습니다. 우리 민족과 인류의 정신사에 면면히 내려오는 신령함과 신성함으로 각각의 개인과 집단 그리고 우리 민족과 우리 인류의 구원이 이루어져서 기쁨과 환희심으로 가득한 시를 공수받기를 소원합니다.

마고이즘 혹은 환국 단군이즘

히말라야를 포함한 중앙아시아와 남부 시베리아 그리고 동북아의 북방 문명 루트의 고대 종교는 잘 알려진 것처럼 샤머니즘입니다. 이 샤머니즘은 인류가 발생시킨 첫 종교이기도 할 것입니다. 그리고 샤머니즘이 탄생하고 활동하기 시작한 때와 지역이 우리 신화 역사 속의 마고와 환인, 환웅, 단군이 활동하던 시간과 장소로 서로 일치한다고 여기기 때문에 샤머니즘을 넓은 의미로 마고이즘 혹은 환국 단군이즘이라고 부를 수도 있다고 생각합니다. 물론 마고이즘 혹은 환국 단군이즘은 샤머니즘이 갖는 속성 이외에도 홍익인간, 재세이화, 이도여치, 광명이세와 같은 위대한 사상과 여러 문명을 더 포함하고 있다고 정의합니다.

마고이즘 혹은 환국 단군이즘 속의 샤머니즘은 그 내용으로 여러 가지를 포함하고 있습니다. 첫째로 하늘을 믿는 것입니다. 둘째로는 태양을 믿는 것입니다. 셋째로는 별과 달의 운행을 믿는 것입니다. 넷째로는 자연 만물에 정령이 깃들어 있다고 믿는 것입니다. 애니미즘입니다. 다섯째로는 신의 대리자 즉 샤먼을 지도자로 믿는 것이고 동일하게 천손 사상을 갖는 것입니다. 여섯째로는 마고신과 그 두 딸로부터 생겨난 삼신 사상과 성좌의 신비에서 얻은 칠성 신앙을 갖는 것입니다. 일곱째로는 토테미즘을 갖는 것입니다. 여덟째로는 제천의식, 초혼 의식, 구병 의식, 예언 의식 등을 행하는 것입니다. 아홉째로는 여러 가지 의식 속에서 무아, 접신, 빙의, 공성 체험, 공수, 해원, 점복, 치병, 춤, 노래 등을 행하는 것입니다.

이러한 마고이즘 혹은 환국 단군이즘 속의 초기 원시 종교 즉 샤머니즘이 가지고 있는 각 부분이 후에 발전되고 여러 곳으로 옮겨 가서 각각의 고등 종교가 발생되었다고 생각합니다. 그리고 이러한 초기 원시 종교가 발생할 때 동시에 우리말이 생겨나고 사용되었다고 믿어도 우리의 정신사와 역사 그리고 언어사에 결코 손해가 되지 않는다고 여깁니다.

한 지역, 북히말라야 문명 발생론

인류 최초의 인간인 루시, 한 사람이 아프리카에서 전 지구에 인류를 퍼뜨린 것처럼 인류의 문명도 한 지역에서 미개한 여러 지역으로 퍼져나가 각각의 지역에 최초의 문명다운 문명을 건설하였다고 믿는 것이 한 지역 문명 발생론입니다.

루시의 후손 중에서 해안가를 따라 퍼져나간 인류가 조개와 같은 식량을 쉽게 얻을 수 있는 등, 상대적으로 살기 편한 자연환경 속에서 더딘 속도로 생존 방식이 진화될 때 산악 지역 같은 악조건인 곳으로 퍼져나간 인류는 살아내기 위해서 더 빠른 속도로 도구를 발전시키는 등의 문명을 이루었을 것입니다. 히말라야는 높은 산이 몰려 있는 곳으로 가장 악조건인 곳입니다. 석기의 발전 속도와 청동기의 발견도 히말라야 지역의 중앙아시아가 어느 곳보다 빨랐을 것입니다. 후기 구석기에서 청동기 초기까지에 히말라야에서 비교적 가까운 강과 해안가로 문명이 전파되어 이른바 4대강 문명과 같은 동시대의 문명개화를 이끌었을 수 있습니다. 아메리카 대륙의 미시시피강이나 아마존강, 유럽의 라인강 등에서는 고대 문명이 발생하지 않은 것은 상대적으로 히말라야에서 먼 곳이기 때문일 것이라는 추론도 가능해집니다.

인류의 시작도 아프리카의 루시 한 사람이듯이 인류 문명의 시작도 중앙아시아 북히말라야의 한 지점일 수 있습니다. 이렇듯 인류 문명이 한 지점에서 발생하였다고 하였을 때, 그 장소와 그 주인공을 언급한 신화 혹은 역사로서 가장 짜임새 있는 유일한 것이 우리 민족이 가지고 있는 마고신화 역사입니다. 대지 위의 가장 높은 곳에 마고성을 쌓고 각양각색의 피부를 갖는 족속들과 함께 순수한 음식인 지유를 마시고 살며, 하늘의 소리를 듣고 하늘과 소통하며 긴 수명을 누렸다고 하였습니다. 이러한 전통에서 홍익인간, 재세이화 등과 같은 국시로 우리의 고대 국가들이 연이어 세워졌다고 믿습니다.

그 지역의 히말라야 사람들이 최초로 발생시킨 언어가 산스크리트어이고 옥스퍼드 대학이 펴낸 산스크리트 영어 사전에 대한 연구에 의하면 우리말이 그 발음과 뜻에서 산스크리트어와 같습니다. 우리의 고어와 고어로서 지금까지 남아 있는 사투리에서 그런 점은 더욱 확실해집니다. 그러므로 인류의 한 지역 최초 발생론으로서 북히말라야 문명 발생론을 믿어보는 것이 우리말과 우리 역사 그리고 우리 정신사에 손해가 없다면 그것을 믿고 우리 민족과 우리 인류의 삶을 더욱 아름답고 풍요롭게 만들기 위해서 노력하는 것은 좋은 일이라고 생각합니다. 우리의 정신사에서 지금의 남북, 동서문제와 같은 사회 상황을 지속하는 것이 우리가 본래 가지고 있는 정신문화의 본령이 아님을 자각할 수 있는 이점도 있습니다.

母語

이 시집을 모어시집이라고 표현한 것은 임우기 평론가가 만들어 말한 것이고 저도 동의하였습니다. 신령함으로 잉태되고 영성으로부터 젖을 먹고 자라 그대로 신령함과 영성의 어머니 말이 된 말이 우리말이라는 것에 뜻이 합하였습니다.

인류 최초의 어머니가 소리 내신 말이 우리말이며 그대로 모어입니다.

모어에는 하늘과 자연을 숭상하며 자연과 함께 어울려 살아간다는 뜻이 들어 있습니다. 피부색이 다른 여러 부족의 인류가 한 형제가 되어 서로 위하고 살아가라는 의미도 있습니다. 눈에 보이지 않는 것과 눈에 보이는 것을 똑같이 대접하고 섬기라는 것도 있습니다.

모어는 먼저 신과 교통하기 위해서 태어났습니다. 모어를 통해서 존재의 생존과 안녕을 위한 간절한 기도를 신께 올렸고 감사를 드렸습니다. 죽은 자들을 하늘에 바치면서 죽은 자가 다시 태어날 것을 비는 영혼의 울림이기도 했습니다. 신과 교통한다는 것은 무아의 상태로 시공간을 초월해서 신을 만나는 존재의 행위를 한다는 것입니다. 모어는 그 과정에서 신께 올리는 인간의 말이기도 하고 신이 인간에게 주는 말이기도 합니다. 모어는 죽은 자와의 연결 통로이면서 미래를 비추어 보이는 청동 거울

과도 같습니다.

　모어는 공수가 내려올 때 사용되는 언어이기도 합니다. 그러므로 임우기 평론가의 문예이론 속 '은폐된 서술자' 혹은 '귀신'이 '은미'하게 속삭이고 외치는 언어이기도 합니다. 시공간을 초월하여 말하여지고 경계가 없는 조화를 설하는 언어입니다.

　모어는 집단적 무아의 상태에서 법열을 느끼고 일체를 경험케 하는 축제의 언어이기도 합니다. 모어는 인류가 하나일 때의 언어이며 언제까지나 어디서나 인류를 하나로 만드는 언어입니다.

　모어는 하늘이나 태양 혹은 별 그리고 그 외의 모든 자연체가 들려주는 말씀이며 소리이기도 합니다. 그러므로 모어에는 잘 이해하지 못하고 올바로 듣지 못하는 존재들을 위한 수많은 의성어와 의태어가 있습니다. 수많은 부사와 형용사가 있습니다. 많은 곡조로 발성되는 음절들이 이른바 사투리라는 형식으로 존재합니다. 우리는 모어인 우리말에서 사어가 되어 잃어버린 단어들과 고어라고 잊혀져가는 많은 말들 그리고 사용을 피하여 사라져가는 각 지역의 사투리를 되살려야만 합니다. 이 시집에서 여러 번 말씀드린 것같이 초창기의 한자는 우리말을 문자화한 것입니다. 한자 교육을 되살려서 우리말을 더 쉽게 이해하고 더 풍부하게 하여야 합니다. 한자로 된 우리의 고전을 읽을 수 있게 하여서 우리 문화를 더욱 풍성하게 하여야 합니다.

　모어가 가지고 있는 원래의 발음 중에서 현재에도 필요한 발음은 다시 회복시켜야 합니다. 훈민정음이 만들어질 때의 자모 중에서 ㅸ, ㆄ, ㅭ만이라도 되살려야 합니다. 영어 V, F, R을 우리말로 표기할 때 ㅂ, ㅍ, ㄹ 대신에 각각 ㅸ, ㆄ, ㅭ을 적게 하면 영어에 대한 우리말 발음과 표기가 더 정확해지고 한글의 우수함이 더해질 것입니다.

모어인 우리말의 신령스러움과 영성을 회복하여야 합니다. 모어가 오염되고, 왜곡되고, 파괴되고, 사어가 되는 것을 진정으로 슬퍼하고 서러워합니다. 그러므로 저에게 시는 모어의 영성과 신령함을 회복하는 일이고 과제이기도 합니다.

아름다운 모어로 인사드립니다. 신령스러운 소(고)가 저를 위해 많이 일해주는(맙) 것처럼 저의 글을 읽어주셔서 당신(니)께 참으로 감사를 올리고(습), 감사를 드리는 그 상태 그대로 변함이 없이 있겠습니다(다). 고맙습니다.

금천구 동혈洞穴에서
나해철

1. 주석은 앞에서부터 우리말, 발음기호로서의 영어, 산스크리트 문자의 순서입니다.

2. 산스크리트 문자는 '대일경자륜품체大日經字輪品體'로서 '모던나가리'가 나오기 전 단계에 쓰인 범본오십자모梵本五十字母입니다. 조선 시대 스님들이 많이 사용한 글자이고 산스크리트를 표기하는 글 중에서 가장 바른 글씨체라고 알려져 있습니다.

3. 괄호에 표기된 산스크리트 문자는 '모던나가리'로서 우리말 발음을 병기한 영어를 이용하여 '세계 언어 번역 사전(http://www.freemorn.com/keybord/sanskrit/)'에서 구한 것입니다. 복합 음절로 된 우리말 단어 중 현재의 산스크리트 영어 사전에 없는 단어들도 있습니다. 앞으로 새로운 산스크리트 영어 사전이 만들어진다면 복원된 단어로서 추가될 수 있기를 바랍니다.『한글 고어사전 실담어 주석』(강상원, 한국세종한림원출판부, 2002),『우리말 범어사전』(김석훈, 다일라출판사, 2020),『동국정운 불교어 범어대사전』(강상원, 돈황문명출판사, 2018), 옥스퍼드 대학이 펴낸『A SANSKRIT ENGLISH DICTIONARY』(모니어 윌리엄스

Sir M. Monier-Williams, 1899) 그리고 인터넷에 등재된 『Shabda-Sagara Sanskrit—English Dictionary』(Kulapati Jibananda Vidyasagar, 2002), 『A Sanskrit—English Dictionary』(테오도어 벤페이Theodor Benfey, 1866), 『The practical Sanskrit—English dictionary』(바만 시브암 암테Vaman Shivram Apte, 2022) 등을 참고하였으며, 주로 『한글 고어사전 실담어 주석』에 의지했습니다. 『우리말 범어사전』도 참조하였습니다.

4. 인류 문명의 시작에 대한 연구는 『아사달! 인류 최초의 문명을 품다』(우창수, 아사달문명출판사, 2012)에서 큰 감명을 받아 참조하였습니다.

5. 주석 중 괄호 안의 내용은 대부분 필자의 주장입니다. 시에 언어와 역사에 대한 주석을 단 시집으로서 전문 연구자가 아닌 한계가 있습니다.

6. 시집의 시들은 『한글 고어사전 실담어 주석』에 적힌 우리말이면서 산스크리트어인 단어들로 쓰였습니다. 단어들이 먼저 있었고 단어에 맞추어 시가 탄생했습니다.

| 차례 |

시인의 말 · 5

시인의 詩論 · 9

일러두기 · 20

제1부

오메 · 28

감사 · 30

비단이불 · 35

그러지 마세요 · 38

시간들 · 41

늦단풍 한 잎 · 43

항아리 · 45

거시기 · 48

어머니 연보 · 50

어머니와 식사 · 58

사람살이 · 62

할아버지의 논 · 65

홍시 · 70

붉은 댕기 · 74

설날에 · 77

비바리 · 79

몰랐지라우 · 82

제2부

아침에 · 86

동굴언어 · 88

사투리 · 94

홍익인간의 언어 · 106

한자는 · 122

광명 · 126

태풍 · 128

한 송이 꽃 · 130

동짓달 기나긴 밤을 · 133

머슴 · 135

아리랑 아라리오 · 137

우리의 사명 · 140

제3부

마고신 · 146

수수께끼 · 149

오지다 · 153

머시기 그분 · 157

꿈에 · 160

우리들 · 163

속이 탄다 · 167

한 사람 · 171

동서남북도 없이 · 173

어즈버 · 177

임금님들 · 180

좋구나 · 184

제4부

평안도 사람 · 190

튀튀 · 192

나라 걱정 · 196

엄니 옴마 어무니 말씀 · 200

새 · 203

언니 · 206

엄마의 말씀 · 208

옹헤야 · 210

아따! · 212

거허! · 216

마음 이야기 · 218

불꽃 · 225

지랄하네 · 228

흰 눈 · 231

제5부

나의 시간 · 242

고맙습니다 · 244

있다 · 248

누렁소야! 이 몸뚱이야! · 250

체험이라니 · 258

네 · 262

다솜 · 265

아니랑게 · 269

마음과 몸 · 272

아유하 방아 찧다 · 275

비단 짜기 삶 · 282

낙타 · 285

어머나 · 288

목이 긴 구두 · 290

덧붙이는 글 · 294

찾아보기 · 298

제1부

오메

오메*
나뭇잎 떨어지는 것 보니께
마음이 그렇*다야

나도 가*야 할 텐디
아*니* 가고 있다야
못 가고 있다야

오메
엄니* 그런 말씀 마세요
오래오래 사셔야지요

오메
저 뿔건 나뭇잎 떨어지는 것 보니께
그런 생각이 더 든다야

나뭇잎 되어
훨훨 은하수 건너면
칠성님을 만날 텐디야

- **오메** o-me, 5ㅈ ᄀ (ओ - मे): 헤아릴 수 없는, 불가사의한, 믿을 수 없는, 놀라운, 경이적인. unaccountable, immesurable, incredible, genuine, amazingly, truly, really, indeed.
- **그렇** graha, ㅉ ㅈ ᄃ (ग्रह:): 그러하다, 그렇다고 인지하다, 이해하다, 파악하다. know, see, understand, comprehend.
- **가** ga, ㅉ (ग): 가다, 걸어가다, 가까이 가다, 어떤 상황에 이르다, 노력하다, 이해하다, 죽다, 구하다. go away, walk, approach, attain to a state, strive to obtain, understand, die, wish.
- **아** a, ㅉ (अ): 아니다, 부정하는, 좋지 않은, 동의할 수 없는. no, not, negative, incapable, not agreeable, not true.
- **니** ni, ᄃ ᅇ (नी): 가까이 가다, 이웃, 접근하다, 인도하다, 지배하다, 안내되다, 이끌려 가다. get near to, neighbor, approach, guide, lead, govern, to be led away.
- **엄니, 옴니, 움니** umni^(=emni^), ᄀ ㅈ ᄃ ᅇ (उम्नी): 자비를 구하는 사람, 어머니, 자궁, 생명의 근원. a person seeking after compassion, mother, womb, the origin of life.

감사

엄니,
나* 어려서 움츠러들어
무엇 앞에도 나투지* 못할 때
엄니가 방물장사 나가시면 겁났*어요
두려*웠어요
꼬*꼬마*가 마냥* 오그라*들어 고뿔* 걸린 듯 훌쩍거렸어요
하루내 혼자서 뒤란*의 흙으로 엄마를 망그*렀어요
아름다운* 얼굴*을 그리고는 또 허물었*어요

여러 날 지나*서야 엄니가
돈 대신 받은 물건들을 머리에 얹*고 돌아오실 때
반가워*서
환한 달덩이를 이고 오시는 것 같았어요

이번 장사는 마수*가 좋아서 잘되었다고 하시면
덩달아 좋*았어요

엄니, 평생을 쉬지 않고 일하셨기 때문에*
하늘 앞에 당당하고 떳떳*하십니다

어머니 일생 감사했습니다*

이번 보름도 달*덩이가 어머니를 안고
휘영청
휘영청합니다

• **나** na, [illegible] (न): 이름, 명성. name, fame. (아래의 '나투다'의 예에서 보듯 '나'는 본인을 드러내는 것. 널리 알려지고 명성을 가지고 있다거나, 그 이름을 뜻하다가 본인 스스로를 의미하는 말로 쓰임)

• **나투다** natu-da, [illegible] (नतु-द): 나타나다, 드러내다, 현현하다, 화현하다. appear, disclose, display, act like, transform into being, to be transformed, changed into.

• **겁나다** gup-nada, [illegible] (गुप-नाद): 두려워하다, 놀라다. to be scared, perplexed, bewildered, confused, surprised, feared, frightened.

• **두리바** duriva, [illegible] (दुरवि): '두려워하다'의 옛말, 사투리, 놀라다, 공포스럽다, 무섭다. cause to be feared, dreadful, scared, frightened, fearful.

• **꼬** ko, [illegible] (को): (어찌할)꼬, 작은, 소형, 귀여운, 작은 물건이나 사람. Oh, miserable, little, tiny, cute, a small thing or kid, a little animal.

• **꼬마** koma, [illegible] (कोमा): 작은 사람, 아동, 소아. a small kid, a baby, young man.

• **마냥** mah-ni-yang, [illegible] (मह-नि-यङ्): 헤아려보면, 마음으로 받아들여 보면, 마음을 향하게 하면, 회상해보면. come to think of, perceiving in one's mind, recollecting, turning one's mind toward, figuring out.

• **오그라** ougriya, [illegible] (औग्रयि): 오그라들다, 움츠려들다, 공포에 질리다. cause to be crooked, shrunk, horrified, terrified, surprise at, dreadful, horribleness, fierceness.

• **고뿔** gho-plu, [illegible] (घो-प्ल): 옛말로 '곳뿔(코, 고[鼻]에서 불[火]이 나오는 병)', 감기, 열. cold disease, fever.

• **뒤란** du^r-an, [illegible] (दु^र-अन्): 후원, 뒷마당. back yard, rear garden, inside of the door, house, the back yard of a house.

• **망그** mangh, [illegible] (मङ्): '만들다'의 전라도 사투리로 '망글다', 꾸미다, 치장하다, 장식하다. make up, adorn, cause to be beautified, adorned, decorated.

• **아름다워** alam-dha^-va, [illegible] (अलं-धा): 사투리, 옛말로 '아름다바', 아름다운, 아주 멋진, 임신할 수 있는, 임신한. beautiful, gorgeous, capable of being pregnant, to be conceived.

• **얼** uli^, [illegible] (उली): 싹, 순, 개화, 정신, 영혼, 씨앗 그릇. bud, a shoot, to be burst into flowers, spirit, soul, the seed vessel.

• **굴** gurda, ꠆ ꠆ ꠆ ꠆ (गुरदा): 큰 동굴, 거주지, 동굴 속 사원, 동굴에서 거주하다, 억제하다. cavern, abode, temple in the cave, dwell in the cave, inhibit.

• **얼굴** uli^-gurda, ꠆ ꠆ ꠆ - ꠆ ꠆ ꠆ ꠆ (उली-गुर): 얼과 굴이 합해진 단어 (정신, 영혼이 사는 거주지나 동굴을 의미함).

• **허물어지다** humri-ta, ꠆ ꠆ ꠆ ꠆ ꠆ - ꠆ (हुमरि-ता): 겁먹다, 허물어지다, 무너지다, 붕괴되다, 해체되다. cause to be scared, crumbled, demolished, collapsed, torn apart.

• **지나** jina, ꠆ ꠆ ꠆ (जिना): 늙은, 나이 든, 경과가 된, 넘치는. old, old in aged, over, above the level.

• **얹다** ut-tha^, ꠆ ꠆ - ꠆ ꠆ (उत-थ): 두다, 위치시키다, 보관하다, 어느 장소, 사는 곳. to be kept, placed, preserved, left, stored in, at a place, a dwelling abode.

• **반가이** band-gai, ꠆ ꠆ ꠆ ꠆ - ꠆ ꠆ ꠆ (बन्द-गै): 반갑게 맞이하다, 손님께 경의를 표하다, 환영하다, 크게 기뻐하다. praise a guest in his presence, greet, salute, glorify, delight, rejoice.

• **마수** masu, ꠆ ꠆ ꠆ ꠆ (मसु): 머리, 정수리, 이마. head, fore head, top of body.

• **마수** mas, ꠆ ꠆ ꠆ (मस): 물건 팔다, 계산하다, 보살피다, 기도하다, 추수하다, 사고팔다. count, sell goods, transact business, take care of, attend to, pray, harvest, buy and sell.

• **좋다** diyota, ꠆ ꠆ ꠆ ꠆ ꠆ ꠆ (दियोत इति): 사투리, 옛말로 '됴타', 빛이 비치다, 밝게 빛나다, 밝아지다, 밤의 어둠이 없어지다. illuminate, shine forth, bright, shinny, remove the darkness of the night.

• **때문에** tame, ꠆ ꠆ ꠆ (वशीकृतम): 옛말, 사투리로 '때메', '땜에', ~인하여, 어리석음이나 잘못된 받아들임으로 인하여. on account of one's illusive perception or ignorance, due to one's ignorant affection or adherence.

• **떳떳** ta^t ta^t, ꠆ ꠆ ꠆ ꠆ (तात तात): 떳떳하다, 진실한 태도로, 진실로, 한결같은, 확연히. in a true manner, in truth, constant, thus, truly, indeed, a manner of true life.

• **습니다** subh-ni-dha, ꠆ ꠆ ꠆ - ꠆ ꠆ - ꠆ (सुभ-नी): 동의하다, ~에 맞추다, 준비하다, 할 수 있게 하다, 유용하게 하다. make fit, suitable, prepared, capable, useful.

• 닳아, 달 da^ra, ㄷㅣㅈ (다라): 애가 닳다. lamentable, afflicted, painful, broken at heart. 신발, 옷등이 닳다, 찢어지다. worn out, torn apart, split off, cleaving, breaking asunder. (하늘의 달은 그믐으로 가면서 점점 닳고 이지러지는 것에서 '달'이라는 불리었을 것으로 생각됨)

비단이불

어무니°
기억이 나세요?
부디 그 뛰어난° 기억력을 다시 회복해주세요

저 어려서
어무니, 마당에서 딤채° 담그고 계시고
부엌의 곤로에서 불이 났을 때요

부리나케 뛰어오셔서
저를 불꽃 가까이에서 떼어°내시고
안방으로 뛰어가°
이불을 가져와 덮어 불을 끄셨던 일이요

그때 뒷뜨락°에 던져두었던
불에 타° 까맣게 변한 비단이불의
붉은 꽃이 지금도 눈앞에 피어 어른거려요

아직도 편안한 잠을 그 꽃들이 덮고 있어요
그때나 지금이나 어무니 자식인 저를

어무니
부디 기억해주세요

칠성에게 빌어서
삼신할머니가 점지해주신 귀한 아들이라고
말씀하시던
그 이름을 다시 불러주세요

• **어무니** emuni, ヮ ヌ ゟ ヾ ゚ (ईमुनी), **엠니** emni^, ヮ ヌ ヾ ゚ (एमनिः), **에미** emi^, ヮ ヌ ゚ (एमी), **엄니, 옴니, 움니** umni^, ヮ ヌ ヾ ゚ (उम्नी): 어머니, 자비를 구하는 사람. mother, a person seeking after compassion.

• **뛰어나** tuyana, ヌ ゟ ヱ ヾ (तुभ्यं): 뛰어난, 탁월한, 걸출한, 빼어난. prominent, excellent, transcending, run over.

• **딤채** dhim-caya, ゟ ゚ ヌ - ゑ ゚ (धिम-चय), **짐치** jim-ci, ヘ ゚ ヌ - ゑ ゚ (जिम-चि), **지** ji^, ヘ ゚ (जीः): '김치'의 옛말, 사투리. seasoned vegetables, preserved in all seasonings.

• **떼어지다** tyaji-da, ヌ ヱ ヘ ゚ - ヾ (त्यजि-दा): 전라도 사투리로 '띠아지다', 떼어버리다, 포기하다. leave, abandon, cut off, let it go, give up, dismiss, discharge.

• **뛰어가** tuya-ga, ヌ ゟ ヱ - ヵ (तुवा-ग्ग): 튀어~, 뛰어가다, 약진, 알려지다, 말해지다. run away, flee, dash away, to be reported, said, known.

• **뜨락** thu^-rak, ヘ ゟ - ヱ ゑ (थु-रक): 정원의 쉼터, 뒤뜰, 집 정원. pavilion in the garden, garden house in the rear, house garden.

• **타** ta, ヘ (ता): 불타다, 따[地], 땅, 불타, 보석, 과일즙이나 꿀, 미덕이나 복덕, 도둑, 사악한 사람, 꼬리, 가슴 혹은 속이 타다, 자궁, 엉덩이, 가로지르다. fire, land, Buddha, a jewel, nectar, virtue, thief, a wicked man, a tail, the breast, the womb, the hip, crossing. ('불이 타다'의 '타'는 불타다의 뜻이고, '손 타다'의 '타'는 도둑이라는 의미이다. '타 먹다'의 '타'는 꿀이나 과즙을 섞어 먹는다는 것이고, '올라타다'의 '타'는 여성 몸에 올라가 성교한다는 의미이다. '천이나 박을 타다'의 '타'는 천이나 박을 가로질러 자른다라는 뜻이고, '속이 타다'의 '타'는 the breast에서 나온 의미로 '탄, tan, ヘ ヾ 은 '고통을 겪다, to afflict with pain'이다)

• **탄** tan, ヘ ヾ: 고통을 겪다, to afflict with pain.

그러지 마세요

엄니,
본집과 외갓집 양 집안에
어른은 이제 엄니 한 분만 계십니다*

어릴 때 그 많던 아재*
삼촌들, 아재비* 들
모두 하늘로 가셨습니다*

엄니
오래오래 살아 계셔* 주세요

—사는 것이 꿈만 같이
이리 살고 저리 살아도,
칠성같이 한 자리를 두고 빙글 도는 것 맹키로
살았다야—

—이제 죽어야 쓰겄어야,
움직거리다가 지금은 나무 토막 맹키로
가만히 섰* 어야.

잠자°다가 곱게 가야지°야-

제발 그래 쌌°지 마세요
후손들에게
왕할머니로, 마고할머니로 남아주세요
별 이야기를 해주세요
달빛에 환하게 서 계셔주세요

- **니다** ni-dha, 𐨣-𐨠(निध): ~니다, 끝나다, 마치다, 저장하다, 경외하다, 존경을 표하다, ~라고 여기다. finish. end up. come up to an end. stored. to esteem. honor. to be contained. retained.
- **아재** a^jiya, 𐨀𐨗𐨁𐨤(आजयिा), **아재비** a^javi^, 𐨀𐨗𐨬𐨁(आजवि): 아버지 형제들, 삼촌, 일가. father's brothers, uncle, kinsman.
- **아재** aji-ye, 𐨀𐨗𐨁𐨩(अजीइ-ये): 아저씨, 아가씨, 삼촌. mister, lady, uncle.
- **아지** a^ji, 𐨀𐨗𐨁(अजी): 아버지 형제, 숙부. father's young or elder brother.
- **습니다** subh-ni-dha^, 𐨱𐨂𐨦𐨣𐨁𐨠𐨿(सुभ-नि-धा): 적합하다, 할 수 있다, 준비되었다, 유용하다. make fit, suitable, prepared, capable, useful.
- **계시(다)** gehi-siya, 𐨒𐨅𐨱𐨁-𐨱𐨁𐨩(गेहि-सिय): 집에 살다, 집에 머물다, 계시다, 위치해 있다, 앉아 있다, 집안의 재산. live in home, stay home, exist, place, reside, to be situated, dwell, sit on, domestic wealth.
- **섰다, 서다** stha, 𐨱𐨠(स्था): 머물다, 남아 있다, 임신하다, 살다, 휴식하다, 좌초되다. stay, remain, pregnant, conceived(in the womb), live, take a rest, ground.
- **자** jha, 𐨗(झा): 라도 사투리로 '자아', 잠자다, 자러 가다, 잠이 온다, 졸리다, 수면. sleep, go to bed, feel asleep, drowsy, slumber.
- **지** ji, 𐨗𐨁(जी): ~로 생각하다, ~으로 여기다, 인지하다, 취급하다, 치부하다. think, perceive, treat, take care of.
- **샀다** sath-ta, 𐨱𐨠𐨿-𐨟(सत्त): 상찬하다, 웃어 샀다, 알랑거리다, 즐거워하다, 꾸미다, 단장하다, 만족시키다, 크게 기뻐하다, 말하다, 성취하다, 사나운, 광폭한, 포악한. praise, laugh, flatter, delight, adorn, satisfy, rejoice, speak, accomplish, fierce, wild, vicious.

시간들

엄니,
엄니가 시간을 훨*훨 날려 보내셨나요
시간이 떼*로 훨 날아가 버렸어요
고향의 살던 집은 헐*려 무너졌고요
텃밭*은 묵밭이 되었어요.
아부지 무덤*가의 조화 꽃은 스러지*지 않았지만
무덤의 떼는 말라버렸어요
아버지와 밤을 새우던 때 다쳐 아프*던
상처는 아직도 쑤시*고 자꾸 헐어요
아픔을 지니고 살아야 깊어지는 삶이라 그랬을까요
두 손 모읍니다
엄니의 시간과 아부지*의 세월이 저의 순간, 순간들과 포
개집니다
풀밭에 서면 이슬이고
하늘을 보면 별빛입니다
지금은 눈시울에 맺힌 눈물입니다

* **훨** hul, 𑖮 𑖄 𑖩 (हुल्): (새 떼를) 날려 보내다, 쫓아내다, 멀리 던지다, 멀리 가다, 사라지다. let (the herd of bird) fly away, expel, throw away, go away, disappear.
* **떼** te, 𑖝 𑖸 (ते): 사람, 모임, 가축의 그룹, 낙타 상인 그룹, 만상의 본성. a group of people, company, a row of cattle, a company of merchants on camels, the substantial nature of all things.
* **헐** hul, 𑖮 𑖄 𑖩 (हुल्): (덩어리, 집, 장소가) 헐리다, (상처가) 감염되다, 헐다, 몸의 상흔, 마음의 상처. cause to be demolished, collapsed, broken down (as a site place, dwelling, adobe), infected, to be bruised, injured (scars, sore), angry, hurt, get worse.
* **텃밭** thu^-vatu, 𑖞 𑖄 - 𑖪 𑖝 𑖄 (थु-वतु): 정원 한 조각 밭, 집 앞 밭, 집 안 채소밭. a piece of partitioned garden, farm field in front of house, vegetable garden, field inside the dwelling house.
* **무덤** mu^-dhu^ma, 𑖦 𑖄 - 𑖠 𑖄 𑖦 𑖀 (मु-धुम्): 묘, 유택. grave, sepulcher.
* **스러지** sruji, 𑖭 𑖨 𑖄 𑖕 𑖂 (स्रुजि): 스러지다, 쇠멸, 쇠잔, 사라지다, 죽다, 쓰러지다, 붕괴. perish, dissolve, disappear, wither, pass away, died, to be ruined, withered, collapsed, broken down, fallen down, declined, set off.
* **아프** apu, 𑖀 𑖢 𑖄 (अपु): 옛말, 사투리로 '아푸', 아파하다. cause to be sick, get ill, suffer from disease, not happy.
* **쑤시야** sushi-ya, 𑖭 𑖄 𑖫 𑖂 - 𑖧 (सुशी-य): 고통, 통증을 느끼다, 찌르는 느낌, 열감, 쇠약한. to be afflicted, feel pain, prickling, fever, emaciated.
* **아부지** a^vu-ji, 𑖀 𑖪 𑖕 𑖂 (अवु-ज): 아버지, 부모님. father, parent.

늦단풍 한 잎

으시시 으시시* 하더니
산골짜기 고을*에
찬 바람 불어오네

어무니, 산밭에 계시는데
어떻게*
어떻게* 하지
후두둑 비 오다* 말고, 비 오다 말고 하네

나뭇가지 끝 늦단풍 한 잎,
고와라*
젖은 채 바람에 실려
어무니 머리 위에 날아와 앉네
햇빛 한 잎도
산꼭대기로 오시다*가 환하게 따라 내리시네

- **으시시 으시시** u^shi u^shi, ड द ॰ - ड द ॰ (उषिउषि): <u>으스스 으시시</u>, <u>으스스 으스스</u>, 추위나 아픔으로 몸이 떨림, 몸이 아픈, 병난 것 같은 느낌, 쇠약해진. tremble from cold or sickness, sick, feel like to be sick, tired out, emaciated.
- **고을** go-uri, ग 5 - ड र ॰ (गो - री): 소우리, 소농장, 마을에서 기르는 소 떼. cow or cattle's stable, cow & oxen farm, cattle fed in the village. (처음에는 소를 키우는 소 우리나 농장을 의미하다가 후에 유목으로 소를 기르기 위해 사람들이 많이 모여 살게 된 곳을 뜻하게 됨)
- **고** go, ग 5 (गो): 소, 고高, 고高씨, cow. (성씨 가운데 고高씨는 소를 토템으로 하거나 혹은 소를 키웠던 씨족일 수 있다)
- **어떻게** ud-kheya, ड र ख द द ट (उद - खेय): 사투리로 '우뜨케', ~을 바라다, ~을 갈망하다, 드러내어 주기를 원하다, 문제를 풀기 위해서 최선의 노력을 하다. desire, long for, want to make manifest, make utmost efforts to solve a problem.
- **어떻게** aut-keya, औ ड र - द द ट (आउट - क्येय): 사투리인 '어뜨케', 원하다, 밝히길 바라다. desire, long for, want to make manifest.
- **비 오다** vi-uda, द ॰ - ड र (वि - उद): 옛말로 '비 우다'. rain down.
- **고와라** govala, ग 5 द ख ल ख (गौवलम): 옛말, 사투리로 '고봐라', 가는 머리털 같은 털을 가진 소, 소털, 솜씨 좋게 뽑은 비단실 같은, 능숙하게 한. fine hair like a cow, cow's hair, adroit, silken thread, dexterous. (유목 시대에 생겨난 말로, '털의 윤기가 자르르 흐르는 건강한 소'라는 뜻에서 '곱다'라는 뜻으로 그 의미가 확장됨)
- **오시다** oshi-dha^, ड द ॰ - ढ ट (उषि- धा): 날이 밝다, 빛이 비치다, 밝은 상태가 오다. dawn, shine forth, make bright, illuminate, come to a state of being illuminated. (처음 만들어질 때는 밝음이 오는 것만을 의미하였으나 후에, '~가 오시다'라는 뜻으로 확장되어 쓰임)

항아리

엄니,
어린 소년으로 오줌싸*개였을 때일까요
그때 꿈결같이
돌아가신 할머니 목소리가 들렸어요

장독대의 큰 항아리를 비워놔*
검은 개에 물린 달이 살아나면
바다*가 손님으로 와서
항아리에 앉을 거여 하셨어요

엄니
제가 지금 그 항아리가 되었나 비여*
바다가 찾아와서 사는가 비여
가슴에 물이 가득 찼당께
장대비에도 아무렇지도 않아라우
누구에게라도 달게 물을 줄 수 있어요

물어뜯던 검은 개도 사라지고
달빛이 환해요

그때 오줌 스며든 이부자리처럼 이제 고요°히 젖어서
따로 담을 것이 없는
독아지로 산당께라우

- 싸다 sada, 𑀲𑀤 (सदा): (오줌, 똥을) 싸다, 누다, 밀어내다, 떨어 뜨리다, 물로 씻다, 솟아나다, 살포하다. fall out, asunder, disperse, remove, expel, cause to shed forth, besprinkle, wash, clean.
- 비여놔 vi-hina, 𑀯𑀺-𑀳𑀺𑀦 (वि-हिन): 옛말 '비히나', 수량이 비 다, 모자라다, 부족한, 버린. waiting, deprived of, absent, missing, insufficient, deficient, lacking in.
- 바다 va-dha, 𑀯𑀸-𑀥 (वा-ध): 물, 바다, 물이 많은 곳, 물이 닿은 곳. water, the ocean, stored with water, situated with water, a place with a lot of water.
- 비여 vyaya, 𑀯𑁆𑀬𑀬 (व्याय): 옛말, 사투리로 '비아', 비우다, 정 화하다, 포기하다, 버려진, 비워닌, 정화된, 포기된. make empty, purify, give up, to be abandoned, emptied, purified, given up.
- 고요 go-yo, 𑀕𑁄-𑀬𑁄 (गो-यो): (소나 가축을 우리에 넣거나, 고삐를 맨 후에 오는) 고요함. (after cow & all of cattle put into the stable, or tied them up) to be silent all surrounding. (우리 민족의 주류가 유목 생활을 했을 때 생겨난 단어임)

거시기

거시기*
너 알 것지야

너 아버지 살아 계실 적에
너안떼* 헌 말 말이여

거시*기* 허라고 안 했냐이

기왕에
이렇게 된 것
나는 니가 편안하게만 살기를 바란당께야

나는 니가
날마다 눈에 밟힌다야

• **거시기** gesh-kheya, ग ▽ ष ख ▽ य (गेश-खेया): 전라도 사투리, 생각해서 밝히다, 생각을 더듬다, 그것이 드러나도록 마음에서 인지하다, 알려주다. seek after, make known, chase after, guess, perceive in mind so as to make it manifest.

• **안** an, अ ण (एकम्): 옛말, 사투리, 오다, 방문하다, 움직이다, 가다. come, visit, move, go, moving, visiting.

• **떼**, **테** te, त ▽ (ते): 옛말, 사투리, 자기를 위하여 ~하다. for one's self.('그 사람은 자기가 일한 것을 사람들에게 광고하듯이 말을 해서 꼭 테를 낸다'의 '테')

• **띠** ti, त ि (ति): 옛말, 사투리, 타인을 위하여 ~하다. for the sake of others.(식사도 못 하고 일만 하는 그 사람에게 밥을 먹여야 한다고 엄마가 사투리로 이렇게 말씀하셨다. "그 이한띠 밥이라도 먹여야"의 '띠')

• **안떼** an-te, अ ण त ▽ (अण-ते): 전라도 사투리로 '에게', 자기나 누구를 위하여, 자기나 그 누구에게 움직여 오다. come for one's self, go for the sake of others. (~안떼, ~안테, ~안띠, ~안티, ~한떼, ~한테, ~한띠, ~한티 모두 사투리, 옛말 발음으로 '~에게'라는 뜻임. 'an' 발음이 원래 '안'이나 '한'으로도 발음되고 있음. 우리말은 의미를 갖는 단음절이 먼저 생겨나고 그 후 점차 단음절이 합해져서 다음절 단어로 발전하였음. 그러므로 우리 한글은 표의문자, 즉 뜻글자이기도 함)

• **거시** gesh, ग ▽ ष (गेश): 계시啓示, 거시(기), 보여주다, 상상하다. seek for, perceive in mind, guess, chase after, find out, imagine.

• **께**, **께야**, **기** kheya, ख ▽ य (खेया): 사투리로 ~할게, ~거야, (거시)기, 계啓, 밝히다, 설명하다. make manifest, explain clearly.

어머니 연보

애햄*! 하시는 삼도댁,* 어머니
진주 강씨라 비록* 국민학교를 나오셨지만
고등 나온 아부지*와 살림살이* 사실 때
스무 살 나이로부터 어떻게* 아 낳아*
기르시며 셋을 더 낳으셨고

공부 잘하는 아들을 위해 아들이 다니는 국민학교 선생들
에게
   새끼 돼지를 잡아 한턱*을 내시기도 하시고
   일찍이 어려운 병을 얻은 남편을 참으로 오랜 시간 봉양하
셨다

   봐봐*
꽃송이 벌어*지듯 피어나는 어머니 얼굴!

알* 굵은 신념으로 일생 궂은 길도 마다하지 않고 가*셔서
쌀* 보리* 떨어지지 않게 하시고, 부자*는 못되었지만
시방* 무던*하게 제 몫을 하는 네 자식을 가지*셨다
백발*을 은하처럼 이시고서

단단한 얼음 든 물을 시원˚하게 드˚시는 것처럼
지난 고난을 아주 쉬운 일이었다는 듯 말씀˚하신다

하루 일을 끝내신 어머니의 캄캄한 밤 귀갓길에
스스로에게 집으로 "언능 가˚자" 하시는데
골목길에서 갑자기 만난˚ 맹견이 달려들 때
다부지˚게 "어디 물어봐˚" 하시면서
오히려 앞으로 나서서 이기시기도 하셨다
어느 곳˚에서나 강한 생명력을 지닌 푸르디˚ 푸른 풀˚처럼
자식들을 위˚하여
가족을 건드리˚는 일은 무엇이든 이겨내시고 넘겨내셨다

자식들에게 가끔 다듬이질˚처럼 궁딱궁딱
정겹게 하시는 잔˚소리가 차라리 앙증˚맞은 어머니가
본인의 인생을 풀어˚내실 때
'에그˚! 인생! 이것이 쌔끼˚줄에 매인 어지러˚진 꿈 같다'고
하시며 '이제 너희도 그 뜻˚을 잘˚ 아자나˚' 하시곤
'너희에게 다 맡긴˚다'고 하셨다

지난여름 휴가철에 마치 설*을 쇠는* 것처럼
멀리 외국에서 사는 형제까지 '아야 온나'* 하고 불러 함께
어머니께 감사를 담아* 큰절*을 했다*
어머니 오래오래 사시라고, 만수무강을 빌었다.

• **애햄** aham, 𑖀𑖮𑖀𑖦 (अहम्): 내가 말하노니, 이르노니, ~으로 여겨 평가하노니. I am saying, speaking, addressing, regarding.
• **댁**, **택**宅 thak, 𑖙𑖎 (ठक्): house, home, living in home.
• **비록** vi-lok, 𑖪𑖰𑖩𑖺𑖎 (वरीक्): 비록 ~라도, 비록~ 사실을 들여다 봐도, 사실을 관찰해보면, 마음을 굳히다, 사실을 주의 깊게 살펴보아도 불구하고, ~에 정통하다고 해도, ~에 관하여. look around. to see the matter of fact, intend upon, fix one's mind to, in spite of looking into a matter, even well versed in, in respect to.
• **아부지** a^vu-ji, 𑖀𑖪𑖲𑖕𑖰 (अवु-ज), **아바** a^va, 𑖀𑖪 (अव), **아바이** a^vai^, 𑖀𑖪𑖹 (अवै), **아비** a^-vi^, 𑖀-𑖪𑖱, avi, 𑖀𑖪𑖰: 아버지, 아비, 부父, 부모님, 보호자, 지존. father, parent. protector, lord, the sun,
• **살림살이** salim-sali^, 𑖭𑖩𑖰𑖦𑖭𑖩𑖱 (सलीम्-साल): 생계를 위한 집과 쌀, 임금을 벌다. dwelling house and rice for livelihood. make a livelihood. earn a wage, live long.
• **어떻게** aut-keya, 𑖀𑖲𑖝𑖎𑖸𑖧 (औत-केय): 옛말, 사투리로 '어뜨케', 원하다, 바라다, 희구하다, 밝히기를 원하다, 문제를 풀기 위해 최선의 노력을 하다. desire, long for, want to make manifest, make utmost efforts to solve a problem.
• **아 낳아** a-nah, 𑖀𑖡𑖮 (अ-न): 사투리로 '아 나아', 아이 낳다, 출산하다, 해방되다, 속박에서 벗어나다. to be born, procreated, produced, not to bind, not fasten, set free.
• **턱** tuk, 𑖝𑖲𑖎 (तुक्): 남아男兒, 자식, 아이들. a boy, offspring, children. (남자아이나 자식이라는 뜻에서 자식을 낳았을 때 한턱을 내는 것으로 확장되어 쓰임)
• **봐봐** bha^va, 𑖥𑖯𑖪 (भाव:): 일이 일어남, 실재함, 상태, 자연 상태, 조건, 행실, 태도. existing, ocurring, actual, reality, state, nature, condition, behavior, conduct.
• **벌어**, **비롯** viruh, 𑖪𑖰𑖨𑖲𑖮 (वरुः): 꽃이나 싹이 벌어지다, 새싹이 나다, 정액이 넘쳐나는, 아이가 들어선. bud, sprout, shoot forth, arise (as semen virile, fetus). ('근원에서 생겨나다'라는 뜻으로도 쓰여 후에 '비롯'하다라고도 발음되었음)
• **알** a^l, 𑖀𑖩 (अल): 생명력, 능력 있는, 의식의 능력, 자궁 속에 살아있는 태아, 란卵, 본질, 효과적인, 능숙한, 실현 가능한, 유익한, 이해

한, 알다. vitality, capable, the faculty of consciousness, fetus of living in the womb, essence, effectual, competent, practical, fruitful, comprehend, know.

• **알** a^r, 𑖁 𑖨 (अर्): 한자 알謁, 알현謁見하다, 존경을 표하다, 보이다, 찬탄하다. visit, pay respect to, show, praise. (한자가 우리말을 표기하는 또 다른 문자임을 보이는 예)

• **가** ga, 𑖐 (ग), **감** gam, 𑖐 𑖦 (गम्), **가** gah, 𑖐 𑖮 (ग): 가다, 가버리다, 가까이 가다, 걸어가다, 죽다, 접근하다, 어떤 상황에 이르다, 이해하다, 희구하다, 노력하다. go away, go along, leave, move, walk, pass away, arrive, disappear, die, perish, approach, reach, attain to a state or condition, cause to become, understand, make clear, explain, wish, strive to obtain, visit, get.

• **쌀** sa^li, 𑖭 𑖁 𑖩 𑖱 (सली): 쌀. rice.

• **보리** vrihi, 𑖪 𑖨 𑖲 𑖮 𑖱 (वृहि): 보리쌀. grains of rice, barley rice.

• **부자** pu^ja, 𑖢 𑖲 𑖕 𑖁 (पूजा): 부자富者, 존경하는 사람, 숭배. a rich man, wise man, worship,revere, honor. (한자를 읽는 우리 발음이 히말라야에서부터 써온 원래의 우리 발음이라는, 많은 증례 중 하나이다)

• **시방** sibham, 𑖭 𑖰 𑖥 𑖦 (सभिम्): 옛말로 '시밤', 이 순간에, 현재, 속히, 빨리. now, at this moment, at present, quickly, speedly.

• **무던** mudin, 𑖦 𑖲 𑖟 𑖰 𑖡 (मुदनि्): 옛말로 '무딘', 무던하다, 유익한, 마음에 드는, 승낙하는, 품성 좋은, 도덕적인. deserved to be advantageous, agreeable, favorable, good-natured, virtuous.

• **가지** ga-dh, 𑖐 𑖠 (ग-ध): 옛말, 사투리로 '가디', 가지다, 소유하다, 가져오다. get, hold, have.

• **갖다** gadh-ta, 𑖐 𑖠 𑖝 (गध - त): 가지다, 지참하다, 포착하다, (가지고 있으니) 기부하다, 주다, 설비하다. to seized, grasped, possessed of, endowed, furnished with.

• **발** va^la, 𑖪 𑖁 𑖩 𑖁 (वला): 발髮, 머리털. hair. (많은 한자가 우리 글자인 것의 한 예)

• **시원(한)** siyaina, 𑖭 𑖰 𑖧 𑖰 𑖡 (सयिाइना), syaina, 𑖭 𑖧 𑖰 𑖡 (स्यैन): 사투리로 '시언(한)', 서늘한, 추운, 냉기 있는. chilly, cool, cold, freezing, frigid.

• **드** dheu, 𑖠 𑖅 𑖲 (धेउ): 드시다, 살다, 먹다, 마시다. eat, live, serve, drink.

• **말씀** mar-siddhim, (मार-सद्धिम्): 측정하다, 말하다, 생각하다. measure, speech, think.

• **언능 가** anu-ang ga, (अनु-अङ्ग): 전라도 사투리, 얼른 가, 빨리 가, 따라가. go away quickly, rush along, dash, follow after, chase after, walk along, drive along.

• **만나다** manada, (मनदा): 상봉하다, 공경, 존경. encounter, meet face to face, honor, respect.

• **다부지다** dabh-ji-dha, (दभ-जी-धा): 담대하게 추진하다, 밀고 가다, 해야만 하게 하다. drive, push into motion, impel, destroy.

• **봐** vah, (वः): ~해봐, 최선을 다해서 ~해봐, 힘껏 노력해봐, 방문하다, 이동시키다, 시장을 보다, 신부를 보다(어깨에 메다). make one's best, exert one's self, visit, carry away, convey, bear the bride on the shoulder, transport, carry shopping goods on the carriage, make effort, plough.

• **곳** goshi^, (गोशी): 곳이, 소所, 소의 발자국이 남은 곳. cow's footprints trodden in the field, origin of place, position, location, cow's stable, foot prints, abode, the trodden marks set down by the cow's foot steps, the mark of the cow's foot prints of ploughing the field. (우리말에 남은 유목 언어의 흔적)

• **푸르디** pu-rudh, (पु-रुध्): 푸릇푸릇한, 푸르른. a tint or color of being green, greenish.

• **풀** phulla, (फुल्ला): 초목, 화초, 개화, 펴지다, 열리다. plants, green plants, flower, burst into, expanded, split open.

• **위ㅎ** u^h, (उह): 위爲하다. take care, serve. act perform, work out.

• **건드리다** gundh-ri-dha, (गुन्ध-रि-ध): 살짝 건들다, 때리다, 괴롭히다, 훼방 놓다, 화나게 하다. touch lightly, provoke, aggravate, disturb, hit, make angry, strike, pound, annoy, cause to be disturbed, hurt, aggravated.

• **다듬이** dai-dame, (दै-दम): 다듬이질하는, 반복해서 때리거나 힘을 주어서 세탁하는, 깨끗하게 하는, 청결하게 하는. strike repeatedly or make laundry straightly by pounding, to be tamed, cleansed, purified.

• **잔** jhan, (कुत्र): 잔소리하다, 시끄러운 소리 내다, 쨍쨍 소

리 내다, 공명이 있는 소리 내다. utter, make noisy sound, cause to be sounded, resounded, clanking, jingling, cause to make slight, resonant tone.

- **앙징** an^jing, ㅉㅈㄺ◌ㅆ (अञ्जङ्गि): 옛말, 앙증맞다, 기술 좋은, 원만한, 아름다운, 미려한, 정교한. adroit, amicable, beautiful, gorgeous, skillful, decorative, beautiful adorned. (현재 '앙증'이 '잉징'보다 더 쓰이나 '앙징'이 어원에 가깝다)

- **풀어** prath, ㄷㅈㅉㄷ (फ्राथ्): 사투리로 '푸라', 풀었다, 해결하다, 보시하다, 돕다. to solve a problem, expand, donate, give aid to.

- **아그** agh, ㅉㅁ (अग्): 에그, 아구, 에그머니, 잘못되다, 비참하다. go into wrong, miserable, unfortunate, unhappy.

- **새끼(줄)** s'ikya, ㅈ◌ㅉㄹ (सिक्यइति): 끈, 밧줄, 새끼줄. a rope, hemp-cord, straw twine, loop, swing.

- **어지르** a^jri, ㅉㄺㅈ◌ (अज्री): 어지르다, 어지럽히다, 흩어지다, 펼쳐지다. to be confused, perplexed, disturbed, agonized, scattered, pained, dispersed, expanded, stretched out, entangled.

- **뜻** dhiti^, ㅎ◌ㅈ◌ (धिति): 옛말로 '딯ㅌ'. significance, meaningfulness, deep thought, intention, meditation, knowledge, wisdom.

- **잘** jal, ㄸㅉㄹ (जल): 잘사는, 부유하게 사는, 건강하게 사는. to live in abundance or in good health, rich.

- **아자나** a^jna, ㅉㄺㅈ (अज्ज्न): '알잖아'의 사투리, 옛말, 안다, 인지하다, 이해하다. know, perceive, understand, comprehend.

- **맡김** ma^kim, ㅁㅉㅎ◌ㅁ (मकिम): 맡기다, 권한을 부여하다, 믿다. cause to be authorized, commissioned, entitled, entrusted to mark, make, commit, measure, build, prepare, arrange, form.

- **설** su^r, ㅈㅎㅈ (सुर): 설날. the first day of the new year. day of the sun.

- **설 쇠다** su^r-siddhi, ㅈㅎㅈ ㅈ◌ㅎㅎ◌ (सुर सिद्धि): 사투리, 옛말로 '설 시디', 소원 성취를 빌다. celebrate, worship, wish, hope for prosperity, wealth, happiness on the new year's day.

- **아야 온나** a^ya o-na, ㄹㅉ ㅎㅈ (अय ओ-ना): 빨리 와라, 들어와라, 환영한다. come on quickly, enter, to be greeted, accepted.

- **담아** dha^ma, ㅎㅉㅈㅉ (धाम): 담는 용기. tubular vessel, bag, container, bucket, bushel.

- **절** jri, ㄺㅈ◌ (ज्रु), dri, ㅎㅈ◌ (द्रि): 절하다, 경배, 절, 사뢰, 숭배하다.

worship, honor, bow down, invoke, praise, address.

• **했다** hita, ᰍ ᰕ ᰒ (हित): 사투리, 옛말로 '히따', '힛다', '헛다', 하였다, 존속되었다, 먹었다, 행해졌다, 안락해졌다. worked out, subsisted, nourished, performed, carried out, made happy, adventageous.

어머니와 식사

아들아 이것 므으라˚
꼭꼭 씹어 무거라
국물만 먹지 말고 건디기˚도 모다˚ 므으라

오마니˚ 드시˚라고, 맛˚보시라고 잘게 썰˚어놓은 고기예요
입에 넣으시면 설˚설 녹을 것이에요
모다 놓았으니 어머니 드세요

아오˚!
꼼짝도 못 하고
어머니가 올려주신 것을 오물거려 삼켰다
오직˚ 자˚식만을 생각하시는 어머니의 삶같이 물러진
고깃덩어리를 간신히 목에 넘겼다

어머니는 거짓말˚ 탐지기이다
내 말을 절대로 곧이˚곧대로 믿지 않으신다
굴˚ 속 같은 곳에서 살지 않는다고 해도,
혼자 살지 않는다고 해도,
밥을 잘 먹고 다닌다고 해도,

굽°어살피시고 얼굴이 펴지시지 않는다

그렇습니다
어머니!
어머니 마음 편하시도록 많은° 거짓말을 합니다
부디 그 말을 믿어버리시고 편안하셔요
흰 두루미°처럼 사세요

실은 참말을 할 때도 있습니다
지금은 사는 것이 참 좋아요
벌써 꽤 되었어요
삼라만상이 악기가 되어서
건반을 두드리고 현을 탄다°고 말씀드릴게요
이 세계는 눈앞에서 연주되고 있는 음악이어요
내버릴° 것 없이, 있는 그대로 아름답고
자유로와요 어머니

- **므으** mev, ㅈㅁㅎ (मेयू): '먹어'의 사투리, 먹다, 먹어라. eat, drink, serve, take.
- **건디기** gundi-ki, ㄲㄹㅅㅎㅎ-ㅈㅎ (गुंडी-की): '건더기'의 옛말, 사투리, 음식, 곡식 가루. food stuff, flour, meal.
- **모다** modha, ㅈㅎㅎ (मोधा): '모아', '모두'의 전라도 사투리, 모으다, 모이다, 집중하다, 쌓아두다. collect together, meet, assemble, join together, heap up, accumulate.
- **오마니** omani, ㅎㅈㅋㅎㅎ (उमानि), om-mani^, ㅎㅈ-ㅈㅋㅎㅎ (ओ-मणि): 북한 사투리로 '옴마니', 어머니, 막아주는 사람, 도와주는 사람. mother, mammy, protector, helper.
- **드시** dheu-siya, ㅎㅎㅁㅎ-ㅆㅎㅋ (धेउ-सिया): 먹다, 마시다, 음식 차려드리다. eat, drink, to be served, taken, help one's self to.
- **맛** madhu, ㅈㅎㅎ (मधु): 사투리, 옛말로 '마덨다'의 '맛', 맛있다, 맛있는, 즐거운, 기쁜 크게 기쁜. taste good, tasty, joy, delightful, delicious, rejoice.
- **썰** su^r, ㅆㅎㅋ (सुर): 썰다, 자르다, 절단하다, 조각내다, 산산이 찢다. cut off, split off, break into pieces, tear asunder.
- **설** sru, ㅆㅎㅋ (स्रु): 설설 녹다, 용해되다, 녹아 흐르다, 액화되다. dissolve into part, melt, flow down, liquidate.
- **아오** aho, ㅋㅎㅎ (अहो): 감탄사 아오!, 정말!, 확실히, 분명히, 실제로는. indeed, surely, certainly, in fact. 오오!, 놀라운, 비참한. wonderful, miserable.
- **오직** o-dhi-ukh, ㅎㅎㅎㅋㄹㄱ (ओ-धि-उख): 옛말로 '오둑', 깊이 생각하고 깊이 받아들여 밝히다. think, perceive deeply and make manifest, illuminate.
- **자** ja, ㅉ (जा): 자식, 자子, 아들과 딸, 아이, 어린이들. offspring, son and daughter, baby, kid, children. (한자가 옛부터 쓰고 있던 우리말을 후에 표현한 문자라는 예)
- **거짓말** ga-jit-mar, ㅋ-ㅉㅎㅋ-ㅈㅋㅋ (ग-जति-मृण): 꾸민 말, 믿을 수 없는 말, 실속 없는 말. imaged, acquired words, make believe, coined words, untrustworthy, not effectual saying, naming, cunning words.
- **곧이** godi, ㄲㅎㅎ (गोदी): 곧, 즉, 말하는 바대로. speaking, saying, what is saying.

• **굴** gurda, ⟨script⟩ (ग्रुद्र): 거주지, 큰 동굴, 동굴 속 사원, 동굴 속에 거주하다. abode, cavern, temple in the cave, dwell in the cave. (굴이 거주지이던 때의 단어)

• **굽** gup, ⟨script⟩ (गुप्): 굽어살피다, 보호하다, 막아주다, 숨기다, 돌보다. protect, defend, conceal, take care of.

• **많은** mahin, ⟨script⟩ (महिन्): 사투리로 '마히', 양이나 크기가 큰, 많은, 많이, 수량이 많은, 대단히 강력한. great, many, mich, a lot of, mighty.

• **두루미** du^ru-mi, ⟨script⟩ (दुरु-मि): 머리에 붉은 점이 있는 학의 한 종류. a species of crane with red mark on the head.

• **탄다** tan-da, ⟨script⟩ (तन्-दा): 현악기를 연주하다, 뜯는다, 탄주하다. play, strike a stringed musical instrument.

• **내버리다** ni-vriji-dha, ⟨script⟩ (नि-व्रीहि-धा): 옛말로 '내브리지다', 포기하다, 던져버리다, 유기하다, 버리다, 쓰레기로 처리하다. give up, throw away, abandon, waste to be given up, wasted, thrown away.

사람살이

어떻게
살아지냐*고, 살아지냐고 물어보셨지요
어머니,
이렇게 저렇게 살아지더*라고요

살림*이 쪼개지고
살림살이*가 온데간데없어져도
아침은 날마다 오고
밤은 어두워졌지요
살아나갔다*라고도 말씀드리겠어요

살아지더라고요
어머니
지금에사 말씀드리지만 죽음인가도 했어요
그래도 사는 것이 좋았고 또 좋았어요
그렇게 해야* 했겠지만요

그래*서 그동안
죽지 마*!

살아봐˚!
같이 살자˚ 하고,
제 시를 읽는 아이들과 젊은이들에게 말해왔어요

어머니,
언능 가˚고 싶다는 말씀은 하지 마세요
밤하늘 북두칠성北斗七星이 부른다고 하지 마세요
오래오래 사세요
살으마˚! 하고
언제까지라도 살아 있겠다고 말씀해주세요
약속해주세요

- **살아지냐** saraji-niya, 𑀲𑀭𑀚𑀺𑀦𑀺𑀬 (सरजी-नयिम): 살아지느냐?, 생계, 생활 되느냐. achive lively-hood.
- **냐** niya, 𑀦𑀺𑀬 (नयि): ~냐?, 이르다, 획득하다, 도착하다. to arrive, reach, attain, achieve, get near to, approach, leave.
- **살아지다** sarji-da, 𑀲𑀭𑀚𑀺𑀤 (सरजदि-द): 생활하다, 벌어먹다, 살다. earn by labour, acquire, gain, procure, make a living, lively hood, live along.
- **살림** salim, 𑀲𑀮𑀺𑀫 (सलीम): 살림집, 주택. house, abode.
- **살이** sali, 𑀲𑀮𑀺 (सालि): 쌀. rice food.
- **살림살이** salim-sali, 𑀲𑀮𑀺𑀫 (सलीम), 𑀲𑀮𑀺 (सालि): 살림과 살이가 합해진 단어로서 집과 쌀, 곡식을 갖춘 상태.
- **살아났다** sarana-gata, 𑀲𑀭𑀦𑀕𑀢 (शरण-गत): 살아갔다. make a living, lived along, get along, led a life.
- **해야** haya, 𑀳𑀬 (हय): 옛말, 사투리로 '하야', 하다, 만들다, 원하다, 갈망하다, 숭배하다, 보살피다, 사랑하다, 일을 진행하다, 착수하다, 수행하다, 촉구하다. do, make, want, desire, worship, attend, take care of, love, work out, set out, carry out, urge.
- **그래(서)** graha, 𑀕𑀭𑀳 (गर्हः): 인지하고 알다, 이해하다, 헤아리다, 파악하다. know, see, understand, comprehend.
- **마** ma^, 𑀫𑀸 (माँ): 헤아리는, 모습을 떠올리는, 끝냄, 멈춤, 금지, 어머니. measure, figure out, the end, don't stop, cease, mother.
- **살아봐** sara-va, 𑀲𑀭𑀯𑀸 (सार-वा): 살아보자, 소생해보자. to be alive, cause to be restored consciousness, alive, abiding, living, dwelling, surviving.
- **살자** sar-ja, 𑀲𑀭𑀚 (सर्व-ज): 살아가다, 생활하다. live, abide, dwell, get along, inhabit, make a living, earn by living.
- **언능 가** anu-ang ga, 𑀅𑀦𑀼𑀕 (अनु-अंगग): '빨리 가'의 전라도 사투리, 빨리 가다, 따라가다. go away quickly, rush along, dash, follow after, chase after, walk along, drive along.
- **언능 갔다** anu-ang gata, 𑀅𑀦𑀼𑀕𑀢 (अनु-अंगगतम्): '빨리 갔다'의 전라도 사투리, 사망하다, 빨리 죽다, 목숨을 끝내다. passed away, died, perished quickly, extinguished.
- **살으마** sarma^, 𑀲𑀭𑀫 (शर्म): 살고 싶다, 삶을 다시 살고 싶다. wish to live, desirous of living along, to be restored to life.

할아버지의 논

할아버지는 평생 농군이셨다
돌산 자락을 일구어 밭*으로 만드시고
그렇게 얻은* 밭을 다시 논으로 만드셨다

산비탈에서 물이 철*철 솟아
찰랑*거리게 논에 물을 받아*
물이 차야* 물을 가두*고
모내기를 하셨다

뜨거운 햇빛을 쏟아붓는 해가
중천을 넘어가면
거름*을 주시다가
할머니가 머리에 이고 오신
고기*도 넣지 못한 참*을 드셨을 것이다

독아지*에 든 할아버지가 기른 쌀*로 자란 몸이 청년이 되어
의과대학생이었을 때
할아버지가 큰 병으로 대학병원에 입원하셨다

"할아버지, 죄송해요. 잘못했어요!
의대 졸업반이었던 제가 무얼 모르고, 철*이 덜 들었어요.
어떻게* 그렇게* 결정했을까요?
마취과 교수의 말에 겁*먹지 말았어야 했어요"라고
늘* 불쑥불쑥 효도*하지 못한 것을 후회하고 아파해야 했다

할아버지 수술을 수술장 앞에서 그만두*시고,
수술 못 하시고 떠나가시며
산비탈 논을 자기를 봉양한 넷째 아들인 아버지께 물려주
셨다는데
아버지는 평생 농사를 짓지 않으셨다
아버지가 가실 때
할아버지의 논이 한 조각 희간* 구름이 되어 뒤따랐다

• **밭** va^ta, ㅈㅈㅈㅈ (바따): 밭[田], 구획된 정원, 땅 한 조각, 토양, 기반, 들판, 공기, 생명력, 바람. an enclosed garden, a piece of land, ground, foundation, field, air, vitality, wind.

• **얻은** edhin, ㅈㅈㅈㅈ (엗힌): 받아들인, 획득한, 가진, 소유한. granted upon, obtained, got, acquired.

• **철** chur, ㅈㅈㅈ (춼): 물이 철철 나오다, 샘솟다. ooze out, spring out (as water), sprinkle.

• **솟아** sosha, ㅈㅈㅈ (쏘샤:): 물, 불꽃, 기운이 솟아나다, 정력 있는, 불타다, 불이 솟다. issue forth, ooze forth, spring (as water), raise, inculcate, vital energy, powerful, energetic, arise (as energy), become energetic, burn, flame, ignite, kindle.

• **찰랑** cal-lan^gh, ㅈㅈ-ㅈㅈㅈㅈ (카ㄹ-랑): 찰랑대다, 찰랑거리다, 파도치다, 파도치며 흘러가다. tremble, wave up & down, shake about instantly, extend faraway, meander, move on, quiver, fade away, proceed, to be agitated.

• **받아** vah-dha^, ㅈㅈ-ㅈㅈ (바ㅎ-댜): 받다, 받아들이다, 지지하다, 헌신하다. receive, accept, support, dedicate.

• **차야** caya, ㅈㅈ (챠야): 충만되다, 채워지다, 모아지다. to be over filled, brimful, flooded, heaped up, piled up, stored in full, collected, preserved.

• **가두다** gha-dudh-dha^, ㅈ-ㅈㅈㅈㅈ-ㅈㅈ (ㄱ-둗ㅎ-댜): 감옥에 넣다, 형을 살게 하다, 감금하다, 법을 어긴 자를 감금하다. put in prison, to be jailed, to be confined, in a state of confinement for law breaker.

• **거름** gar-um, ㅈㅈㅈ-ㅈㅈ (가ㄹ-꺼): 식물을 자라고 싹 트이고 개화시키기 위한, 독하게 발효되고 부패가 된 썩은 풀이나 식물 이파리로 된 비료. noxious & fermenting, corrupt, spoiled, rotten grass and plants leaves for fertilizer (to grow, sprout, shoot).

• **고** go-ghi, ㅈㅈ-ㅈㅈ (꼬-비): 정육된 소고기. butchered meat as cow or ox.

• **참** cam, ㅈㅈ (챔): (참) 먹다, (간단히) 먹다, 마시다, 음식, 간식 먹다, 점심. eat, sip, drink, serve, devour, take snake, lunch.

• **독아지** dogha-ji^, ㅈㅈㅈㅈㅈ (도까-쟤): 전라도 사투리로 '도가지',

옹기, 독, 우유 담던 석기, 도자기, 토기. clay ware, stone vessel for milk pot, pottery.

• **쌀** sa^li, 𑖭𑖯𑖩𑖰(साली): 사투리로 '살', 쌀밥의 쌀, 쌀밥, 이밥(옛말인 '살리', '쌀이'에서 '이'가 남아 쌀밥이 이밥으로도 표현됨). grain of rice, rice.

• **철** cul, 𑖓𑖲𑖩(चुल्): 철들다, 원숙하다, 성장하다, 물결, 파도 출렁이다, 현명하다. raise, issue forth, cause to be grown up, raised up, waved, overflowing, intelligent, wise.

• **어떻게** ud-kheya, 𑖄𑖟𑖿𑖏𑖸𑖧(उद्-कषे): 사투리로 '우뜨께', 분명히 나타나게 만들다, 밝히다, 설명하다. make manifest, illuminate, explain out.

• **그렇게** graha-kheya, 𑖐𑖿𑖨𑖮-𑖏𑖸𑖧(ग्रह-खेय): 분명히 드러나게 하는 것을 이해하다, 누구의 의도를 밝히는 것을 아는. comprehend so as to make manifest, as know so as to illuminate one's intention.

• **겁, 굽** gup, 𑖐𑖲𑖢(गुप): 겁나다, 두렵다, 움츠러들다, 혼란에 빠지다. to be scared. feared, concealed, perplexed, shrunk, confused. 굽어살피다, 보호하다, 돕기 위해 팔이 안으로 굽다. defend, protect, cause to be profitable, advantageous, favorable.

• **늘** nr, 𑖡𑖴(नृल्): 항상, 끊임없이 지속되는, 이미 존재하는, 우주 안에 존재하는. constant, persistent, ever present, universally existent. 거주하다, 머물다, 살다. reside, dwell, stay. 개인, 동료, 인류, 중요한 존재. person, fellow, human being, substantial being. (본질적이며 우주적인 존재인 인류 같은 존재가 항상 지속되어 존속하고, '살아가다'라는 뜻이 들어 있음)

• **효도, 해도** hiya-doha, 𑖮𑖰𑖧-𑖟𑖺𑖮𑖯(हयि-दोहा): 전라도, 충청도 사투리로 '히야도', '혀도', 해도, 행行하다, 일하다, 참여하다. perform work out, attend, 보살피다, 효도하다, 존경심을 가지고 봉사하다, 자라다, 존속하다. take care of, duty, obedience or respect that one should show one's parents or older people, grow, subsist, serve with respect. 꾸짖다, 강력히 충고하다(전라도 사투리로 '해도라, 혀도라, ~을 해주라'는 의미임), admonish, urge.

• **그만두다** ghu-man du-dhta, 𑖑𑖲-𑖦𑖡𑖿-𑖟𑖲-𑖠𑖿𑖝(घु-मनदू-धत): ~을 하는 것, 말하는 것, 소리 내는 것을 멈추다, 행위를 끝내다, 잊

다, 버리고 떠나다, 포기하다. stop doing, speaking, utter, cease to do, finish, forget, abandon, give up. 훼방을 멈추다, 방해를 그만하다, 방해하지 않는다. stop disturbing, give up any hindrance, abandon any interference, don't disturb.

• **희간, 히간, 호간** hi-gant, ᄯᅗᅟ᠎- ᄁ ᅩ ᅮ (ᅙᅵ- 간): '하얀'의 전라도 사투리, 흰색을 띤, 흰색으로 여겨지는. tinted white color, to be regarded white.

홍시

길바닥* 울퉁불퉁한 길 걸어 쭉* 올라가면
두메산골* 개산 밑 작은아버지 집
흙담* 아래서
우두머리* 닭 따라* 꼬마 닭들이 꼬꼬댁* 우는
깔끄막* 위의 야트막한 움집*
낮은 천정의 방 아랫목 위에
부엌 아궁이* 쪽으로 달아낸 다락*
닫혀 있는 문
문고리를 당겨보*고 싶었던 일곱 살
작은 엄니도 형들도 집에 없고
좁은 마루에 앉았는데 해는 개산 위로 넘어가고
아무도 오지 않고
오줌만 마려워 자꾸 오줌만 싸*고
키 큰 깨죽나무 붉어진 이파리 어둑해서 보이지 않을 때
참지 못하고 연 다락문 틈* 사이로
뻗은 손
불에 델* 듯 더듬더듬 나아가니
서늘한 대바구니
손끝에 닿*았다

까끌한 감촉 너머 물컹하던 것
아!
홍시

• **길바닥** gili-padak, 𑖐𑖩𑖰-𑖢𑖟𑖎 (गलि-पदक): 길 표면. road's surface.

• **쭉** jyok, 𑖕𑖧𑖺𑖎 (जयोक): 긴, 쭉 뻗은, 펼쳐진, 긴 시간, 긴 삶. long, stretched out, spread out, for a long time, for a long life. ('쭉 뻗은'의 '쭉', 한자 직直의 어원)

• **두메산골** dhu^maya-sanu-kola, 𑖠𑖳𑖦𑖯𑖧𑖯-𑖭𑖡𑖲-𑖎𑖺𑖩𑖯 (धूमाया-सनु-कोला): 산 계곡에 있는 작은 집. a house or cottage in the valley of mountain.

• **두메** dhu^maya, 𑖠𑖳𑖦𑖧 (धूमय): 집, 작은 집, 연기, a house, cottage, smoke.

• **담** dam, 𑖨𑖺𑖠𑖭𑖿 (रोधस्): 울타리, 집, 주택, 거주지, 굴, 은신처, 진흙으로 된 반구형 모양 건물, 성, 저수지, 댐. fence, abode, a house, dwelling place, den, clay dome, castle, water reservoir, dam.

• **우두** ud, 𑖄𑖟𑖿 (उद्): 접두사로 위, 위로, 위에, 넘어. up, upwards, upon, on, over, above.

• **우두머** ut-tama^, 𑖄𑖝-𑖝𑖦𑖦 (उत-तमम): 가장 위, 가장 높은, 담당자, 가장 올라간, 원칙, 최고로, 우수한, 첫 번째, 가장 큰. uppermost, highest, chief, most elevated, principal, best, excellent, first, greatest, the highest.

• **이** i, 𑖂 (ह): 영어 it, 지시 대명사로 이, 이것, 이 다음의 어근.

• **머리** mauli 𑖦𑖻𑖩𑖱 (मौली): 머리, 어떤 것의 꼭대기, 머리에 이다, 정중하게 받다, 중요한, 맨 앞에 위치한, 가장 훌륭한. the head, the top of the anything, to place on the head, receive respectfully, chief, foremost, best.

• **우두머리** ut-tama^-mauli, 𑖄𑖝𑖿𑖝𑖦-𑖦𑖻𑖩𑖱 (उत्तम-मौली): 사투리로 '우따마리', 머리, 최고의, 우수한, 최고위자, 두드러진. head, premier, excellent, chief, prominent.

• **우두머리** ud-mauli, 𑖄𑖟𑖿 (उद्)-𑖦𑖻𑖩𑖱 (मौली), **우두머이** ut-tama^-i, 𑖄𑖝-𑖝𑖦𑖦-𑖂 (उत-तमम-ह): 위와 동일한 의미.

• **따라** tara, 𑖝𑖯𑖨𑖯 (तारा): 따라가다, 모색하다, 쫓다, 운반하다, 이어지다, 건너가다. follow after, seek for, chase after, convey, carry over, get across.

• **꼬꼬댁** kukkuta, 𑖎𑖲𑖎𑖿𑖎𑖲𑖘𑖯 (कुक्कुटा): 옛말로 '꾸꾸타', 암탉, 수

닭, 닥. hen, a cock, chicken.

- **깔끄막, 깔까막** kharkamagh, ᘔ ᖇ ᗙ ᘔ ᖴ ᙏ (खरकामघ): 전라도 사투리, 거칠고 가파른, 혹은 그런 길이나 언덕, 혹독한, 거친, 단단한, 거친 언덕, 심각한 절벽, 불리한 언덕 쪽, 산정. harsh, rough, hardness, firmness, rough hill, stern cliff, adverse hill side, heights.

- **움집** umbh jive, ᗙ ᖴ ᖇ ᘓ ᙩ ᘔ ᗼ (उम्भजीवे): 은신 동굴, 집, 거주지, 보육센터, 담에 싸인 집. inhibiting den, house, living abode, nursery, dam house.

- **아궁이** a^ghu-ing-i^, ᖴ ᙏ ᗙ ᙩ ᘓ ᙩ (आघु-इङ-इ), **아구리** a^ghri, ᖴ ᙏ ᖇ ᙩ (आघ्रि): 부엌의 불 피우는 곳, 보일러, 난로, 불을 피우는 기구. kitchen's burning range, furnace, stove, fire range. ('아궁이'와 같은 뜻이었던 '아구리'에서 입의 속어인 '아구리'로 변천됨)

- **다락** dha^-rak, ᖱ ᖴ ᖇ ᖴ ᗙ ᗙ (ध-रक): 다락, 골방, 오두막. attic, garret, storage, hut.

- **보다** bo-dha, ᘔ ᘔ - ᖱ ᖴ (बो-ध): 알다, 이해하다, 인지하다, 생각하다, 인식하다. know, understand, comprehend, perceive, think, recognize.

- **싸다** sada, ᙟ ᖇ (सदा): (오줌) 싸다, 산산이, 흩어져서, 떨어져 나가게 하다, 치우다, 내보내다, 앞으로 떨어뜨리다, 흘리다, 살포하다, 물로 씻다, 깨끗하게 하다. fall out, asunder, disperse, remove, expel, cause to shed forth, besprinkle, wash, clean.

- **틈** ti^m, ᖇ ᙩ ᙏ (तिम): 틈새, 땀 나다, 젖다, 간격, 시간 사이, 숙성한. a gap, perspirate, moisturized, interval, lapse of time, ripe.

- **데** dai(ai=e^), ᖇ ᙩ (ᖴ ᙩ = ᗙ) (ᗛ (ᘁ = ᗼ)): 정결하게 만들다, 순수한, 준비된, 깨끗한. make purified, pure, prepared, clean. ('다하, da^ha(ᖇ ᖴ ᗙ ᖴ)'가 '불에 타다, 불에 의해 없어지다, 화염'의 뜻이 있어, '불에 접해 순수하게 되다'는 최초의 의미가 생겼고, 지금은 '~데'와 '데다(화상)'이라는 뜻이 남음)

- **바구니** vaha-go-ni, ᗙ ᖴ - ᘨ ᗙ - ᖇ ᙩ (वहा-गच्नि): 망태기, 볏집으로 짜인 용기, 작은 가방, 등산 가방, 소쿠리. a kind of basket, tote, container woven of rice, basket of stalk, climbing gala.

- **닿다** da^ta, ᖇ ᖴ ᖇ (दाता): 닿은, 알려진, 연결된, 건네준, 제공된, 기부된. to be reached, known, connected, contacted, reported (as letter), given, offered, contributed, donated.

붉은 댕기

흠·흠흠
에누리° 없이 산 앞다지°
머리에 이아 가°
머리에 이고 가

앞산 봉우리 붉은 노을 뜰 때
볼 발그레한 얼굴 마주 보지 않아도
발자국 소리 함께 산길에 흥건하네

흠흠흠
신방 머리맡에 놓을 머리장
머리에 실아 가°
머리에 실어 가

개울가 바위 노래할 때
닿는 어깨 서로 껴안지 않아도
함께° 걷는 걸음 논둑길에 질펀하네

팔랑

팔랑
나비 한 마리 따라
하늘가에 떠오르는 둥그런 얼굴이
사랑스러워*
온 세상이 환한데

머리칼에 매달린 연지臙脂 물든 여울은
앞산 꼭대기에서 하늘 끝까지
찰랑, 찰랑이고

• **흠**歆 hum, ㅅ ㅎ ㅈ (हुम्): 바치다, 헌정하다, 희생하다, 봉사를 받다, 명예를 받다. donate, dedicate, assent, sacrifice, worship, cause to be nourished, served, honored. (바쳐지고 헌정되어 그 대상과 하나가 되는 것으로까지 생각과 느낌이 확대되어 감탄사까지 되었다)

• **에누리** e-nri, ㅁ ㅅ ㅜ ㅇ (ए-नृ): 옛말로 '에느리', 값을 깎다. seek to discount, cut off the price, hurl down, break of the price.

• **앞다지** ap-ta-dhi^, ㅍ ㄷ ㅈ ㅎ ㅇ (अप-त-धि): 옷궤, 농, 궤. a front opening chest.

• **지**持 dhi^, ㅎ ㅇ (धि): 함. container, retainer, holder, bearer, perception, thought, meditation. (우리말인 '앞다지'의 '지'가 먼저 있었고, 후에 아시아 대륙에서 우리 선조들이 한자 '지持'를 만든 것임)

• **이아 가** iya-ga, ㅇ ㅋ - ㄲ (इयय - ग): 머리에 이고 가다. carry on the head, to be loaded on one's head.

• **니아 가** ni-iya-ga, ㅅ ㅇ - ㅇ ㅋ - ㄲ (नियय - ग): 위와 동일.

• **실아 가** sira-ga, ㅅ ㅇ ㅈ ㅍ - ㄲ (सिर - ग): 실어 가, 소에 실어 가다, 머리, 머리에 실어 가다, 쟁기질하다. carry, transport, head, hold up on the head, sleigh, plough, to be ploughed.

• **실아서 가** siras-ga, ㅅ ㅇ ㅈ ㅍ ㅈ - ㄲ (सिरस् - ग): 실어서 가다, 머리에 실어 가다. carry away, transport, to be loaded, carried on one's head.

• **함께** aham-kheya, ㅍ ㅅ ㅈ - ㅁ ㅁ ㄹ (अहं - खेय): 함에 모으는 것과 함께 같이하는 것에 찬성함, 명확하게 설명하다, 해명하다. illuminate, explain clearly.

• **함** aham, ㅍ ㅅ ㅈ (अहं): 함函, 옷장, 궤櫃, 명함, 고告하다, 설파하다. box, chest(for clothes), name cards, speaking, reporting, addressing. (여러 가지를 함께 넣어두거나, 말할 것을 함께 모아서 말하는 것을 의미한다. 역시 우리말 '함'을 한자 '함函'으로 선조들이 만든 것임)

• **께** kheya, ㅁ ㅁ ㄹ (खेय): 찬성하다. to be approved, agreed, made clear.

• **스럽다** si-ropta, ㅅ ㅇ - ㅈ ㅎ ㄷ ㅋ (सि-रोपता): 사투리, 옛말로 '시롭다', ~스럽다, 승화시킨다, 정제된, 고상한, 우아한, 변화된, 응당한, 가치가 있는. highly elevated, sublimated, refined, polished, cause to be transformed, entitled to, deserved, worthwhile.

• **시럽다** si-rupta, ㅅ ㅇ - ㅈ ㅎ ㄷ ㅈ (सि - रुपता): 위와 동일.

설날에

어려서
설날에 큰집 동네를 돌*면서
집안 어른들께 세배*를 드리면
어른들이
병철*이 왔나
앙거,*
앙거라 하시면서
세배를 받으셨다

훌륭한 사람이 되라 하시고는
섭*섭치 않게
세뱃돈을 주셨다

마당으로 내려와
세뱃돈을 시*면
감나무가 빙긋이 웃으며 곁에 섰다*가
손을 잡고 함께 흰 구름으로 둥둥 날았다

- **돌아** dora^, ᨆ ᨉ ᨘ ᨒ (도라): 돌다, 문제를 풀다, 전후좌우로 휙 움직이다, 문門, 선회, 회전. turn, resolve, swing, a door, a swing.
- **세배** sev, ᨀ ᨊ ᨍ (세ᄇ): 세배歲拜, 절하다, 경의를 표하다, 섬기다, 방문하다, 경례하다, 인사하다. bow down, down before, worship, honor, serve, visit, salute, greet. (히말라야 파미르고원, 타림 분지 지역 등에서 처음부터 우리가 써온 말을 후에 우리 선조들이 중국 대륙에서 한자 문자인 歲拜로 형상화하였고, 한반도에서도 그 문자를 오래 사용하다가 나중에 한글을 창제하였다)
- **병철**: 나해철 10세 때까지의 이름. 나주 영산포 시절에는 나병철이었고, 몸이 허약하고 자주 아파서, 당골내(무당)의 신탁으로 개명하였다. 광주 송정리로 이사를 간 뒤부터 나해철로 살기 시작했다.
- **앙거** an'gha, ᨅ ᨗ ᨕ (앙ᄀ): '앉아라'의 전라도 사투리, 앉다, 선정에 들다, 휴식하다, 정신적인 자유로움을 느끼다. sit down, have a seat, enter the tranquil state of deep meditation, take a rest, take it easy, feel free, free from hindrance or difficulty. (불교의 동안거, 하안거의 '안거'와 어원이 같다)
- **섭** sup, ᨀ ᨈ ᨑ (ᄉ섭ᄐ): 불충분한, 불충분하여 섭섭한, 죽, 국 먹다, 두려운, 공포스러운, 놀라다. insufficient, sauce, soup, to be fed with soup or sauce, fearful, fright, to be frighted.
- **시** si, ᨌ ᨙ (쉬): '세다'의 전라도 사투리, 수를 세다, 무게를 측정하다, 묶어놓다, 다발로 묶다. count, weigh, bind, tie (as bundle of vegetable).
- **섰다** stha, ᨀᨕ (ᄉ타): 머물다, 멈추다, 체류하다, 살다. stay, stop, take a rest, inhibit, dwell. live.

비바리

늙은 비바리* 하소연을 들어나 주오

비*가 쏟아지면
'비 맞았다*!' 하면서도
'아서*라 어서* 물에 들어가자' 한다네

자식새끼 먹을 것, 입을 것 생각해서
'바다에 뛰어들자' 하는 세월이 한평생이요

시름*겹고
시름*시름 앓을 때에도
일을 하고, 또 일을 하였소

섬*이 어찌 들지 않겠소
물 밖에 입 내밀고 숨비소리 낼 때
자식들 얼굴이 밝은 햇님이었소

자식을 보며 살아온 한평생이었다오
지금도 바다에서 손짓한다오

히말라야° 백두산보다 더 높이 햇님이
환하게 손짓한다오

- **비바리** vi-vaha-ri^, 𑀤 ⟨⟩ - 𑀤 ⟨⟩ - 𑀺 ⟨⟩ (वि- वाह -री): 해녀, 비바리, 바닷속 여자 어부, 결혼한 여자. marine girl, woman fisher under the sea, married woman.
- **비** vi, 𑀤 ⟨⟩ (वि): 우雨, 바닷물. rain, sea water.
- **비 오다** vi-oda, 𑀤 ⟨⟩ - 𑀗 𑀢 (वि-ओदा): rain down.
- **바, 바하, 봐, 보** vaha, 𑀤 𑀳 (वहा): (해)봐(라), 최선을 다하다, 힘껏 노력하다, 방문해보다, 운반해보다, 어깨 위에 신부를 올리다(신부新婦를 보다), 시장 보다, 옮겨보다, 일하느라 욕보다, 보습(쟁기). make one's best, exert one's self, visit, carry away, convey, bear the bride on the shoulder, transport, carry shopping goods on the carriage, make effort, plough.
- **리** ri^, 𑀺 ⟨⟩ (री): 가다, 떠나다, 흘러가다, 뛰어가다, 자유롭게 되다, 떨어지다, 분리分離되다. go away, proceed, move, flow down, run away, set free, let go, leave, detach, separate. (한자 '分離'의 '離'이며, 순우리말인 '리'가 먼저 있었고 후에 한자로 문자화되었음)
- **비 맞았다** vi-majj-ita, 𑀤 ⟨⟩ - 𑀫 𑀚 𑀮 ⟨⟩ - ⟨⟩ 𑀢 (वि- मज्ज - इता): 사투리로 '비 마짓따', 젖다, 물에 잠기다, 다이빙하다, 뛰어들다, 돌입하다. get wet in the rain, submerge, plunge into, dive into.
- **아서** as^u, 𑀫 𑀼 𑀗 (अस्उ): 아서라, 더러운, 나쁜, 불순한. dirty, not pure.
- **어서** a^su^, 𑀫 𑀼 𑀗 (असु): 빨리. quickly, in a hurry, swiftly.
- **시름** sirim, 𑀼 ⟨⟩ 𑀺 ⟨⟩ 𑀫 (सरिं): 시름시름 아프다, 병을 앓다, 고통스러워하다, 시름겹다, 노력해야 한다, 최선을 다해야 한다, 해내다. to be sick, ill, afflict, suffer pain, disease, make effort, toil, labour, work out.
- **심** simi, 𑀼 ⟨⟩ 𑀫 ⟨⟩ (समि): '힘'의 전라도, 경상도 사투리, 힘 드는 일, 노력, 노동, 노역. labor, effort, toil, hard work.
- **힘** him, 𑀗 ⟨⟩ 𑀫 (तस्य): 흰, 흰색, 백색. white, white snow.
- **히말라야** Him-a^laya Mt, 𑀗 ⟨⟩ 𑀫 - 𑀫 𑀮 𑀺 (हिमि- -अलाय): 백설두산白雪頭山, 백두산白頭山. the white snow covered mountains.

몰랐지라우

몰랐지라우·
그· 사람
떠날지

몰랐지라우
그 사람 심은 나무
잎 다· 떨굴지

몰랐지·라우
그 사람
새봄에
푸르게 천지를 물들일지

• **라우** ra-u^h, [illegible] (र-उः): 전라도 사투리로 '~(해)라우', 좋아하다, 좋으니 보살피다, 좋으니 시중들다. fond of, like, attend to, serve, wait upon.

• **그, 기** gi, [illegible] (गि): 옛말로 '기', 동의하는, 언급한 것같이, 알다시피, 말하자면, 삶에서 흔한. agreeable, as mentioned, as known, so to speak, as usual in lives. (전라도 사투리로 '그렇다'를 의미하는 '기다'의 '기' 임)

• **다** da^, [illegible] (दा): 주다, 허락하다, 수여하다, 제공하다, 몸 바치다, 포기하다, 성교를 허락하다. give, grant, bestow, offer, provide, supply, give one's self to, offer, give up, permit, sexual intercourse. ('모든 것을 다 주다'라는 의미에서, '다'에 '모두, 전부'라는 뜻이 생겨났다)

• **몰랐지** molich, [illegible] (मोलचि्): 불분명하게 말하다, 거칠고, 야만적이고 무식한 종족(몰랐치), 산스크리트를 모르는 이방인. to speak indistinctly, vicious, wild, ignorant tribe, foreigners who do not know the silam language.

제2부

아침에

'아'는 진실하고 훌륭하며, 생명의 근원이고
최상으로 조화로워 아름답다는 뜻이고,
'빠'는 아버지이고 보호한다는 의미이니
아빠!는 아름다운 나의 보호자를 이르는 말이다

'엄'은 자궁이고 생명의 근원이면서 완전함을 뜻하고,
'마'는 어머니이고 양육한다는 의미이니
엄마!는 생명의 근원으로 완전하시며
나를 기르시는 이를 부르는 단어이다

아빠! 엄마!를 그렇게 불러보는 아침,
한없이 자유롭게
하늘은 열려 있고 땅은 펼쳐져 있다
생사를 여의신 진실하고 완전한 이들이
허공의 시공간에 가득히 들어차서
해철아! 하고 답하신다
오로지 기쁘고 기쁠 뿐이다

• 아 a^, ㅉ(ㅉ): 진실한, 멋진, 아름다운, 최상으로 조화로운, 옳은. excellent, in good harmony, in the right, true, wonderful, beautiful.

• 빠 pa, ㄷ(ㅉ)(ㅃ): 음식, 빵, 아버지, 보호자, 피난소. foods, bread, father, protector, shelter.

• 빠리 가, 빨리 가 pa-ri-ga, ㄷ-ㅈ ꙮ-ㄲ(ㅁ-ㄹ-ㄲ,), 빨라 가 pa^ra-ga, ㄷㅉㅈ-ㄲ(ㅁㄹ-ㄲ): 빨리 간다. dash, run quickly to (the enlightened knowledge, shelter, abode), fly off, get across. (위의 예에서 보듯이 '빠 pa(ㄷ)'는 빠르다는 것이 그 본디 뜻이다. 아버지는 빨라서 음식과 피난소를 마련할 수 있고 보호자가 될 수 있다는 뜻이다. '빠'가 '아'에 붙어 '아빠'가 되었다)

• 아빠 a^pa, ㅉㄷ(ㅉㅃ): 멋지고 옳고 아름다운 아버지, 아비, 부父, 보호자.

• 엄, 옴, 움 o^m, ㅎㅍ(ㅉㅍ): 음부, 질, 태胎, 생명의 근원처, 전체, 완전한, 운집한, 산적한. womb, vagina, embryo, the origin of life, all, complete, collect together, come together, contain all, accumulate, heap up.

• 마 ma^, ㅍ(ㅁ): 엄마, 끝, 하지 마, 멈추게 하다(특정 목적을 위해서), 조치하다. ma, mother, the end, don't, stop, cease, measure.

• 마 ma', ㅍ(ㅁ): 말[馬], 빨리 달리다, 말 타고 달리다. a horse, to run quickly, ride on horse back.

• 마 ma, ㅍ(ㅁ): 말[斗]로 되다, 헤아리다, 사려思慮, 재단裁斷하다. count, figure out, perceive, ponder, measure, weigh, cut out to the measurement.

• 엄마 umma, ㅎㅍㅍㅉ(ㅉㅁ): 어머니, 신의 부인, 상상할 수 없는, 불가사의한. mother, the wife of god, Siva, inconceivable, un-imaginable. ('마'는 말처럼 빨리 달리고, 사려 깊고, '위험한 일을 하지 마'라고 훈육하는 의미가 있어서 '옴'에 붙어 '옴마, 움마, 엄마'가 되었다는 것을 알 수 있다)

동굴언어

동굴에서 살면서 해와 달, 별과 대화하는 것이 일과였던
시절
모든 말의 시작은 단음의 소리였다
인간과 가까운 침팬지는 지금도 '우', '어', '워', '웍' 같은
한 마디 소리로 소통을 한다

석기를 만지며 동굴에서 살 때 처음에는
'엄마'는 단음절로서
'엄'이나 '옴' 또는 그 중간 소리로 불렸다
'아빠'는 '빠'였다

'아'는 강력하고 완벽하며 조화로워 아름답다는 뜻이고
'마'는 사려 깊고, 보호하고, 말[馬]처럼 강인하고 근면하
다는 단어이다
'있다'의 '있'은 재물이나 사물 그리고 자기 존재를 포함
한 시공간의 어떤 것을
완전히 소유하게 되었고, 그것을 장악한 상태에서
외부로부터 지키는 상황인 것을 의미하고,
'다'는 어떤 상태나 조건, 어떤 시공간에 닿아서

그 상태나 조건, 어떤 시공간이 온전히 완비되었을 때 내
는 소리이다

이를테면 어린 아들이 아빠와 함께 사냥을 나갔다가
자기들이 사는 동굴 앞에 먼저 도착해서는
뒤돌아 '빠' 하고 아빠를 부르면서
동굴 입구를 가리키고는 다 왔다고 '다' 하고 소리를 내지
르며
동굴 안으로 먼저 뛰어 들어가 '옴(엄)' 하고 엄마를 외쳐
부르는 것이다.
'옴(엄)' 다음에 '있' 하고 크게 소리쳐 엄마! 계시냐? 하고
외치는 것이다

인간이 더 모여 살게 되면서 더 정확하게 묘사를 하거나
더 정밀하게 감정을 표현할 필요가 있게 되어
단음절 소리를 합하게 되었으니
'아빠', '옴마(엄마)', '있다', '없다'와 같은
두 음절로 된 단어가 생겨나게 되었고
차츰 복잡한 언어의 체계를 갖추게 되었다

우리말은 인류 초기 때부터 사용해온 언어이다

석기시대의 언어이며

그만큼 영성스런 언어이다

한글은 말의 표기를 위해 후에 만들어지기는 했지만

한글은 발음만을 위한 목적의 단순한 소리글자가 아니다

단음절부터가 삶의 깊은 뜻과 철학을 품은 뜻글자이기도
하다

'아빠'라는 뜻은 '아름답고, 완벽하고, 강력하고, 조화로운
('아'),

빠르게 달리고 빠르게 문제를 해결하는 보호자인('빠') 아
버지'이고

'엄마'는 '생명의 근원이면서('옴', '엄'), 사려 깊고, 훈육하고,

보호하고, 마소처럼 근면하고, 말처럼 강인한('마') 어머니'
라는 의미를 가지고 있다

'있다'라는 단어는 단순히 그냥 있다라는 의미가 아니라

주어가 되는 존재가 자신을 포함한 어떤 시공간과 상황을

신처럼 완전히 소유하고,

완벽하게 장악한 채, 외부의 침탈을 막고 있으며('있'), 자신을 포함한 현재의 상태가

온전하고 완벽한 지경에 도달되어 어떤 것을 위해 완비되었음을 의미한다('다')

'있다'라는 단어 하나에도 한국 민족이 본래부터 가지고 있는

인내천人乃天사상과 같은 존재론의 깊이를 말해주고 있다

우리말과 우리글 한글은 문명의 신비를 품은 신성한 언어이다

- **엄, 옴, 움** o^m, 𑖌𑖦(ॐ): 음부, 질, 태胎, 생명의 근원처, 전체, 완전한, 운집한, 산적한. womb, vagina, embryo, the origin of life, all, complete, collect together, come together, contain all, accumulate, heap up.
- **마** ma^, 𑖦𑖀(माँ): 엄마, 끝, 멈추지 마, 중단시키다(계속하지 마), (특정 목적을 위해서) 조치하다. ma, mother, the end, don't stop, cease, measure.
- **마** ma', 𑖀(मा'): 말[馬], 빨리 달리다, 말 타고 달리다. a horse, to run quickly, ride on horse back. (한자 '마馬'가 우리의 말인 '마'를 한글보다 먼저 한문 문자로 만들었음을 알 수 있다. '마구하다', '마파람'들의 예에서 우리말 '마'를 볼 수 있다)
- **마** ma, 𑖀(मा): 말[斗]로 되다, 헤아리다, 사려思慮, 재단裁斷하다. count, figure out, perceive, ponder, measure, weigh, cut out to the measurement.(위의 예에서처럼 '마'는 사려 깊고, '위험한 일을 하지 마'라고 훈육하는 의미가 있으며 말처럼 달린다는 뜻도 있어서 '옴'에 붙어 '옴마, 움마, 엄마'가 되었다는 것을 알 수 있다)
- **엄마** umma, 𑖄𑖦𑖦𑖀(उम्मा): 어머니, 신의 부인, 상상할 수 없는, 불가사의한. mother, the wife of god, Siva, inconceivable, un-imaginable.
- **아** a^, 𑖀(आ): 진실한, 멋진, 아름다운, 최상으로 조화로운, 옳은. excellent, in good, harmony, in the right, true, wonderful, beautiful.
- **빠** pa, 𑖢(पा): 음식, 빵, 밥, 아버지, 보호자, 피난소. foods, bread, father, protector, shelter.
- **빠리 가** pa-ri-ga, 𑖢𑖨𑖂𑖐(पा-रि-ग) = **빠라 가** pa^ra-ga, 𑖢𑖀𑖨𑖐𑖀(पार-ग): 빨리 간다. dash, run quickly to(the enlightened knowledge, shelter, abode), fly off, get across. (위의 예에서 보듯 '빠 pa, 𑖢(पा)는' 빠르다는 것이 그 본디 뜻이다. 아버지는 빨라서 음식과 피난소를 마련할 수 있고 보호자가 될 수 있다는 의미로 '아'에 붙어 '아빠'가 되었다)
- **아빠** a^pa, 𑖀𑖢(आपा): 멋지고 옳고 아름다운 아버지, 아비, 부父, 보호자.
- **있다** i^s-dha, 𑖂𑖭-𑖠𑖀(इस-धा): 완전히 장악한 상태나 조건이 되다. get into or come to a state of governing, ruling over.
- **있** i^s, 𑖂𑖭(इस): 소유하고 있다, 장악하다, 다스리다, 지배하다. have, possess, hold, get, retain, take hold of, manage, govern, rule over.

• 〜다 ~dha^, ꥤ(~떄): 어떤 상태나 조건이 되다, 구비되어 있다, 생각되다, 인지되다. get into or come to a state or condition, to be placed, stored, laid in or on, thought, perceived(in the womb).

사투리

기리야
참 그리유
그렇게 그리야*
옥스퍼드 사전의 기록이 맞는 것 같*어

우리말이 옛 히말라야 말과 같으니
우리 민족의 주류가
옥스퍼드 사전에 어느 민족이 살았다고 쓰여진 대로
그 옛날 히말라야의 북쪽 산에서 살았던 것이여
파미르*고원 같은 곳 말이여

거기, 북두칠성 가까운 곳에 돌로 된 성을 쌓고
모계사회로 여성 지도자를 모시고서
복되게 살았던 적이 있는 것이제
우리 신화에서처럼 마고*할머니와 그이의 두 따님을
삼신할머니로 모시며 말이여

황색, 백색, 흑색, 청색의 여러 피부색으로 성안의 인구가
늘고

나라가 커지면서

영토가 넓어지고 부계사회로 변해서,

사람들이 점차 나뉘어져 동서남북 산마루*를 넘어

초원으로, 강가로, 새로운 터전으로 각각 나아간 것이겠제

우리 옛 역사책에 쓰여진 대로 우리 민족의 주류는

환인*황제들, 환웅*황제들, 단군*황제들의 나라가 된 것이제

타림 분지 같은 곳에서

소를 치는 유목 생활과 활을 쏘는 수렵 활동을 하며 오래 살
다가

중원 대륙으로 이동한 것이제

우리 민족은 해 뜨는 방향으로 이동하면서

청동기를 갖추고서 문화를 전파한 것이제

하늘을 향한 기도문을 읊고

노래하고 춤을 추는 제천의식이 아주 왕성했던 것,

자연을 신성시하고 별을 가까이한 것,

종교인이 즐겨 입는 흰옷을 입는 것,

만물에 신이 깃들어 있다는
뿌리 깊은 만물 정령 무속 신앙을 가지고 있는 것,
하늘과 가장 가까운 히말라야 고원에서 사용되었고
지금도 그 지역에서 종교 경전을 적는 데 쓰이는
신성한 언어를 가진 것,

도교, 불교, 유교, 기독교 같은 종교를 접하면
바로 깊이 빠져버리는
강한 종교 친화적인 세계를 갖는 것,
촛불 혁명과 축구의 붉은 악마와 같은
집단적 정신의 힘을 갖고 있는 것 등등으로 보아

인류 문명 초기의 제정일치 사회에서는
하늘을 대신하는 영적 지도자 계급으로서
가장 높은 제사장이고 왕족이었고

종교와 정치가 분리되면서부터는
종교 계급으로서 최고 지도자 집단이었단 말이시
그러므로

홍익인간, 재세이화와 같은
인류를 위해 민족이 스스로 헌신하자는 커다란 이념을
감히 건국이념으로 내세울 수 있었던 것이제

그때 썼던 말을 지금도 쓰면서
옛말과 사투리*로도 간직하고 있는
우리 민족의 주류가
인류 문명의 초기 지도자 집단이었던 것은 확실한 것 같어
사투리라는 말이 옛 히말라야 말로
왕족이 쓰는 말이라는 것을 강조하는 분도 계시니께

우리 바다 이름을
우리나라를 중심으로 동해와 서해라고
주변의 나라들이 고래로부터 자연스럽게 불러온 것은
주변 민족들이 우리 민족이 예부터 지도자로서
그 중심에 있었다는 것을 은연중에 인정했기 때문일 것이여

대륙과 한반도에 정착하기까지
북히말라야에서부터 앞쪽으로,

당시에는 남쪽이라 여겨졌던, 해 뜨는 쪽으로 이동해온
만년의 우리 역사歷史와
오만 년 가까운 우리의 선사先史를
외세가 축소시키고, 우리 스스로가 숨겨버렸어

이제는 우리의 옛 역사를 다시 살려내서
웅혼한 기상을 더 높이 일으키고,
남북으로 갈라진 한민족 코리아*를 커다란 마음으로
기어코 다시 하나로 합해야 하제
맑고 밝은 의무감과 드높고 드넓은 자긍심을 가지고
인류 평화를 위해서
우리 민족이 맨 앞에 서서 지구별의 지도자 역할을 다시금
해야 하제

- 그리야griya, ㄲㅈ◌ㄲ(㖀:), 그리유griuh, ㄲㅈ◌ㄷㅅ(㖀ᄆ), 기리야giriya, ㄲ◌ㅈ◌ㄲ(ᆰᆬᆰ): 전라도 충청도 사투리, 동감하다, 동의하다, 사료되다, 참조하다. agreeable, assuredly, referring, addressing, certainly so, speaking of, to be said, referred to, regarded as.
- 같다, 갔다gata, ㄲㅈ(ㄲㄸㅁ): 같다, 동일하다, 유사하다, 만물의 본질과 같다, 죽었다, 갔다, 부서졌다, 상했다. equal to, similar to, related to the essential nature, referred to the nature of all, died, gone by, passed away, corrupted, spoiled, broken down, cracked down, useless, in vain.

❖ 1899년판 옥스퍼드 사전 294페이지에, 히말라야 북쪽 산록에 판찰라스pancalas라는 나라가 아주 옛날에 있었다고 기록되어 있다. 그런데 세계의 고대 역사책 중에서 이러한 북히말라야 지역의 나라를 동일하게 언급한 사료가 바로 고기古記류의 우리나라 옛 역사책이다. 파내류波柰留 산 아래 환인씨의 나라가 있어 '파내류지국波柰留之國'이라고 기록되어 있다. 파내류는 판찰라스와 동일한 어원을 가진 것으로 추정할 수 있다. '판찰라스'는 우리말 '판'과 '찬란하다'가 결합된 단어이기도 하고, 환인의 환국 즉 파내류국도 '빛과 지혜가 환하게 찬란히 빛나는 나라'임으로 두 이름이 동일한 뜻을 가지고 있다. 그리고 옥스퍼드 사전은 이 판찰라스 나라에서 아리아인들이 살았을 것이다, 라고 하였고 세계의 역사학자들도 아리아인이 중앙아시아에서 발원하였음을 사실로 하고 있다. 우리 옛 역사책에 산맥 높은 곳에서 성을 쌓고 여러 피부색의 인종이 함께 성안의 도시를 이루고 살았으며 피부색이 하얀 백부인족도 있었다는 기록과 더불어, 많은 다른 사실에 의해서 위의 아리아인을 우리 민족의 일원으로 여기는 학자들도 많다. 아리아인의 명칭에서 그 어원을 다른 나라의 언어로는 해석할 수 없고 우리말인 '아리', '아'로서만이 가능하다는 것도 그것을 확실하게 한다. 우리 민족 중 백부인족인 아리아인이 우리말과 가축, 목축과 같은 선진 문화를 지니고서 청동기 금속 무기를 장착한 용맹한 군사력으로 인도와 유럽을 석권하고 그곳에 독자적인 문화를 이룩하였다고 보는 역사가들(박용숙, 우창수 등)이 있다. 아리아인들이 퍼뜨린, 산스크리트가 인도 유럽어의 어원이 되었음은 옥스퍼드 사전에서도 확실시하였다. 인류의 최초 문

명은 북히말라야 고원과 타밀 분지 등에서 다양한 피부색을 지닌, 다양한 인종으로 한 친족으로서 도시국가를 이루고 오랜 시간을 살았던 우리 민족이 발생시켰으며, 구석기 후기에 히말라야산맥 밑 분지에서 민족의 일원들이 큰 강이 있는 바닷가로 분가하여 진출해서 4대 문명 지역이라고 알려진 그 지역의 문명을 비약적으로 발달시켰다고 연구 결과를 발표한 연구가(우창수)도 있다. 넉넉한 자연환경 덕분에 역설적으로 덜 발달된 문명을 유지하고 있던 '해안선 이동 인류'를 선진 문명으로 이끌어 인류 초기 4대강 문명을 만들었다는 것이다. 이 연구 결과에 심정적으로 동의해보는 것이 우리에게 나쁜 결과를 낳는 것이 아니니, 이집트의 피라미드는 우리 민족이 성산으로 여기던 히말라야의 백두산을 인위적으로 조성하여, 우리 민족의 본향인 히말라야 쪽으로 향해, 또 우리 민족이 믿던 태양신을 향해 제천의식을 거행하던 곳이라는 상상을 해보는 것이다. 또 근년에 튀르키예 땅에서 인류 역사에 가장 오래된 신석기 유적이 발굴되었는데, 우창수 고대 역사 연구가에 의하면 튀르키예에는 타림 분지에 있던 우리 민족의 환국이 직접 지배하는 분국이 세워져 있었고 가장 오래 유지되었던 곳이라는 것이다. 그래서 아마도 지금도 튀르키예 사람들에게는 우리 한민족이 자기들의 형제라는 것이 핏속에 남아 있는 것이 아닌가 상상도 하는 것이다. 산스크리트 사전에 '환'과 '인'이라는 단어가 있어서 환인(phan-ina, 𑀦𑀺𑀦 -𑀏𑀺𑀦, फान-इन)이라는 지혜와 광명의 왕을 의미하는 단어가 조합되고, '웅'이라는 단어가 있어서 환웅 (phan-u^hing, 𑀦𑀺𑀦 -𑀉𑀲𑀺𑀦, फान-उहिंग)이라는 단어도 지혜로 앞으로 이끄는 왕이라는 의미로 역시 만들어진다. 환인황제와 환웅황제의 명칭은 후에 산스크리트 문자가 인도에서 만들어지면서 정치적인 이유 등으로 기록이 누락되었을 수도 있다. 다행히 마고, 단군, 아사달과 같은 단어는 온전히 산스크리트 사전에 남아 있으므로 히말라야의 판찰라스와 『환단고기』에서 언급한 파내류국, 이 두 이름이 가리키는 나라는 같은 우리말을 쓰는 하나의 나라일 것이다. 『조선고어 실담어 주석사전』 저자를 비롯한 많은 역사가들을 따라 필자도 같은 나라일 것이라는 것에 동의한다.

• **판**pan, 𑀦𑀺𑀦 (पान): 판을 벌리다, 찬탄, 찬송하다, 경외하다, 물물교환하다, 구매하다, 사고팔다, 함께 놀다, 체육 하다. play, gamble, praise, admire, show honor, barter, purchase, negotiate, buy & sell, sport.

(판을 벌려 물건을 사고팔며 함께 축제를 즐기고 함께 제천의식을 거행하는 것을 의미함)

- **찰라스** calas, ᚱᚳᚴ ᚠ (कलसः): 찬란하다, 찬란히 빛나다, 밝다, 보호하다, 모습을 감추다. shine forth, bright, protect, hide, conceal, clothe(one's body). (눈이 부시게 찬란히 빛나서 나라가 잘 안 보이게 보호되고 있는 곳이라는 뜻임)
- **판찰라스** pancalas, ᚥᚴᚱᚳᚴ ᚠ (पञ्चालाः): 판, pan, ᚥᚴᚳ (पाण)과 찰라스, calas, ᚱᚳᚴ ᚠ (कलसः)의 결합어. 우리말 '판'과 '찬란하다'가 합해진 것으로 '살 판이 벌려진 찬란한 나라로 밝은 지혜와 찬란한 광명의 지도자인 환인황제가 다스리는 나라'를 의미할 수 있다.
- **파, 빠** pa, ᚥ (पा): 음식, 빵, 아버지, 보호자, 피난소. foods, bread, father, protector, shelter.
- **미르** mir, ᚳᚧᚵ (मीर): 산의 특정한 부분, 한계, 경계, 바다, 마실 것, 음료. particular part of mountain, a limit, boundary, the ocean, a drink, beverage.
- **파미르** pa-mir, ᚥᚳᚧᚵ (पा-मीर): 아버지같이 보호하고, 피난소가 되는 산의 특별한 구역.
- **마고** ma^gha, ᚳᚴᚹ (माघ): 별자리, 별, 밤하늘, 계절, 철. a group of stars, genesis. the constellation, (L)sidus.
- **마고** magha, ᚹᚳᚹ (मा:): 재산, 부富, 돈, 막다, 방지하다. property, wealth, money, protect. prevent. (여신의 이름인 마고의 의미는 하늘의 신성한 별자리이기도 하면서 현실적으로는 부와 힘을 가진 강력한 존재를 의미한다)
- **마고-성** magho-성(gutta), ᚳᚴᚹᚴ(माघो)-ᚷᚴᚵᚴ(गुट्टा): 풍부한 재물과 막강한 세력을 지닌, 거대한 성곽 도시. the powerful castle, or great metropolis endowed with magnificent wealth and power.

❖ 현재 마고와 설문대할망과 같은 창세 거대 여신 신화가 우리나라에 남아 있고, 우리 옛 역사책에도 지상의 가장 높은 곳(히말라야)의 마고성에서 우리 민족이 복되게 살았다는 기록이 남아 있다. 나해철 신화 서사 시집 『물방울에서 신시까지』에서 창세 여성 신화와 건국을 연결한 우리의 신화와 역사를 읽을 수 있다.

- **마루** maru, ᚳᚴᚵᚴ (मरु): 산마루, 산등성이, 광야, 사막. mountain ridge, wilderness, sandy desert.
- **환** phan, ᚷᚴᚵ (फण): 빛나도록, 가게 하기 위하여, 가도록 하기,

쉽게 생산하도록 하는, 기름기 없는, 격식이 없는 형태, 희석하기. to shine, to cause to go, to go, to produce easily or readly, to be unoily, Causal form, to dilute.(Cologne digital sanskrit dictionaries의 Shabada-Sagara sanakrit-english distionary)

- 인 ina, ଓ ଏ (इन): 왕, 현인賢人, 왕, 귀족, 주인. king, a wise man, lord, master. (옥스포드 산스크리트 사전)

- 환인 phan-ina, - ଓ (फन-इन): 지혜와 광명으로 백성을 다스린 왕. the king, governed the people by the virtue of his enlightened knowledge, diffuse light upon the people. (단음절의 조합이며, '환인'은 산스크리트 문자가 생겨나기 오래전에 쓰이던 말이어서, 산스크리트 사전에는 오르지 못하였으나 단음절로 '환'과 '인'이 남아 있어서 '환인'으로 음절을 합쳐 환원한 것임)

- 우 u^, (ऊ), (derivable forms; u^h): 보호자, 보호하거나 연민하거나 누구를 부를 때의 감탄사, 하늘의 달, 물질을 만들 때 사용되는 입자. a protctor, an interjection of protection, compassion, calling, the moon, a particle used to introduce a subject. (Cologne digital sanskrit dictionaries 의 Shabda-sagara sanskrit-english dictionary)

- 잉 ing, ଓ (ईङ): 전라도 사투리, 가다, 앞으로 가다, 움직이다, 흔들다, 마음이 뒤흔들리다, 휘저어지다. to go, go to or towards, to move, shake, be agitated. (1899년 판 옥스퍼드 산스크리트 사전)

- 웅 u^hing, ଓ (उहिंग): 우와 잉이 합해진 웅, u^h+ing 으로서, 앞으로 나아가는 보호자. (웅, u^hing, (उंग)은 '위하다', u^hi-ya, ଓ (उहति-य)에서 나온 말로 백성을 위하고 보호하며 명예롭게 한다라는 뜻, 강성원 박사의 견해)

- 환웅 phan-u^hing, - ଓ (फन-उहिंग): 지혜와 광명으로 백성을 보호하고 앞으로 나아간 백성의 보호자인 임금. (백성을 다스리는 임금, 왕. a king, ruler, ruling over -as to related to people, governing, 강성원의 연구)

❖ 우리나라의 옛 임금님들인 환인황제들, 환웅황제들, 단군황제들이 부계사회 국가 시대의 지도자들이었으며 북히말라야의 모계사회에서 타림 분지와 그 주변 분지로 옮겨 와 오래 살다가 여러 시기에 민족 내의 많은 집단이 세계의 곳곳으로 진출하여 그 지역의 문명을 비약적으로 발전시켰고 현재의 우리 민족은 세월이 흐르면서 중원 대륙으로 점차 나라를 이동하게 된다.

고 별과 대화하는 문화를 생성하였으며 BC 2만 년경부터는 타림 분지의 타림강 주변으로도 활동 영역을 넓혀 원시 토템사상에 의해서 세 씨족이 각각 삼신할머니의 후예로서 우리 한韓민족을 구체적으로 형성하게 된다. BC 1만 7천 년경에는 모계 여섯 씨족으로 분화되어 함께 살았고 우리 한민족이 확고히 성립되었다. 곰, 큰 곰, 승냥이, 이리, 늑대, 호랑이 등의 토템 신앙, 태양숭배 신앙, 애니미즘 무속 신앙, 천손 신앙등을 형성하였다. BC 1만 2천 년경에는 우리 민족에 의해 점을 치는 갑골문자가 출현하였으며 동물의 가축화가 시작되었다. BC 9천 년경에, 타림 분지의 흑수인 타림강과 백산인 한텡그리산이 있는 곳에 첫 번째 환인황제가 첫 나라로서 파내류국pancalas인 환국을 이루고 주변 세계에 열두 개의 작은 나라들을 거느렸다. 우리 강단 사학의 역사에서 마한馬韓, 변한弁韓, 진한辰韓이라는 이름의 아주 초기 국가가 있었다고 하는데 그렇다면 상식적으로 그 전 시기 우리 민족에게 '한韓'자가 들어간 '한국韓國'이나 '대한大韓'이라고 불리는 나라가 있었어야 한다. 그러므로 우리의 고기류의 옛 역사책에서 언급한 우리의 '환국桓國'이 하늘같이 환하고 크고 넓은 나라라는 의미의 '韓國'으로도 불렸을 것이다. BC 7천 년경, 우리 민족 여섯 부족이 부족 연맹체로 환국(한국)을 이루면서 중원 대륙 북부에 은殷나라를 원격으로 통치하였고(중국이 주장하는 은나라는 아주 후기 일부 시기만을 말한다), 청동기를 제작하기 시작하였고, 나일강 유역, 메소포타미아 유역 5등으로 여섯 씨족의 일부가 이주를 시작하여 수메르문명과 세계 4대 문명을 일으켰다. BC 4천 년경 역시 흑수 백산 지역인 쿠차 인근, 청구의 신시에 여섯 부족 가운데 호랑이 부족을 제외한 다섯 부족과 함께 아사달 도읍을 세워 마지막 환인황제에 이어 당시의 첫 번째 환웅황제가 배달국 대한大韓을 건설하였다. 주변의 아홉 개 환족이 배달국 한국韓國을 모셨다. 이 시기에 호랑이 부족이 제외된 것은 호랑이 토템의 우리 씨족이 아시아 중원의 용 토템을 믿는, 덜 발달된 '해안선 이동 인류'를 거느리고 중원에서 본국에 대항한 반란을 일으켰기 때문이다. 결국 배달국이 반란을 제압한 후 그곳에 분국들을 건설하였고 오랫동안 중원 대륙을 지배하였다. 그 흔적이 단군 '신화'에 남아 있다. 그리고 BC 3천 년경 돈황 지역에 새로운 수도 아사달을 건설한 첫 번째 단군황제가 마지막 환웅황제의 뒤를 이어 조선을 건국하니 주변의 아홉 개의 환족이 크게 기뻐하고 복종하

사달을 건설한 첫 번째 단군황제가 마지막 환웅황제의 뒤를 이어 조선을 건국하니 주변의 아홉 개의 환족이 크게 기뻐하고 복종하였다. 이 시기에 우리 씨족들 중 흰 피부를 가진 부족인 백부인족의 후예인 아리아인들이 여러 곳으로 복종을 얻기 위한 원정을 나가서 세계에 선진 문명을 이뤘다. 그러나 오랜 기간이 지나면서 세력이 약해진 후기 단군황제의 조선이 BC 4백 년경에 만주 돈화 지역, 장당경에 새로운 아사달을 건설하고 이주하였다.

이상은 우창수 역사가의 『아사달! 인류 최초의 문명을 품다』와 옛 우리 역사책의 내용을 요약한 것이다. 아프리카의 '루시'라는 한 여성에 의해 현생 인류의 유전자가 퍼져나간 것처럼, 인류 문명이 한 지점에서 발생되어 퍼져나간 것이라면 히말라야 근방 중앙아시아일 것이라는 것이 많은 세계 역사가들의 연구 결과이다. 우리말의 히말라야 시원과 세계어로의 뻗어나감을 고려하면 위에 적은 우리 민족의 역사가 합당할 수도 있다고 생각하고, 이러한 생각이 홍익인간, 재세이화와 같은 민족정신을 다시금 고양하고 우리의 예술적, 문화적 상상력과 힘을 높여 인류에게 큰 도움을 줄 수 있다면, 나쁘지 않다고 믿는다.

❖ 유목 생활을 말해주는 음절로 '고go'가 있다.

• **고**go, ᚠ᚛(ᚷᚲᚺ): 소, 고高, 고高씨, cow.

• **고을** go-uri, ᚠ᚛-ᚷ᚛ ᚯ(ᚷᚲᚺ-ᚱᚨ): 소우리, 소농장, 마을에서 기르는 소 떼. cow or cattle's stable, cow & oxen farm, cattle fed in the village. (처음에는 소를 키우는 우리나 농장을 의미하다가 후에 유목으로 소떼를 기르기 위해 사람들이 많이 모여 살게 된 마을을 뜻하게 됨)

• **고꾸라지다** go-kula-di-dha, ᚠ᚛-ᚠᚷᚱ ᚻᚱ ᚯ ᚳ(ᚷᚲ-ᚴᚢᛚ-ᛞᛁ-ᛞᛖ): 소가 진흙에 빠지다, 꿇어 박다. cow, as plunged into, fallen down, kneeled down into the mud.

❖ 부여의 고주몽등과 고조선의 단궁, 고구려의 맥궁의 위용이 활의 민족임을 증거하고 있고, 고대에 활을 이용한 수렵활동에 능했다는 것을 말해준다.

❖ 옛 우리 민족이 가무歌舞에 능했다는 고대 사서는 아주 많다. 현대의 BTS와 같은 아이돌idol 문화가 세계를 제패하는 근원이 여기에 있다.

❖ 옛 우리 민족이 자연물을 신성시했다는 고대 사서는 많다. 우리 민족의 고대 별 관측 자료가 그 양과 질에서 세계에서 가장 뛰어난

것으로 알려져 있다.

• **갖다** gadh-ta^, ग्ध-ता (गध्-ता): 가지다, 성적인 음양의 본성을 갖다. have, possess, retain, catch, get. (as the substantial nature of the male or female genus)

❖ 언어의 기본이 되는 단음절부터 산스크리트와 우리말이 동일하고, 현재 산스크리트는 불경을 적는 언어로 사용되고 있다.

• **사**師 sa, प (श): 현인賢人, 성현, 스승. a wise man, sage, teacher, master, thoughtful man.

• **사** sa, ष (श): 삼라만상이 그대로 진리, 우주의 만상이 마음의 반영, 일체유심조, 생각 사思, 유사, 새, 뱀, 물건 사다, 더하다, 동반하다. all things are true in itself, all things in the universe are reflected within mind.

• **투리** tu^rya, तूर्य (तूर्यः): 악기, 민속 악기를 연주하다. musical instrument, playing folk musical instrument.

• **사투리** sa-tu^rya, श-तूर्य (श-तूर्यः): 현인賢人이 음악을 연주하는 것과 같이 아름답고 신령스러운 언어.

• **사투리, 크샤트리아** kshiatria, क्ष्त्रियत (तक्षयिात): (K가 묵음일 때) 사투리, 힌두교의 왕, 귀족, 무사 계급의 이름이고, 힌두교 이전에는 산스크리트로 왕족이라는 뜻,『조선고어 실담어 주석사전』에서는 넓게 왕족의 언어라고 해석함. royal language.

❖ 서기 1705년에 '프랑스 지도학의 아버지'라고 불리는 기욤 드릴이 그린 아시아 지도에서 동해 해역을 '동해 또는 한국해Mer Orientale ou mer de Coree'라고 표기했다. 그 후 그의 제자들은 지도를 그릴 때 '동해'를 삭제하고 '한국해'로만 표기했다. 1531년의 '팔도총도'에는 '동해'로, 1643년 영국 Dell'Arcano del Mare 등은 '한국해Mare di Corai', 1719년 영국에서는 '한국해Sea of Corea'로 표기했다. '서해' 바다는 아주 오래전부터 '서해'로 불렸고, 1731년 프랑스 당빌이 제작한 지도에서 처음으로 '황해'라는 이름이 붙었다.

• **쿨리야** kuliya, कुलिय (कुलियः): 겨레, 민족, 종족, 가족. a race, tribe, family, nation(남광우,『고어 사전』, 74쪽). 민족이나 종족을 의미하는 kuliya, कुलिय (कुलियः)라는 산스크리트 단어가 구리, 구려, kuru(कुरु, 쿠), kula(कुल, 쿨) 등으로 계속 불리며 'Korea, Coree, 코레'로 우리나라의 명칭이 되기 때문에 북히말라야에서부터 인류 종족으로서 우리 민족이 대표 종족이었던 것을 알 수 있다.

홍익인간의 언어

이카나마*
우리 옛 역사와 언어에 가차이 가* 게 된 것은
아레*에 책으로 데꼬* 간 사람이 있었시야*

그동안 아는 것이 앙껏두 없이*
뭣도 모* 함시롱 이것저것
헛짓* 같이 뭘 했는가 분디 어찌까* 허면서
기냥* 기려* 허고 살았는디

점점 멤이* 허하고 머*해서
내 속이 타삣다*
디나가*다 그이가 한번 해봐유* 해서시리
그제서야*
편견 니그라뜨* 리고 책을 사서
공부한다고 그 느므커 깟다*

기야*
책이 대여* 주는데
그까짓 거* 해봐시다*

지나니께로 멤을 책과 여운° 것 같았당께로
자꾸° 그리야° 하게 되고 편견 니그라디°더랑께
마히° 마히 그래스리 했수다°
책을 읽음시롱 자꾸 까뜩° 한탄허고
자꾸 웃어싸따°앙께

………

칠칠° 맞게 헐뜯고 해찰° 하던 지난 시간을
뉘우칩니다°
외세에 눈, 귀 머흐°고, 외세에 터지°고, 되디°게 맞°고, 덖°
어지고, 글렀°다고 세뇌당하고,
비스탄° 것에 속으면서도
간드러°지는 외세와 어울리°고 따라가°다가
버려지°고, 어지°러지고, 녹쓸°고, 쓰러지°고, 망가지°고,
니그러디°고, 삯°도 못 받고
쓰리 맞°아 애닲°은 우리민족이여!
우리의 민족정신과 역사를 끝까지 되찾지 못하게
발악°하고, 웃자라°고 쳐들어오는° 외세를

이제는 우리가

뚜드°리고, 때리°고, 불°게 하고, 머리 박°게 하고, 깨끗이 빨°아

비로소

국민 모두가 새로이 익히°고 아이들 교육과정에 여°서 넣°고, 가르치°고

자라나°는 청소년들이 우리의 위대한 역사에 대한 생각을 키우°게 도와°주고

식민지 시절 이래로 알아온 우리 역사에 대한 편견을

두드라°패고, 까°고, 치°고, 갈°고 쓰레질°해서

우리 역사를 시냇물 속의 영롱한 사리°처럼 다듬°고

하늘에 지사°를 지내듯 받들어°

위대한 본 모습이 눈부시게 드러나게 해야 합니다

새 역사를 품에 안은 우리 민족이

인류에게 우리 역사의 뜻을 베풀°어야 합니다

엄마가 맘마°를 주듯, 배고픈 이에게 순대°요리를 주듯,

약을 먹고잡다°는 이에게는 불을 당겨° 약을 다려°주듯,

까만° 고샅길° 걸어가는 이에게는 달려 내려가°

등불을 달°아주어 환한 곳으로 니미가°게 해주듯 해야 합

니다

　장마*철에 쏟아지는 빗방울 같은 폭탄 속에서

　어디로* 가는지도 모르고 쫓겨가는 지구 가족들을

　밝은 꽃밭 사이*의 평화로운 고향으로 리사* 가도록 도와
주어야 합니다

　역사를 되살리고, 민족정신을 되찾고, 통일된 민족 국가가
되어

　지구 안의 일을 집안일*처럼 하여야 합니다

　우리는 홍익인간의 역사를 가졌습니다

　우리는 홍익인간의 언어를 가졌습니다

- 이카나마 ek-nama, 𑀏𑀓𑀦𑀫 (एक-नम): '이것이나마'의 경상 사투리, 나눈 것의 몫. one of the division or share.
- 가차이 감 gaccha-gam, 𑀕𑀘𑀕𑀫 (गच्छ-गम): 호남, 충청 사투리, 가까이 가다, 접근하다, 도착하다. go near to, get approach to, come near to, arrive, reach.
- 아레 a-re, 𑀆𑀭 (सन्ति): 전라도 사투리, 며칠 전, 전前, 뒤따라서, 어느(아래) 장소에. some days ago, before, in the following, in the place.
- 데꼬가(다) dhe-kho-ga, 𑀥𑀏𑀓𑀕 (ध-खो-ग): 전라도 사투리, 데리고 가다, 호위하다, 안내하다, 앞서서 이끌다, 동행하다, 시중들다, 뒤따르다, 동행이 되다, 호위받다, 함께하다. escort, guide, lead, accompany, wait upon, follow after, to be accompanied, escorted, joined together.
- ~시야 siya, 𑀲𑀻𑀬 (सिया): 전라도 사투리, ~라고 말하다, ~라고 이야기하다, ~라고 언급하다, 하게 되다, 인정하다, 잘 진행되다, 수행했다, 일했다, 일이 만들어졌다. to be said, spoken, address, mentioned, narrated, expressed, to be done, granted, worked out, performed, should be done, made.
- 앙 ang, 𑀆𑀗 (अङ्ग): 전라도 사투리, 움직이거나 확실한 아무것, 출발하다, 앙! 하고 가다, 움직이다, 접근하다, 오다, 도착하다, 확실히 하다, 확인하다, 사실로 인정하다, 확정하다. set out, go along, move, approach, come, arrive, make firm, ascertain, acknowledge, confirm.
- 앙껏두 없다 ang-kshi-yupta, 𑀆𑀗 𑀓𑀱𑀻 𑀬𑀼𑀧𑀢 (अङ्ग-क्षि-युप्त): '아무것도 없다'의 전라도 사투리, 맨 끝인 궁극窮極에 도달했을 때, 모든 것이 완전하게 제거되고, 지워지고, 파괴되었고 그곳 가까이에서 기진맥진하였다. when I got to the extreme end place, came to recognize that all things have been completely removed, effaced, destroyed, and exhausted there about (near that place).
- 모 mo, 𑀫𑁄 (मो), 몽 moh, 𑀫𑁄𑀳 (मोः): '못'의 경상도 사투리, 일을 할 수 없는, 일의 진행을 못 하는, 끝낼 수 없는. not capable to doing, not able to work out, incapable of accomplishing.
- (~)짓 jit, 𑀚𑀻𑀢 (जाति): 특정한 활동을 하다, 특정한 상황이나 장소에서의 행동, 처신하다, 행동하다. conduct, behave.

• (했는가)분디 bund, ᘔ ᘔ ᚱ ᚱ (बन्दः): '~보는데'의 충청도, 전라도 사투리, 인지하다, 이해하다, 인식하다, 깨닫다. perceive, comprehend, recognize, understand.

• 어찌까 ujji-ka, ᘔ ᚠ ᚋ ᚎ (उज्जकिं): '어떻게 할까'의 전라도 사투리, 혼란한, 어찌할 바를 모르는, 당혹스러운, 동요가 되다. confused, at a loss, perplexed, agitated.

• 기냥 giya(gi)-ni-ya-ang, ᚠ ᚎ ᚌ (ᚠ ᚎ) ᚱ ᚎ ᚒ ᚋ (गयि (गी) -नि-या-अङ्): '그냥'의 충청도, 전라도 사투리, 공통적인 삶의 길을 가듯이 일반적으로, 말한 것같이. as mentioned, as usual; as known, we get along near to the path of common life. (그렇게, giya(gi)-가깝게, ni-출발하다, 지나가다, 도달하다, ya -가다, 움직이다, 확인하다, ang)

• 기려 kriya, ᚋ ᚱ ᚎ ᚌ (क्रिया): 전라도 사투리, 그렇다, 일을 해내다, 완수하다, 경영하다, 살아내다. accomplish, do, make manage, make a living.

• 멤이 memini, ᚋ ᚇ ᚋ ᚎ ᚱ ᚎ (मेमिनी): 전라도 사투리로 '마음이', 생각하다, 인식하다, 기억하다, 기억해내다. think, perceive, remember, recollect.

• 머(해서) muh, ᚋ ᘔ ᚍ (मुः): 경상도, 전라도 사투리, 무엇을 이해할 수 없어서 당혹스러운, 혼란한, 어쩔 줄 몰라 하는, 의식할 수 없는, 실수를 유발하는, 타락하는. to be perplexed, confused, at a loss, not conscious of, lead to err, go astray.

• 타삣다 tapita, ᚱ ᚇ ᚎ ᚱ (तपिता): '타버렸다'의 전라도 사투리, 불에 단조鍛造되다, 가열된, 달궈진, 괴로워하는, 비뚤어지는, 고통스러운, 불안한, 아픈. forged in the fire, heated, warmed, distressed, cause to be distorted, tormented, disturbed, pained.

• 디나 dina, ᚱ ᚎ ᚱ ᚒ (दिना): '지나'의 경상도, 평안도 사투리, 늙어가는, 늙어가다, 소멸되는, 옆을 지나다, 나이가 많은. getting old, grown old, lapsed, passed by, old in age.

• 디나가(다) dina-gah, ᚱ ᚎ ᚱ ᚠ ᚍ (दिना गः): '지나가다'의 경상도, 평안도 사투리, 새의 비행, 날아가다, 급히 움직이다, 쏜살같이 달려가다. bird's flight, fly away, rush, dash away.

• (해)봐유 va^yu, ᘔ ᚔ ᚌ ᘔ (वायु): '봐요'의 충청도 사투리, 원하다, 바라는, 갈망하는, 바람, 공기, 날아가다, 암컷 새, 숨겨진, 옷에 감춰진, 가버리다, 접근하다, 찾다, 방문하다, 유도하다, 찾다, 가지

다, 움켜쥐다. desirous of, desirable, longing for, wind, air, fly away, a female bird, to be hidden, concealed, clothed, covered with, go away/off, approach, seek for, visit, lead, take, grasp. (바람처럼 날아가는 암컷 새 같은 여성을 갈망하여 찾고 접근하여 유도하여 가진다)

• **(그제)야** ya^, ग़ॎ(ग़ा): 움직이다, 진행하다, 가다, 도달하다, 도착하다, 끝에 다다르다, 걷다, 출발하다, 떠나다, 지나가다, 접근하다. move, set out, go away, reach, arrive, come to an end, proceed, walk, depart, pass by, approach. (동사, 인칭대명사 등에 앞뒤로 붙어서, 움직이기 시작하자는 뜻이 있고, 끝까지 하자는 뜻도 가지고 있음)

• **뜨리(다)** trih, ग़ ॾ ॐ ॺ (त्रिः): 죽이다, 상처 주다, 깨뜨리다, 파괴하다, 멍들게 하다, 조각내다, 충격받은, 금 간. kill, injure, break down, crush, bruise, cause to be broken into pieces, shattered, crushed, injured, cracked.

• **니그려뜨리다** ni-graha-trih-da, ॺ ॐ ग़ ॾ ॺ ॾ ॐ ॺ ॾ (नि-ग़ - त्रिः:-दा): '누그려뜨리다'의 사투리, 뒤로, 아래로 잡히다, 낮아지다, 우울해지다, 길들어지다, 억눌러지다, 억압되다. to be held back/down, lowered, to be depressed, tamed, restrained, suppressed. (니, near, approach/ 그려, understand, know/ 뜨리, crush, restrained/ 다, give, provide.// 가까이 가서 -상황을 알고 인식하여-쭈그러뜨림을 - 주다)

• **그 느므커 깠다** gi-nema – ka-katha, ग़ ॐ ॾ ॼॼ ॻॼॺ (गि- नेमा - क - कथा): '그놈의 것 깠다'의 사투리, 그 일을 까벌렸다, 누구의 패를 보이게 하였다, 인지하다, 누설하다, 공표하다, 현시하다. The work was made known, revealed, explained, clearly, show down one's card, displayed. (그, gi, ग़ ॐ (गि), the, this /느므, ॾ ॼॼ (नेमा), one, thing, a person/ 커, ka, ॻ(क), work/ 깠다, katha, ॼॺ (कथा), display, reveal. // 그, 기본-놈, 물건, 사람-일-누설하다, 공지하다, 공표하다)

• **기야** giya, ग़ ॐ ॼ (गिया): '그야'의 사투리, 말하다시피, 말한 것같이, 그 방법대로, 동의하다, 지시대로, 그렇게 적용하다. so to speak, to be spoken so, in such a manner, to be agree with (to), as indicated, implied so.

• **대여(주다)** daya, ॾ ॼ ॼ (दया): 젖을 대주다, 먹여주다, 만족시키다, 공급하다, 제공하다(대다), 지속시키다. cause to be milked, nourished, sucked, satisfied, supplied, provided, sustained.

• **그까짓거** gi-ka-jit-ka, ग़ ॐ - ॼॼ - ॼ ॼ ॾ - ॼॼ (गि- क- जति): 사투

리, 그까짓 것, 패를 보여 사소한 일을 알게 하다, 특별하지 않은, 특별하거나 멋지지 않은 것. show down, make someone know some trifle thing, not anything particular, that's not anything particular(gorgeous). (그, the, this/ 까, work/ 짓, conduct, behave/ 거,work // 그 일이 그 상황에서 능히 행동해서 처리할 수 있는 일)

• **(해)봐시다** bha^sita, 𑖥 𑖭 𑖭 𑖰 𑖝 (भसति): '봤다'의 북한 사투리, 분명히 나타냈다, 말했다, 상담했다, 설명했다. made manifest, said, spoken, talked, discussed with, consulted, explained.

• **여우다** yaut, 𑖧 𑖺 𑖝 (यौत्): 전라도 사투리, 결혼이 되게 하다, 결혼하다, 함께 묶어 조이다, 얽매다. to be wedded, married with, fastened together, bound.

• **자** ja, 𑖕𑖯 (जा): 자者, 그 니, 그 사람, 생산, 탄생, 현자. that man, give birth to, born, the wise man, a people.(우리말 '자'를 한자 '자者'로 문자화했으며 나중에 한글로 문자화했음)

• **꾸**, **구**, **쿠** ku, 𑖎 𑖲 (कु): 비난('꾸'지람의 '꾸'), 나쁜('구'질'구'질, '구'더기), 탓하다('꾸'짖다의 '꾸'), 죄책감이 드는(장난'꾸'러기의 '꾸'), '쿠'사리 받을 만한, 경멸을 받을 만한('꾸'중받을 만한의 '꾸'), 사악한('꾸'부러뜨리다의 '꾸'), 악랄한('꾸'불텅의 '꾸', '구'겨지다의 '구'), 지구, 기반, 땅, 땅의 경계. reproach, bad, blame, guilty, contemptible, wicked, vicious, the earth, foundation, ground, district.

• **자꾸 그리야** ja-ku-grahiya, 𑖕 𑖎 𑖐 𑖨 𑖮 𑖰 𑖧 (जा-कु-ग्रहीयः): 사투리, 그, 이, 사람이 나쁘게 인식되다. (자, that man, a person/ 꾸, bad, reproach/ 그리야, as it is known)

• **디(다)** di^, 𑖟 𑖰 (दी): '지(다)'의 평안도 사투리, 옛말, 죽다, 사멸로 가다, 쇠하여 죽다. go to heaven, cause to be died, passed away, perished in the heaven.

• **니그라디(다)** ni-graha-di, 𑖡 𑖰 𑖐 𑖨 𑖮 𑖟 𑖰: 사투리로 '누그러지(다)', 감소하다, 낮아지다, 아래로, 뒤로 자리잡다, 우울해지다, 길들여지다, 억눌려지다, 억압되다. decrease, lower, to be held back(down), lowered, to be depressed, tamed, restrained, suppressed. (니, approach/그라, as to know/ 디, perished in the heaven. //가까이 가서 - 알고 보니-죽어가다)

• **마히**, **많** mahin, 𑖦 𑖮 𑖡 𑖰 𑖡 (महनि्): 경상도 사투리, 옛말로 '마히ㄴ', 양이나 크기가 큰, 많은, 많이, 수량이 많은, 대단히 강력한.

great, many, much, a lot of mighty.

- **그래스리햇수다** grah-sri-hi, ग्र ऽ द्र ऽ द्ध द्ध (ग्रह-श्री-हि), harya-su^-dha^, द्र ऽ ग्र श्व ड द्र्प (ह्य्र्य-सु-धा): 사투리, 이해하고 감당하여 수 행하였는데 잘된 상태이다. As being understood of it, we have taken care of it so as to be excellently worked out. (그래, understand, know/스 리, undergo, attain/햇, work, do, perform/수, excellent, prominent/ 다, placed, situated.)

- **까뜩** katt, ड्र द्र द्र (कट्ट): '가득'의 전라도 사투리, 가득히, 가득 차 도록 만들다, 수북이 담긴, 저장된, 넘치는, 가득 채우다. full of, make full, cause to be heaped, stored, brimful, filled up.

- (웃어)**싸따**(양께) satha, द्र द्व (सथः): 전라, 경상 사투리, 웃다, 빙그 레 웃다, 칭찬하다, 아첨하다, 웃게 되다, 기뻐하는, 빙그레 웃게 되는, 기분 좋은, 크게 기뻐하는, 기쁜. laugh, chuckle, praise, flatter, cause to be laughed, pleased, chuckled, delightful, rejoiced, glad.

- **칠칠**(맞다) cill cill, द्र श्व द्र द्र श्व द्र (सिलसिलि): 아래로 매달리다, 느 슨하다, 지친, 산만해진, 해체하다, 탈진한, 좌절한. hanging down, loosen, weary, distracted, torn apart, exhausted, frustrated.

- **헐**(뜯다) hel, द्र व्र द्र (हेल): 탓하다, 화나게 하다, 짜증나게 하다, 희 롱하다, 적대적인. blame, make angry, vex, harass, hostile.

- **해찰**(하다) hiya-cal, द्र श्व द्र द्र (हिया-कल): 잘못된 길로 빠지다, 혼란한, 무관심한, 방해되다, 흔들리다. go astray, to be confused, indifferent, disturbed, trembled.

- **뉘우치다** ni-ut-ci-ta, द्र श्व ड द्र द्र द्र (नि-तु-चिता): 반성하다, 후회 하다, 감지하다, 애통하다, 의식을 회복하다, 알아보다. reflect upon, regret, perceive, lament, restore to consciousness, recognize.

- (눈,귀)**머흐다** muh-dha^, द्र ड द्र द्र्प (मुः-धा): '멀다'의 옛말, 혼 동된 상태가 되다, 당혹스러운, 듣는 것이나 보는 것에 의식이 없 는, 실수하게 되는, 잘못된 길로 가는. come to a state or condition of being confused, perplexed, unconscious of(as ears, eye sight), cause to err, go astray,/wrong way.

- **터지다** tuji-ta, द्र ड श्व द्र (तुज्ज-ता): 두들겨 맞은, 박해받은, 폭행당 하다, 선동되다. to be beaten, persecuted, stricken, instigate.

- **되디다, 뒤디다** dyu-di^-dha^, द्र द्र ड द्र श्व द्र्प (द्यु-दि-धा): '죽다' 의 평안도 사투리, 전라도 사투리로는 '뒤지다', 하늘로 가다, 죽게

되다, 하늘로 소멸되다. go to heaven, cause to be died, perished in the heaven.

- 맞(다) math, ग ऴ त (गणति): 부싯돌을 서로 맞게 해 불을 만들다, 파괴하다, 상처 주다, 아프게 하다, 대항하다, 축출하다, 공격하다. make fire with flint stone, destroy, injure, hurt, confront, expel, attack.
- 닦(다) dhuksh, ऴ ड ऊ (धुक्ष): 갈색으로 태우다, 굽다, 볶다, 불을 붙이다, 불에 요리하다. burn tan, roast, kindle, cook in fire.
- 글러(었다) gla, ग ल (ग्ला): 글렀다, 실수한, 좌절한, 실망한, 좋아하지 않은, 피곤한, 원하지 않은, 방해받은, 탈진한. mistaken, frustrated, disappointed, dislike, feel tired, undesirable, disturbed, exhausted.
- 비슷타 vi-ish-dha^, ऴ ॰ ॰ व ऴ ऴ र (वि- इश - धा): '비슷하다'의 옛말, 모방한, 비슷한, 가지지 않은, 소유하지 않은, 활발하지 않은, 힘이 세지 않은, 정화된. imitative, similar to, not to have, not possessed of, not active, not powerful, to be purified. (무엇인가 비슷한 것이 있을 때, 나의 것과 비슷해도 나의 소유는 아니다, 소유할 힘이 없어 소유를 못했다라는 상황이 동시에 한 단어로 묘사된 것임)
- 간드러(지다) gandha^ra, ग र ऴ ऴ र (गन्धरा): 묘사된 얼굴, 사원, 기호, 잘 만들어진, 아름다운, 매우 아름다운, 대단한, 노련한, 원만한. depicted face, temple, mark, skillful, beautiful, exquisite, gorgeous, adroit, amicable. (인도 간다라 미술의 '간다라'와 어원이 같음)
- 어울리다 a^uli-ta, ऴ ड ल ॰ र (अ उलि- ता): 암컷과 수컷이 성적으로 조화로운, 아름다운, 들어맞은, 꼭 들어맞은, 동의하는, 결혼하는, 편안하게 되는. harmonious (as male & female genus), beautiful, fit, suitable, agreeable, to be wedded with, comforted.
- 따라(가다) tara, र र (तारा): 뒤따라가다, 찾다, 쫓다, 운반하다, 이어지다, 건너가다. follow after, seek for, chase after, convey, carry over, get across.
- 버려지(다) vriji, ऴ र ॰ ॰ ॰ (वृजि): 던져버리다, 내려놓다, 포기를 선언하다, 포기하다, 잘라내다, 포기하다, 유기하다, 제거하다. throw away, put down, renounce, relinquish, cut off, give up, abandon, remove.
- 어즈(르다) a^jri, ऴ ॰ र ॰ (अजरी): 혼란스러운, 당혹스러운, 불안해하는, 고민하는, 산발적인, 짜증스러워하는, 흩어진, 넓게 퍼진, 스

트레스를 받아 한계에 다다른, 얽어매진. to be confused, perplexed, disturbed, agonized, scattered, pained, dispersed, expanded, stretched out.

- **녹쓸다** nox-ta, ᠊ᠪᠵᠵᠪ (नोक्स-त): 얼룩지다, 착색되다, 다치다, 손상되다, 상처나다. to be stained, hurt, damaged, injured.

- **쓰러지다** sru-di-dha^, ᠊ᠪᠵᠪᠵᠪᠵᠪᠵ (स्रु-दि-ध): 넘어지다, 붕괴되다, 분해되다, 조각내지다, 파괴되다, 해체된, 파괴된. fall down, collapse, dissolve, fall to pieces, break down, to be dissolved, broken down.

- **망가지다** man'k-gha-ji-ta, ᠊ᠪᠵᠪᠵᠪᠵᠪᠵ (मङ्क-घ-जी-त): 죽다, 죽이다, 파괴하다, 괴롭히다, 고민하는, 붕괴되다, 파괴되다, 죽임당하다, 고민되는, 괴롭힘당하는, 마음이 부서지는. die, kill, destroy, afflict, agonize the mind, cause to be collapsed, broken down, killed, agonized, afflicted, broken at heart.

- **니그러디(다)** ni-ghi-ra-di, ᠊ᠪᠵᠪᠵᠪᠵᠪᠵ (नि-घि-र-द): '이그러지다'의 사투리, 옛말, 파손되다, 외부 요인에 의해 오목해지다, 흩어지다, 정신이 산만해지다, 약화하다. to be broken down, dented, dispersed, distracted.

- **삯** sakala, ᠊ᠪᠵᠪ (सकल): 나눠 갖는 몫, 임금, 배당금, 일에 대한 수입. share, wage, dividend, earning for labour.

- **쓰리 맞(다)** sri-mat, ᠊ᠪᠵᠪᠵᠪᠵ (श्री-मत): 아름다운, 매력적인, 정말 멋진, 부도덕하게 변질되다, 매혹당하다, 마음이 사로잡히다. beautiful, charming, splendid, corrupted into, to be charmed, fascinated. (멋진 것에 매혹당한다는 뜻에서 그 결과 사기를 당하게 되고 부도덕하게 변질이 된다는 것까지로 의미가 확장됨)

- **(애)닳(다)** dalana, ᠊ᠪᠵᠪ (दलान): 쪼개지다, 산산이 찢어지다, 마음을 부서지게 하다, 마음이 부서진. split off, tear asunder, break the heart, broken at heart.

- **발악(하다)** vara^ka, ᠊ᠪᠵᠪᠵᠪ (वराक): 발악發惡, 대항하여 바락바락 고함치다, 심하게 항의하다, 거부하다, 묵살하다, 포악한, 극도로 불쾌한 행동, 형편없는, 성질 나쁜, 부도덕한. roar against, complain severely, disdain, disregard, vicious, vile behavior, wretched, miserable, impure.

- **웃자라(다)** ut-jaraya, ᠊ᠪᠵᠪᠵᠪᠵ (उत्-जरा): 높이 자랐지만 허약하

다, 부유하게 위탁되어 양육받았지만 약하다, 호리호리한, 연약한.
grow well high but weak, foster rich but frail, slim, delicate.

• **쳐들어온다** chidura-on-da, ꕀ ꑕ ꓔ ꓓ ꕪ ꕀ ꕀ (चिदुरा -ओन्-द): 옛말로
'치두라온다', 침략하다, 들어가다, 스며들다, 가운데로 지나가다,
돌파하다, 공격하다, 노출하다, 강탈하다. invade, get into, pervade,
cut through, break through, attack, destroy, chop out, plunder.

• **뚜드(리다)** tud, ꕀ ꓓ ꕀ (तुद्): 무자비하게 구타하다, 폭행하다, 격렬
하게 때리다, 겁먹게 만들다, 무자비하게 처벌하다. beat ruthlessly,
attack, strike vehemently, frighten, punish severely.

• **때리다** tari-da, ꕀ ꑕ ꕪ ꕀ (तारि-द): 구타하다, 치다, 강탈하다, 박해
하다. strike, beat, hit, plunder, persecute.

• **불(다)** bru^, ꕱ ꑕ ꕳ (ब्रउ): 고백하다, 신조나 감정을 천명하다, 사
실이 아닌 것을 주장하다, 명백하게 설명하다, 공개적으로 말하다,
드러내다. confess, profess, explain clearly speak out, reveal.

• **박(아)** bhaga, ꕀ ꓰ (भग): 뚫다, 안으로 몰아넣다, 말뚝을 아이나,
아래로 박다, 결합하다, 조이다, 결혼하다, 성교하다, 바느질하
다, 박음질하다, 천을 짓다. penetrate, drive into, knock (as a pole into,
down), have sexual intercourse with, bind, fasten, wed, conjoin, stitch,
sew, to be woven.

• **빨(다)** pra, ꕼ ꑕ (प्र): 압력을 가해 누르다, 힘을 주어 짜다, 으깨
고 휘젓다, 몸씨름하다, 괴롭히다, 젓고 섞다, 괴로워하는, 매우 불
안해하는. pressed, squeezed, squashed and agitate, wrestled, tormented,
stirred about, afflicted, disturbed.

• **익히(다)** likhiya, ꕣ ꕀ ꕵ ꕀ ꑕ (लिखिया): 배우다, 공부하다, 훈련하다,
배움받다, 가르침 받다, 훈련받다, 훈육받다. learn, study, train, to be
learned, taught, trained, disciplined.

• **여, 니여(서)** ni-yuji, ꕀ ꕀ ꑕ ꓓ ꕀ (नियुजि): '넣어두다'의 전라도
사투리, 넣어두다, 보관하다, 저장하다, 보존하다. put into, out on,
lay down, keep.

• **넣다** nutta, ꕀ ꓓ ꕀ ꕀ ꕷ (नुत्): 소식 연결했다, 소식 보냈다, 소식
밀어냈다, (전화) 넣다, 전할 내용을 전했다, (전화로) 안부를 묻
다. connected, dispatched, pushed away, sent (a phone call), convey a
message, said hello to (by phone). ('물건을 넣어두다'의 원래 말은 '니여두
다', '여두다'인데, 후에 '소식을 전했다는 뜻'의 '넣다'와 혼용되어 '넣다'가 '물

건을 넣어두다'의 뜻으로 쓰이게 된 것임)

- **가르치다** gara-ci-ta, ㄲ ㅣ ㄹ ㅵ ㅈ (गर-चिन्त इति): 교육하다, 배우다, 가르침받다, 배웠다, 지시받다, 훈육받다, 순서나 명령을 지키다, 순서나 명령을 쌓아 올리다, 집단을 정리하다. teach, learn, to be taught, learned, instructed, disciplined, keep in order, heap up in order, arrange in group.

- **자라나다** jara-nada, ㅿ ㅣ ㅓ ㄹ (जरा - नादः): 성장하다, 자궁에서 양육되다, 오랫동안 싹으로 자랐다, 쇠락한, 높은, 사육하다, 낡아서 못 쓰게 되다, 번창하게 자랐다, 번창한, 부유한. to be grown, fostered (as a fetus in womb), germinated old, decsyed, raised, reared, wearing out, growing up prosperous, thriving, rich.

- **키우다** khi-u^h-ta, ㅧ ㅵ � ㅅ ㅈ (खि-उ-त): 사육하다, 성장하다, 양육하다, 경작하다, 성장한, 젖을 먹은, 영양을 공급받은. rear, grow, foster, cultivate, to be grown, milked, nourished.

- **도와**(주다) doha, ㄹ ㅎ ㅅ (दोहा): 성장시키다, 보살피다, 훈련시키다, 가르치다, 훈육하다, 젖을 먹은, 양육된, 영양이 섭취된, 높이 올리다. grow, take care of, train, teach, discipline, to be milked, fostered, nourished, put up.

- **두드라**(패다) dudhra, ㄹ ㅎ ㄷㄸ ㅣ ㅈ (दुध्र इति): 세게 치는, 때리는, 홍분한, 당황스러운, 무자비하게, 홍분되게, 화나게. striking, beating, excited, embarrassed, ruthlessly, excitedly, angrily. (홍분하고, 당황스럽고, 화날 때 무언가를 치는 것을 의미함)

- **까다** khad, ㅧㄸ ㄹ (खद): 여러 부분으로 가르다, 여러 개로 나누다, 깨뜨리다, 산산이 찢다, 껍질을 벗기다, 알게 하다, 드러내다, 조각내다, 다치다, 아프다, 상처 입다. divide, share, break off, tear asunder, peel off, make known, reveal, to break into pieces, be injured, hurt, wounded.

- **치다** chida, ㅉ ㅵ ㅈ (चिदा): 치다, 타격하다, 파괴하다, 때리다, 내쫓다, 단념시키다. strike, attack, destroy, beat, expel, deter.

- **갈다** ghar-dha^, ㅃ ㅣ - ㄷㄸ (घर-धा): 빻다, 갈다, 여러 차례 치대다, 날카롭게 하다, 광택나게 닦다, 치대지다. grind, pound, sharpen, polish, to be ground.

- **쓰레**(질) sira^, ㅅ ㅵ ㅣ ㅉ (सिरिआ): 밭 갈다, 쟁기질하다. plough (a field).

- **시냇(물)** si^-nadi, ꫲ ꫳ ꪻ ꫲ ꫳ (सि-नदि): 여울, 개울, 시내, 아래로 쏟아지는 물, 아래로 흐르다. a ford, stream, a falling down water, flow down.
- **사리** sa^rira, ꫲ ꫲ ꪻ ꫳ ꪻ (सारिरि): 육체적인 몸, 시신에 남은 정신적 물질, 화장 후의 시체. a physical body, spiritual substance of a dead body, corpse after cremation.
- **다듬다** dai-dam-ta, ꪻ ꫳ ꪻ ꫲ ꪻ (दैदमता): 정제하고 길들이다, 훈련된, 길들여진, 훈육된, 정제된/ purify and tame, cause to be trained, tamed, disciplined, purified.
- **지사** ji-sha, ꫲ ꫳ ꪼ (जिशा): '제사'의 전라도 사투리, 봉헌하다, 내놓다, 하늘에 예배하다, 희생하다, 기도하다, 선조나 조상들께 헌사를 바치다. dedicate, offer, worship the heaven, sacrifice, pray, pay tribute to the fore-fathers, ancestors.
- **받들(다)** bhadri, ꪻ ꪻ ꪻ ꫳ (भद्र): 신의 가호를 빌다, 찬양하다, 상서롭게 맞아드리다, 영광을 베풀다, 숭배하다, 칭찬하다, 주의를 기울이다, 불을 비추다. bless, praise, auspiciously greet, honor, worship, exalt, attend, illuminate.
- **베풀다** vi-puratha, ꪻ ꫳ ꪼ ꪻ ꪻ ꪼ (वि-पुरथ): 확장시키다, 돕기 위해 손을 뻗다, 구호품을 주다, 기부하다, 보조금을 주다, 주다 돕다, 보조하다. to expand, stretch out hands to help, give alms to, donate, grant, give, help, assist.
- **맘마** mamma, ꫲ ꫲ ꫲ ꫲ (ममा): 여성의 가슴, 엄마 젖, 젖을 먹다, 영양을 공급받다. female breast, mother's milk, to be milked, nourished.
- **순대** suntha, ꫲ ꪻ ꪻ ꪼ (सुथ): 황소나 암소 떼, 살코기 한 조각, 식용 고기, 엷은 흰 색깔, 흰색의 요리 재료. a cattle of bull or cow, a piece of flesh, meat, tinted white color, white colored ingredients.
- **먹고잡(다)** mukhu-jabh, ꫲ ꪻ ꪼ ꪻ ꪼ ꪻ (मुख्-जभ): 먹을 것을 재빨리 잡다, 잡다, 잠가두다, 잡아채다, 잡아두다, 붙잡다. snap at something to eat, catch, lock, snatch, arrest, seize.
- **(불)당기(다)** danghi, ꪻ ꫲ ꪼ ꫳ (दङ्घि): 불을 붙이다, 불이 타오르다, 불을 놓다, 활활 타다, 붉은 불꽃을 내며 타다. kindle, burn, set on fire, blaze, flame.
- **다리다** dah-ri-dha^, ꪻ ꫲ ꪻ ꫳ ꪼ ꫲ (दह-रि-ध): 달이다, 물에 끓은, 부

글부글 끓다, 휘젓어 불안하게 하다, 지글지글 끓이다, 굽다, 불에 태우다. to be boiled, seethed, agitated, sizzled, roasted, inflamed by fire.

- **까마** kama, ꢒꢁ (कामः): 어두운, 검은, 탐욕스러운, 관능적인 욕망, 열중하는, 애착을 느끼는. dark, black, greedy, sensual desire, attend upon, attached to.

- **까만** ka^man, ꢒꢁꢫ (कामन्): 마음이 시커먼, 선망하다, 탐욕스러운, ~을 원하는. dark at heart, envy, greedy, desirous of.

- **고샅길** goshat-giri^, ꢔꢡꢢꢥꢕꢁ (गोषट्-गिरि): 소수레가 다닐 수 있는 작고 좁은 길, 소가 밟아 생긴 좁은 길. a little narrow passage for cow's cart capable of passing by, a trodden alley way.

- **내려가** ni-ri-ga, ꢥꢕꢁꢔ (नि-रि-ग): 아래로 가다, 감소하다, 용해 되다, 찢어버리다, 파괴하다, 흩으리다, 팽창시키다, 늘리다, 잡아 늘리다, 아래로 걸어 늘어뜨리다. go down, decline, dissolve, tear off, destroy, scatter, expand, extend, stretch out, hang down.

- **달(다)** dhri, ꢥꢁ (धरि): 머리에 붙여 지니다, 지지하다, 몸에 걸치다, 옷이나 휘장을 착용하다, 결혼하다, 기부하다, 헌신하다, 함께 결합하다. bear on the head, support, put on, wear(as clothes, badge), wed, donate, dedicate, join together.

- **달아** dhara, ꢥꢁ (धरा): '달다'와 동일.

- **니미가(다)** ni-mi^-ga, ꢥꢁꢒꢔ (नि-प्राप्त - अन्त), ni-miv-ga, ꢥꢁꢒꢝꢔ (नि-मवि-ग): '넘어가다'의 옛말, 전라도 사투리, 기울어 지다, 떠나가다, 멀리 움직이다, (해가) 지다, 넘어가다, 사라지다. decline, go away, move away, set(as the sun), go beyond, disappear.

- **장마** jhan'-ma^, ꢦꢕꢁꢧꢢ (झाँ-म): 여름에 큰 빗줄기로 지속적으로 내리는 비, 억수로 내리는 비, 쏟아지는 비, 장대비에 잠긴, 태풍. rain down steadily in large drops in summer, rain cats and dogs, power down in raining, to be flooded by heavy rain fall, hurricane.

- **어디로** ud-a^roh, ꢨꢁꢩꢔꢫ (उद - आरोहः): 어디로 올라가다, 자기의 길을 가다, 특정 방향으로 나아가다. rise up to, make one's way to, proceed.

- **사이** sai, ꢧꢁ (सइ): 새, 새 떼, 간극, 좁은 틈, 작은 구멍, 두 개 사이의 간격, 시간의 경과, 날아가다, 서둘러 가다. a bird, a flock of birds, a gap, crack, aperture, interval in between two things, lapse of time, to fly away, dash. (새가 날아가는 시간, 공간의 그 시간과 그 공간, 즉 그 틈을 의미함)

- **리사** li^-saya, ಡಿ ೦ ಖ ಬ (리-쌰야): '이사'의 사투리, 옛말, 움직이다, 떠나가다, 내보내다, 이주해서 정착하다, 거주하다, 제약하다, 쉬다, 휴식하다. move, let go, remove, settle on, dwell, inhibit, take a rest, repose.
- **집안일** jivana, ಡಿ ೦ ಡ ೯ (जीवना): 가정일, 활기를 띠는 삶, 주는 삶, 생계를 관리하다, 생기를 불어넣다, 영감을 주는, 생계를 유지하는. household work, vivifying life, giving life, manage livelihood, animating, inspiring, make a living.

한자는

한자 馬의 발음인 '마'*는 달리는 말을 뜻하는 우리말로
한자가 만들어지기 전부터 우리가 '마'라는 발음으로 써
왔다
처음부터 '마'라고 발음되었다
말, 빨리 달리다, 말 타고 달리다, 승마를 뜻한다
시간과 장소에 따라
히말라야 근방에서는 산스크리트 문자로,
인도에서는 타밀어 문자로
중국 북방에서는 한문 글자로 표기되었다
후에 한글로 '마'라고 문자화되었다

순우리말 단어로 지금까지 분류되고 있는
'마구하다'의 '마',
'마냥'의 '마',
'마을(말을 키우는 곳)'의 '마'는
모두 말, 마馬의 뜻을 가진 우리말 소리이다

비非*는 지금까지 한자 단어의 발음으로만 알고 있다
아니다

'비'는 순수한 우리말이다
미숙未熟, 아니다, 다르다의 뜻을 가지고 있다
단지 한글보다 먼저 한자로 표기가 되었을 뿐이다

'비뚤어지다'
'비꼬다'
'비켜나다'
'비우다'의 '비'는 순우리말 단음절 소리 '비'이다
한자 비非에서 온 말이 아니다

우리말이고
우리말 발음인데
동일한 발음으로 산스크리트로 기록되고,
타밀어 문자로, 카자흐스탄 문자로,
한자로 표기된 단어들이 지금까지는
그저 산스크리트와 타밀어, 카자흐스탄어, 한자로만 인식
되었다

세종 임금* 때 펴낸 동국정운이라는 책은

중국 한자를 우리말 발음으로 적은 사전인데
우리말 발음이 산스크리트와 동일하다
글자의 뜻도 산스크리트와 같다
우리말이 산스크리트로, 한자로, 한글로 표기되었음을 증
거한다

옛말이 그대로 남은 우리말과
우리 사투리는
인도 유럽어의 어원으로 옥스퍼드 사전에서 기록한
히말라야 지역에서 쓰인 말이다
인류 초기의 강력한 언어이고 생명력이 넘치는
신비하고 영험한 언어이다
인류 시원의 시기에 북두칠성의 국자 안에서
은빛으로 찰랑거리다가
우리 민족의 가슴 속으로 흘러내린 말이다

• **마** ma', मअ (मा): 마馬, 말, 빨리 달리다, 말 타고 달리다, 승마, 기마. a horse, to runquickly, ride on horse back.

• **마** ma^, मअँ (ममँ): 마, 엄마, 끝, 하지 마, 멈춰라, 멈춤 , 중지, (특정 목적을 위해서)조치하다. ma, mother, the end, don't, stop, cease, measure.

• **마** ma, म (म): 측정하다, 말[斗]로 되다, 헤아리다, 무게 재다, 재단하다, '마디예'의 '마'. count, figure out, perceive, ponder, measure, weigh, eut out to the measurement.

• **마디예** ma^-dhi-ye, मअँधिय (ममँ - धि - ये): 경상도 사투리로 '맞지요', 계산, 생각이 맞다. measure and perceive, count and think.

• **비** vi, वि (वि): 비非, 아니다, 다르다, 미숙하다. not, different from, not yet, not ripe, not done, lacking in, destitate of, not sufficient, nothing.

• **님금, 님깜** nimi-kam, नमि-कअम (नमि-कम्): 옛말, 사투리, 임금, 왕, 군君, 현명한 사람. head of king, prime, premier.

광명

아딕*
어디바,*
아직 어두워요

어디예,*
어두우니
차라리 남길 그림자도 없이
떠나야지예

아득캐라*
아득해라
님 없이 맞이할 밝은 아침

님 떠나는 길 어둡고
어두워도
감*은 눈 뜨지 않으리

님 발자국 소리
무량광명으로 피어날 때까지

• **아딕**, **아직** a^dikh, 𑖁𑖟𑖱𑖏 (आदीख्): 평안도 사투리, 시작 전, 동트기 전, 밝아지는. before dawn, shine forth, in(before) the beginning, at the first time.

• **어디바** a-diva, 𑖀𑖟𑖰𑖪 (अ - दवि): 경상도 사투리로 '어두바', 어둡다, 암흑. dark, in the dark, gloomy.

• **어디예** a-dhi-ye, 𑖀 - 𑖠𑖰 - 𑖧𑖸 (अ - धि - य): 경상도 사투리, 그렇게 생각하지 않다. not be so regarded or considered.

• **아득캐라** aduhkha-kara, 𑖁𑖟𑖲𑖾𑖏 - 𑖎𑖨 (अदुःख - कारः): 경상도 사투리, 아득해라, 엄마 젖이 끊어져 괴롭다, 곤경에 처하다, 고뇌하다. cause to be afflicted, distress by quitting mother's breast feeding, troubled, disturbed, under adversity, difficulty, pain, agony.

• **감**, **캄**, **깜** kama, 𑖎𑖦 (कामः): 감실, 감龕, 캄, 깜, 어두움, 무덤, 사원. a particular room for the dead body, darkness, dark room under the pagoda tower, grave for the dead. (밀폐된 '감실龕室'은 캄캄하게 어둡기 때문에 우리말이 한자로 표현되어 '감龕'이 쓰였고, '눈을 감으면 혹은 깜으면(사투리)'의 '감', '깜'과 '캄캄하다'의 '캄'은 캄캄하기 때문에 한글로 '캄', '깜'과 '감'자가 쓰였다. 모두 같은 우리말을 한자나 한글로, 이 문자, 저 문자로 표현한 것임)

태풍

얼랄라*
그것이 아닌가 비여

저 새가*
아,
좋아서 우지짖는 것이 아니가 비여

얼렐레
괭이 새끼*는 어째 또 그런다냐

알았다*
알라야*들 때문이구만
바람이 이렇게 씨*게 부니께

- **얼랄라** a-lala^, ﹗ ﹗ ﹗ (ʌ - 라라ː): 얼렐레, 바보스럽다, 터무니없다, 꼴불견이다, 우스꽝스럽다, 제 모습이 아니다. foolish, ridiculous, funny, not in good shape or image, a person is neither in accord, nor conformed to the essential nature of the things.

- **가** gad, ﹗ ﹗ ﹗ (가ㄷ): ~가, 곧[卽], ~ 것이다, 말하다, 관련시키다, 이야기하다, 헤아리다, 설명하다, 계산하다, 간주하다, 고려하다, ~라고 생각하다, 예상하다. so called, named, speak, relate, tell, count, consider, reckon. (주어 다음의 어조사로서 '~가 ~하다'의 '가'로 쓰임)

- **새끼** sakhi, ﹗ ﹗ ﹗ ৪ (삭히): 친구, 동료, 오래되고 애정하는 친구, 벗, 동반자. a fellow, old and affectionate friend, companion. ('새끼'는 '싹'에서 변하여 혼용되었고, 현재는 오래되고 애정하는 친구라는 뜻은 사라지고 '싹'이 변한 어린 자식이라는 의미의 '새끼'만 남았다. 친구들 사이에서 허물없이 함부로 쓰이거나 욕으로 쓰이는 '새끼'가 그 흔적으로 남았다)

- **싹** sa^ka, ﹗ ﹗ ﹗ (삭): 힘찬 기운, 생명력, 강력한 힘, 힘찬, 강력한. power, vitality of life, might, powerful, mighty. (힘찬 생명력이 '아이', '새싹ﷺ'으로 뜻이 확장됨)

- **알았다** artha, ﹗ ﹗ ﹗ (아ㄹ타): 완전히 알다, 충분히 이해하다. perfectly know, comprehend, see, understand, cause to be seen, known.

- **알라야** a^laya, ﹗ ﹗ ﹗ (아 라야): 사투리, 옛말로 알, 태아. fetus of living in the womb.

- **씨다, 세다, 쇠다** sedha, ﹗ ﹗ ﹗ (세다): 사투리, 억세다, 거칠다, 매우 지쳐 쇠다, 제멋대로이다. to become hard, rough, worn out, spoiled.

한 송이 꽃

비록* 이름으로만 남았지만
마고와 환인황제들은
송이송이 꽃으로
천둥 폭풍에도 지지 않고 대지 위에 붉네

높은 하늘까지 닿아
푸르름을 디디*고 서서
찬란하게, 자유롭게 바람과 햇빛과 노니네

빙하도, 홍수도 지나고
범했던 것들 모두 달아나*고
세계 가득히 피어 송이송이 꽃으로
세상을 아름답게 하네
탁한 것들 들이마셔 맑은 것으로 내쉬는 호흡을 하네

마고에게 빌고
환인황제들에게 비다*가 또 비네
이 땅의 사람들이 한 어머니의 자식임을 깨우치기를,
이 세계의 인간들이 서로 형제임을 실천하기를,

동이* 민족이 하나로 통일이 되어
인류를 한 가족으로 되돌려 홍익인간 할 수 있기를

- **비록** vi-lok, ᢧᢀ-ᢎᢱᢏ (वि-लोक): 비록~라도, 사실을 살펴보아도, 마음을 군힌다, 사실을 관찰해보면. look around, to see into the matter of fact, intent upon, fix one's mind to, in spite of looking into a matter, even well versed in. in respect to.

- **디디** didhi, ᢋᢀᢏᢀ (दीधि): 디디다, 단단하게 다지다, 군게 하다, 견고히 하다. make firm, stable, hard, stability, firmness.

- **달아나** darana, ᢋᢱᢍᢱᢏᢱ (दारणा): 달아나다, 찢어지다, 쪼개져 멀어지다. leave, cleave, split off, break away, braking away, falling away.

- **비다** vidha, ᢧᢀᢏᢱ (विधा): 생명의 기원으로서의 정화된 마음을 위해 기도하다, 찬양하다, 기뻐하다, 신께 빌다, 마음을 정화시키다. praise, exult, pray for the purified mind (as the origin of life), ask, worship a god, dedicate one's self to, make our mind purified.

- **동이** tungi^, ᢍᢋᢍᢋᢏᢀᢀ (तुङ्गा): 동이족東夷族, 탁월한, 두드러진, 우수한, 초자연적인, 사유와 실험을 통해서 지리학과 현상학 그리고 천문에 통달한. eminent, prominent, excellent, supernatural, superior related to the astronomical truth and the geological and phenomenal facts through thought and institutional examination. (본래 아주 우수하다는 뜻으로 '동이'라는 우리말이 먼저 있었고, 후에 중국인들이 의미가 좋지 않은 한자를 그 음에 대입했다)

동짓달 기나긴 밤을

동지冬至ㅅ달 기나긴 밤을 한 허리를 버혀°내어
춘풍春風 니불° 아레 서리°서리 너헛다가
어론°님 오신 날 밤이여든 구뷔°구뷔 펴리라라고
황진이 시인은 읊었는데

지금 이 몸은 누구를 위해서
기나긴 밤의 허리를 베어
천공에 뿌리는가

밤은 보석 장엄莊嚴처럼 하늘에 흩어져
별빛으로 빛나고
없는 나를 가슴에 품은 님이
홀연히 둥근 달로
천 개의 강물 위에 돋았구나

- **버히다** bhida, 저ऺ र(भिदा): 옛말, 베다, 자르다, 쪼개다, 상처를 만들다, 아프게 하다. cut off, split off, injure, hurt.
- **니불** ni-vri, र ऺ - ऺ र ऺ (नि- व्री): 옛말, 이불. blankets, bed furnishings, protective sheet orcoverage.
- **서리다** sridha, ᄼ र ऺ 5(श्रीधा): 물기가 서리다, 수증기에 잠기다, 젖다. to be moistened, wet, steamed, soaked.
- **어론, 얼(은)** ul, ऽ ऌ (उल): 옛말, 화상 입다, 불타다, 불꽃으로 활활 타다, 정신, 영혼의 활력, 삶. burn, fire, blaze a flame, vitality of spirit, life. 현재의 국어 사전에서는 '어론'은 기본형이 '얼다'이고 뜻은 '불타듯 사랑하다'로 되어 있다.
- **얼** uli, ऽ ऌ ऺ(उलि): 싹, (새로 돋아난)순, 개화, 정신, 정신의 얼, 영혼, 씨앗, 용기. bud, a shoot, to be burst into flowers, spirit, soul, the seed vessel.
- **구비지다** kubji-ta, 저 ऽ र ऺ - र (कुब्जि- ता): 굽다, 굽은, 구부정하다, 꼬아지다. bended, bowed down, twisted.

머슴

머시기* 머슴아*
심*이 좋은 아저씨야*
어둡다*고 하지 말고
어둑해*도 이른 아침*에 일어나자

갈아엎을* 밭이
이불 속에서 산 너머까지 뻗어 있다
해가 뜨는 모든 날이
해의 날인 수릿*날이다
모든 날이 설*날같이 즐겁고 신난다야
신나게 일하자야

나는야
시를 짓는 머슴
시의 밭이 이불 속에서 산 너머까지 뻗어 있다야
삼라만상이 날마다 새로워
오늘도 수릿날*이고 설날*이다야

- **머시기** masi-kheya, ㅁㅉㅠᅇᅳ-ᅜᇄᆼ리 (मसि-खेया): 전라도 사투리, 헤아리다, 밝히다, 생각하다, 설명하다. count, figure out, think of, so as to make manifest.
- **머슴** ma^sim, ㅁㅉㅠᅇ리 (माँसमि): 추수꾼, 일꾼, 노동력 관리자, 메시아(추수). harvester, worker, manager of laborer, Messia(L, messis=harvest).
- **심** simi, ㅠᅇ리 (समि): '힘'의 옛말, 사투리, 힘. power.
- **야** ya^, ㄲㅉ (या): 움직이자, 진행하자, 떠나자, 걷자, 옆을 지나다, 접근하다, 닿다, 도착하다, 끝까지 가다. move, set out, go away, walk, pass by, approach, reach, arrive, come to an end. (문장 앞이나, 뒤 그리고 호칭 명사 뒤에 붙어서 '이제 움직이거나 진행하고, 가자'는 뜻을 지님)
- **어둡다** adi^pta, ㅉㄹᅇᄃᄏ (आदिप): 옛말로 '아딥다', 컴컴한, 동트지 않은, 밤에. dark, gloomy, at dusk, in the night.
- **어둑해** a-di-kheya, ㅉㄹᅇ-ᅜᇄᆼ리 (अ-दि-खेय): 옛말로 '아딕해', 아직 밝지 않은, 빛나지 않은, 빛나지 않은, 밝게 하지 않은, 아직 비추지 않은. not yet dawning, not lighting, not shines, not making bright, not yet illuminating.
- **이른 아침** i^rna-acham, ᅇㄹᄯㅉ-ㅉㅊㅉㅉㅁ (इर्ना-अचम): 해 뜬 아침, 동튼 아침, 날이 밝은. early in the morning, dawned(as the sun), shone.
- **엎다** upta, ㄷᄃᄏ (उपत): 밭을 갈아엎다, 밭 갈다, 씨 뿌리다. plough, shovel, sown as seed. scattered with seeds, ploughed, planted.
- **수릿(날)** s'u^rya, ㅠㄷㄹ리 (स'ऊर्य): 유두절 6월 6일, 태양의 날, 태양신. the day of sun, the sun god.
- **설(날)** surya, ㅠㄷㄹ리 (सूर्य): 태양, 태양의 날. the sun, the day of sun.

아리랑 아라리오

봄꽃 지니
님도 떠나시네
아리* 아리* 아리랑*

분홍 연지
님*의 볼에서 복사꽃 같더니
님 스러지*는 하늘가에 선연히 물드네

봄날 가니
님도 떠나시네
스리* 스리 스리랑*

붉은 곤지
님의 이마에서 진달래꽃 같더니
님 떠난 가슴 속에 후두둑 떨어지네

아리 아리 아리랑 스리 스리 스리랑
아라리*가 났네
아리랑 흠흠흠* 아라리가 났네

- **아리** ari, ॠ ॣ ঙ (अरि): 사랑하는 님, 임금님, 현명한 사람, 현인, 조국. love, king, sweet heart, a sage, wise man, father land.
- **아** a, ॠ (अ): 아름다운, 훌륭한, 탁월한, 완전하게 조화로운. 진실한, 아주 멋진, 옳은. beautiful, excellent, in good harmony, in the right, true, wonderful.
- **리** ri, ॣ ঙ (ऋ): 분리되다, 떨어지다, 떠나가다, 떠나다, 흘러가다, 뛰어가다, 자유롭게 되다, 떨어지다. separate, detach, go away, proceed, move, flow down, run away, set free, let go, leave.
- **랑, 라앙** langh, ॣ ঙ - ॠ ৼ (लङ्घ): 서둘러 이별하다, 급히 떠나가다, 뛰어가다. hasten to leave, leap over, pass over, shun, go away, escape.
- **아리랑** ari-langh, ॠ ॣ ঙ ৺ ॠ ৼ (अरि- लङ): 사랑하는 님이 급히 서둘러 떠나시네, 조국을 떠나네, 임금님이 떠나시네. the beloved departs in a hurry, leaving the fatherland, the king departs.
- **님** nimi, ৼ ঙ ॻ ঙ (निमि): 임금, 수령. king, head of king, prime, premier.
- **니** ni^, ৼ ঙ (नि): 그이, 사람, 놈, 너, 뉘, 지도자, 통치자, 이성理性, 진리. you, some person, leader, ruler, king, premier.
- **스러지(다)** sruji, ৡ ॣ ঽ ॼ ঙ (सृज): 쇠멸하다, 용해되다, 쇠잔하다, 사라지다, 죽다, 쓰러지다, 붕괴하다. perish, dissolve, disappear, wither, pass away, died, to be ruined, withered, dissolved, collapsed, broken down, fallen down, declined, set off.
- **스리** sri, ৡ ॣ ঙ (श्री): 열정의 대상에게 쓰러지다, 기대다, 쉬다, 기울어지다, 애착하다, 열정의 대상 속으로 스러지다, 흩어지다, 사라지다, 연기처럼 포개지다, 포옹하다, 매혹된 상태, 섞이다, 고정하다. lean, rest on, decline, dispel, scatter, caused to be vanished, depend upon, attach to, adhere to, fix on, to be folded up as smoke, embraced, abide in. mingle, fix.
- **스리랑** sri lang^h, ৡ ॣ ঙ ॣ ॠ - ॠ ৼ (श्रीलङ्घ): (님의) 떠나가심에 스며들어 함께 사라지다. to seep into the departing person and disappear together with lover.
- **아라** ara, ॠ ॣ ॠ (अरा): 가슴 아픈 이별, 이른 석별, 도움, 재빠르게 복종하려 하는, 순종하려는. leaving swiftly at broken heart, going off quickly, help, quickly prepared to be obedient, read to serve.

• 아라리 arari, ㅍㅣㅍㅣ ৺: 가슴 아픈 이별에, 이별이구나(아라+리).
a heartbreaking farewell, it 's a farewell.

• 흠 hum, ㅅㅎㅍ(흙): 헌정하다, 봉헌하다, 희생하다, (잊지 못할 사
랑에 저를) 바치다. donate, dedicate, assent, sacrifice, to devote, (one's
self to unforgettable sweet heart), worship, cause to be nourished, subsisted,
offered, served, observed, honored, respected (as in ritual service)

우리의 사명

인도의 시성 타고르가 우리 민족을 노래할 때
일찍이 동방의 등불이었다고 한 것은
인도 대륙 북쪽 히말라야에서부터 시작된
우리의 위대한 옛 역사를 알고 있었기 때문
캄캄한 인류 문명 초기에
우리 민족이 세계를 비추는 등불이었기 때문

우리 국토의 좌우 쪽 바다를
동해 바다와 서해 바다로
처음부터
세계와 아시아의 국가가 불러온 것은
우리 민족이 일찍부터 인류의 중심이었기 때문
인접한 다른 나라의 이름이 바다에 붙여질 수 없었던 것은
인류의 초창기부터 우리가 중요한 민족이었기 때문

우리 민족이 시대에 따라 불교, 유교, 기독교에
심취해왔던 것은
북히말라야에서부터 종교를 다루는 최고 지도자 계급으
로서

종교에 익숙한 문화 때문

문화와 정치에서 일찍부터 외세를 받아들이고
지금도 미일러중 외세에 종속되어 있는 것은
하늘에 제사를 올리는 사람이 왕이었던 시대에는
왕족이었으나
점차 무력을 지닌 정치 세력에 밀려났기 때문
방편을 이용하여 생존하는데 익숙해졌기 때문

그러나 우리 민족은 강인하고 현명한 민족이기 때문에
인류 문명 초기의 언어를
상용어로서 현재 가장 많이 사용하고 있고
오늘날까지 그 언어를 고스란히 지켜낼 수 있었다
문화와 민족정신을 지켜낼 수 있었다

우리의 말은 영성이 가득한 시대에
자연과 소통하고 하늘에 제사 지내는데 사용했던 언어이
므로
특별하고 고귀한 언어이다

종교를 처음으로 이루었던 언어이고
종교를 세상에 다양하게 심은 언어이다

한글이 훈민정음으로 만들어질 때 천지인天地人의 도리가
창제 원리가 될 수밖에 없었던 신성함과
깊은 철학을
우리 언어는 가지고 있다

우리는 우리를 알아야 한다
우리는 인류의 중심 민족이다
인류를 위해서,
고통받고 있는 아름다운 지구별을 위해서
우리는 우리의 사명을 되찾아야 한다

❖ 여러 공인된 역사서의 기록에 의하면 우리 민족은 하늘과 태양을 숭상하여 제사 지내는 제천의식을 때마다 시행하였고, 제천의식이 중요한 축제이기도 하였다. 천손사상을 지녔으며, 하늘과 태양에게 어떤 일을 보고하기도 하고, 기원하기도 했다. 또한 앞날의 일에 대하여 묻기도 하고 여러 방법으로 점을 치기도 하였다. 밤하늘의 성좌와 달을 보고는 여러 가지 과학과 철학을 발생시켰다. 그리고 자연 만물에 각각의 신들이 깃들어 있다고 믿는 만물 정령 사상을 지니고서 자연 만물을 경배하고 자연 만물과 소통하였다. 현대의 종교적 용어인 샤머니즘을 종교의식의 일부로서 행하였다고 할 수 있다.

이 신령스러운 일을 주관하는 존재로서 제사장 즉 샤먼이 있었다. 이들은 당골(혹은 단군)으로써 지금의 정치 지도자와 과학자, 교육자, 만신 무당 등이 하나로 합해진 존재였다. 이 존재가 이러한 종교적인 행사를 시행할 때에는 자기를 잊는 무아의 상태가 되어 하늘이나 태양, 자연체의 말을 공수하였다. 무아의 상태가 되어, 비어 있는 시공간에서 다양한 형상과 소리의 존재를 느끼고 소통하였다. 집단적 무아의 상태에서 법열을 느끼고 정신적 카타르시스를 경험하는 축제를 행하기도 하였다. 세상에 존재하는 것들이 소멸되어 공空의 상태가 되는 것처럼 모든 보이는 것들이 실제의 모습이 아니고 공空한 것과 함께 한다고 여겼고, 텅 빈 시공간이나 허공의 공空이 생명력 있는 다양한 존재들로 이루어졌음을 믿었다. 과거의 죽은 자와 미래의 존재와도 연결되었다고 믿었다.

우리의 히말라야 언어가 시간이 흐르면서 세계어가 된 것처럼 우리의 종교의식의 내용이 세월이 흐르면서 각각 분화하고 발전하여 세계의 고등 종교들이 되었다고 생각하여도 좋을 것이다.

자연과 소통하고 자연과 하나 되어 무위자연 하는 것은 동아시아 대륙에서 도교와 우리 삼국, 사국시대의 풍류 사상이 되었고, 샤먼(무당)이 하늘을 포함한 자연이나 죽은 자와 소통하기 위하여 자기를 비우고 텅 빈 시공간의 신령과 하나가 되는 트랜스 행위는 히말라야를 넘어가 인도에서 무아無我와 공사상空思想으로 발전해 힌두교와 자이나교 그리고 불교가 되었다고도 생각해보는 것이다. 유일신을 믿고 천손사상을 갖는 것은 조로아스터교와 유대교 그리고 기독교와 이슬람교가 되었고, 하늘을 믿는 것은 유교가 되었다고 여겨도 보고, 근대에는 이러한 사상이 합해져서 우리나라에서는 동학과 천도교가 되었다고 믿어도 보는 것이다.

제3부

마고신

백두대간 수많은 곳에서,
경상북도 청송의 주왕산 골짜기에서도
이쪽저쪽 산봉우리에 줄을 걸고
마고* 여신이* 빨래를 말렸다지
그네를 탔다지

마고성*을 북쪽 희말라야
하늘 가장 가까운 고원에 지어놓고
지유地乳를 먹으며 살았다지
백두대간 금수강산도 마고신이 복지福地로
마련하였다지

낮에는 태양과 놀고
밤에는 별과 달과 숨바꼭질했다지
빙글빙글 도는 성좌들의 중심인
북극성처럼
언제나 어디서나 생명의 중심이고자 했다지
변함없고자 했다지

국자 모양이 되어 북극성으로부터 생명을 길어
모든 곳에 생명을 부어주는
북두칠성처럼
세상을 생명으로 가득 차게 했다지
생명의 어머니이셨다지

• **마고** ma^gha, 지ㅉㅁㅋ쿄 (ㅁㄵ): 별자리, 별, 밤하늘, 계절, 철. sidus, a group of stars, genesis, the constellation.

• **마고** magha, 지ㅉㅁㅋ쿄 (ㅁㄵ): 재산, 부富, 돈, 막다, 방지하다. property, wealth, money, protect, prevent. (여신의 이름인 마고의 의미는 하늘의 신성한 별자리를 지칭하면서 현실적으로는 부와 힘을 가진 강력한 존재를 의미함)

• **이** i, ᳰ(ㄹ): 그, 그녀, 이것, 그들, 이 친구, 이 사람, 저 사람, 이것, 저것, 많은 사람. he, she, it, they, this fellow, this man, this/that person, this/that one, lots of people. ('이'는 명사들이 생겨나기 전 단순한 무엇을 지칭하는 단음절 대명사였다가, 명사들이 많이 생겨난 후에는 명사에 붙는 어조사—예를 들자면, '마고 여신이'의 '이'—로도 남게 되었다)

• **마고-성** magho-gutta, 지ㅉㅁㄷ-ㅉㄷㅈㅈㅉ (ㅁㄵ - ㄱㅁ): 풍부한 재물과 막강한 세력을 지닌, 거대한 성곽 도시. the powerful castle, or great metropolis endowed with magnificent wealth and power.

1899년판 『Oxford Sanskrit Dictionary』 294쪽에 의하면, 고대에 판찰라스Pancalas라는 나라가 히말라야산맥의 북단에 있었다는 기록이 있다. 강성원 박사의 『한글 고어사전 실담어 주석』에 의하면 환인 천황이 히말라야산맥의 최북단에 위치한 천국 같은 산에 거주하였고, The king, Phan-Inna (फन - इन्ना) (왕, 환-임금), resided in the heavenly mountain located in the most northern range of The Him-a^laya (हिम -आलया) mountain. 또 그 판찰라스라는 나라가 북쪽 히말라야의 파미르고원에 있었다고 한다. Panca^las (पञ्चा लस) in Pa-Mil lofty Heights of Him-a^laya (हिम -आलया) Mountain.

위의 옥스퍼드 사전에 기록된 판찰라스 국가와 동일한 내용으로 우리 고대 역사서에서는 환국이라고 불리웠던 파내류지국波柰留之國이 파내류산 아래의 하늘 가까이 높은 호수인 천해天海의 동쪽에 위치해 존재했다고 기록되어 있다.

마고성은 히말라야의 산정 파미르 고원에서 마고신과 그 후의 삼신할머니신이 머무시던 도시였고 우리 민족은 오랜 시간이 지나 그곳을 떠나 좀 더 넓은 가까운 동쪽의 타밀 분지에 환국(한국韓國)을 세웠다고 『아사달! 인류 최초의 문명을 품다』에서 말하고 있다.

수수께끼

참 수수께끼*일세
역사에 구멍*이 났으니 손이 탔*네 그려
멀건이*로 뿌리를 잃어버렸네
민족의 위대한 옛 역사가 사라졌고,
아름드리* 신단수 같던 옛 정신이 잊혀졌네
삿된 정신으로, 민족 분단으로
한 사람, 한 사람의 몸과 마음이 온전한 자유를
찾을 수 없게 되었네

어디서 다시 살 수라도 있으면 사*서라도* 되*찾아야겠네
사나유*? 하고 간을 보며 입맛을 다시며 외세外勢가 물으면
사니* 마니하지 말고 남북南北이 무조건 사야겠네
어제도 샀고 오늘도 사다*라고 기쁘게 외쳐야겠네

높*은 히말라야 고원에서,
넓*은 대륙의 중심에서 모여 살 때
마음 안에 주먹만 한 별들이 가득 차서
자기만 생각하는 나라고 부*를 만한 것이 나에게는 없었네
가만히 있어도 세계와 하나였고

세계의 모든 것이 나였네

별과 함께 살던 때의 신령스러운 정신과
홍익인간의 뜻으로 다시 살게 된다면
어디에서라도, 언제라도 손님*이 찾아와도 좋으리
이육사 시인과 윤동주, 김남주 시인을 불러
은쟁반에 청포도를 달*게 대접해도 좋으리

- 수su, ㅈㅎ(듕): 水數, 운수, 묘수. fortune, a lot. (우리말에 한자를 만든 것임)
- 수su, ㅂㅎ(듕): 水壽, 생명. life. (우리말이 먼저이고 후에 한자가 만들어짐)
- 께끼kheya-ki, ㅼㄱㄱ-ㅙᅌ(꼐야-ㅋ): 밝히다, 계啓, 개開, 알게 하다. illuminate, reveal, make known, lead, pull out.
- 수수께끼 su-su^-kheya-ki^, ㅮㅎㅮㅎ-ㅼㄱㄱ-ㅙᅌ(듕-듕-꼐'야ㅋ): 운수를 밝혀내다, 생명의 본성을 밝히다. find out the fortune, revealing the nature of life.
- 구먹guh-mukha, ㅠㅎ-ㅁㅎㅺ(궇-ㅁ): '구멍'의 전라도 사투리, 옛말, 구명, 입, 코, 동굴. aperture, opening, hole, mouth, nostril, cavern, cave.
- 손이 타son-ita, ㅮ5ㄸ-ᅌㅈ(뽄-ㅌ따): 손 타다, 역병, 홍역이 때리다, 해를 끼치고, 불길한, 비참함이 공격하다. epidemic disease strike, mischievous, misfortunate, miserable, plaque attack.
- 멀건이 mur-guni, ㅈㅎㅈ-ㅠㅎㅈᅌ(뿔-궁니): 바보, 멍청이, 천치. stupid, foolish, dull, retarded, a stupid fellow.
- 아름드리 a^l-am-dhri, ㅉㄸㅉㅁㅁ-ㅍㅈ ᅌ(ㅈ러-ㅈ뫽): 임신할 수 있는, 수태한, 생산적인, 충분한, 완숙한. capable of being pregnant, conceived(in the womb), fruitful, sufficient, competent. ('임신한 모습'이 '아름드리 되는 두께다'라는 의미로 후에 변화되었다)
- 사sa ㅮㅉ(ㅈ): 줄(사賜), 받을(사仕), 일(사事), 부릴(사使), 새[鳥], 뱀(사蛇), 같을(사似), 집(사술), 살(매賣), 생각(사思), 실(사絲), 더하다[加], 동반同伴하다. gift, contribute, dedicate, giving, bestowing, granting, bird, snake, house, abode, buy, think, perceive, respect, hire, employ, to be hired, have, add, join, accompany, to be join with. (여러 의미로 우리말 '사'가 사용되다가 문자가 필요해지면서, 각각의 의미에 따라 각각 다른 한자 문자를 우리 선조들이 만들어 사용한 증례)
- 도do, ㅌ5(ㅋ로듕): 잘라내다, 수확하다, 가지고 오다, 팔리다, 제거하다. cut off, reap, fetch, take away. ('도려내다'의 '도', '도돌이표'의 '도', '되찾다'의 '도+이'의 '도'와 같음)
- 되do-i, ㅌ5-ᅌ(ㅋ로-): 이것이나 그것(i) 또는 농작물을 자르고, 빠진 것 없이 확실히 수확한다(do)는 뜻이 무슨 일을 다시 한번 더

151

확실히 한다는 것으로 쓰임이 확장된 것이다. '되찾다'의 '(되)도+이'이다.

- **사나유** sanayuh, 𑀲𑀦𑀬𑀼𑀳 (सनयुः): 충청도 사투리, 사고 싶으냐? 사기를 원하느냐? hoping to buy, wishing to purchase, procure.

- **다시다** dhasi-ta, 𑀥𑀲𑀺-𑀢 (धसि-त): 다과 먹다, 입맛 다시다. eat snack and drink, taste one's lips, feel like to eat, taste food, drink, desert, sip.

- **다시** dha^si^, 𑀥𑀳𑀲𑀺 (धसि): 다식, 다과, 입맛 다실 것. refreshment, drink, cake, beverage.

- **사니** sani, 𑀲𑀦𑀺 (सनि): 매입하는, 사는. acquiring, procuring, buying, purchasing, gaining, reward, gift.

- **마라** ma^ra, 𑀫𑀸𑀭 (मारा): 멈춰라, 중단되다, 중단시키다, 죽음, 죽다, 죽이다. stop, cease, death, mortal, dying, kill, pass away, perish.

- **사다** sa^dha, 𑀲𑀸𑀥 (सध): (물건)사다, (신부를) 사다, 매입하다, 신부 맞이하다, 결혼하다. take to wife, receive, achive, attain, purchase, buy, procure, to be wedded.

- **높이다** ropita, 𑀭𑁄𑀧𑀺𑀢 (रोपित): 옛말, 사투리로 '롭이다', 올리다, 승화시키다, 찬양하다. elevated, purified, sublimated, risen up, raised, praised. ('높이다'의 '높이'에서 '높다'가 나옴)

- **니르바** nir-va, 𑀦𑀺𑀭-𑀯 (निर्-): '넓어', '넓다'의 옛말, 사투리, 넓은, 펼쳐지는, 팽창된, 늘어난. to be wide, extend, expend, stretch.

- **부르, 불** bru^, 𑀩𑁆𑀭𑀼 (ब्रू): 불다, 부르다, 고백하다, 명확히 설명하다, 알게 하다. confess, profess, explain clearly, speak out, reveal, make known.('명확히 말하다'에서 '부르다'로 의미가 확장됨)

- **손님** son-ni-meya, 𑀲𑁄𑀦𑀺𑀫𑁂𑀬 (पुत्र-नि-मेया): 손님, 홍역, 두창, 붉어지는 유행병, 붉은색. red fever, reddish epidemic disease, small pox, red plaque, mischievous disease, red. ('갑자기 찾아온 두창같은 병'에서 '방문하는 사람'을 뜻하는 것으로 의미가 확장됨)

- **달** da^l, 𑀤𑀸𑀮 (दाल)=**달라** da^la, 𑀤𑀸𑀮𑀸 (दाला): 달다, 꿀, 달콤하다, 맛있다, 꽃잎으로부터 생성된. sweet, honey, delicious, produced from petals.

152

오지다

오지다*
오져
우리말의 뿌리*를 알게 되어
좋구나*
좋아

문명의 초기에
북히말라야에서 사용되었던 말이
우리말에 고스란히 남아 있다니
오랜 우리의 역사를 생각하면
당연하고
당연하구나
우리는 다른 민족에 비해
태초의 말을 지금까지 지켜온
강인하고, 특별하고 귀한 민족이구나
모든 외침을 막*았구나

우리 언어는
하늘에 제사를 올리고 자연과 소통하는

생명력 넘치고
깊은 영성을 지닌 위대한 언어이구나

어떻게*
이런 일이 확실하게 교육되지 못했나?
옥스퍼드 대학 사전에 인도 유럽어의 어원이
히말라야의 산스크리트라는데
우리말이 산스크리트와 뜻과 소리가 같으니
우리말은 세계 언어의 뿌리가 되는 말이다

우리는 인류 초기 언어를 사용했던
인류 초기의 으뜸* 문명인이었다
그러므로
홍익인간(弘益人間, 널리 인간을 이롭게 하다)을 위해
재세이화(在世理化, 세상을 조화롭게 교화하며 존재한다)하고
이도여치(以道與治, 지극한 도로써 다스린다)하며
광명이세(光明理世, 밝은 지혜의 빛으로 세상을 밝게 한다)한다는
위대하고 거대한 옛 조선의 건국이념을
기원 훨씬 전인 그 옛날에도 가질 수 있었구나

하면,*
오지다
너와 내가
남과 북, 우리가 세상을 밝히는 빛이다
우리는 모두 세상의 어둠*을 내쫓는 광명인光明人이다
우리는 모두 세계의 전쟁을 없애는 도인道人이다

- **오지다** oji-dha, 𑀉𑀖-𑀥𑀤(ओजी-ध): 열매가 실한, 탐스러운, 효과가 있는, 강한, 단단한. fruitful, efficient, effectual, to be strong, solid, edible, vital.
- **뿌리** brih, 𑀩𑀭𑀺𑀳(बृह): 뿌리의 옛말인 '불휘', 뿌리를 내리다. root, to fix it's root in the ground.
- **구나, 군** guna, 𑀕𑀼𑀦(गुण:): 좋다, 양질이다, 훌륭하다, 익숙하다, 정통하다, 기술좋다. good, excellent in quality, wonderful, well versed in, skillful.
- **막, 막아** magha, 𑀫𑀸𑀖(माघ:): 선물을 주다, 뇌물을 주다, 재산, 재물로 막다. gift, bribery, wealth, tribute of wealth.
- **어떻게** aut-keya, 𑀆𑀢𑀓𑁂𑀬(आत-केय): 사투리인 '어뜨케', 원하다, 밝히길 바라다. desire, long for, want to make manifest, make utmost efforts to solve a problem.
- **으뜸** ut-tama, 𑀉𑀢𑀢𑀫(उत-तम): 옛말, 사투리로 '으땀', 최상, 제일가는, 최고의. utmost highest, lofty, prominent, principal, highly sublimated, elevated, universal, excellent.
- **그러므로** graha-maro, 𑀕𑀭𑀳-𑀫𑀭𑁄(ग्रह-मारो): 사투리로 '그라마로', 이해하고서, 파악하고 헤아려서. as being comprehended, so as figure out, perceive, think of, count.
- **하먼** ha-m, 𑀳𑀫-𑀫(ह-म्): 경상도 사투리로 '하믄', 찬성하다, 인정하다, 동의하다, 좋다, 진실이다. assent, confirm, agreeable, good, truly so.
- **어둠** a-dhu^ma, 𑀅-𑀥𑀼𑀫(अ धूम म): 어두운, 어둑어둑한, 연기나 증기에 의해 흐릿흐릿한. to be dark, gloomy, obscure covered, saturated, clogged by(with) smoke or vapour.

머시기 그분

거시기* 말이여

응 그랴*
머시야*

하늘의 계시*처럼 그분이
그때
냉갈* 같은 안개가 피어오르는 산정에서
쇠로기*가 되어 날개를 펴고 계실 때 말이여
이상하고 신비로우니께*
우리가 머시기*
뭐하시야* 했잖여

낮달이 눈 하얗게 뜬 하늘을 바라보며
그분이 바람에 몸을 펄럭이면서
한 마디, 뭐라구* 하셨잖여

응 그랴,
그랴

생각나
만년 같은 세월이 흐르고 흘렀어도
불쑥불쑥
꿈속인 양 생각이 나 말이여

- 거시기 gesh-kheya, ᘉ ᢩ ᢍ ᢟ - ᢛ ᢩ ᢛ (गेष - केया): 전라도 사투리, 생각을 더듬어 밝히다, 그것이 드러나도록 마음에서 인지하다, 추측하다. seek for, chase for, guess, perceive in mind so as to make it manifest, make known, clear in mind so as to make it manifest.
- 그랴 griya, ᘉ ᢞ ᢟ ᢛ (गृम): '그렇다'의 사투리, 찬성하다, 동의하다. approve, agree to, consider good or advantageous.
- 머시야 masiya, ᘈ ᘆ ᢞ ᢛ (मस्ययिा): 전라도 사투리, 떠올려 헤아리다, 계산하다, 추측하다. figure out, count, measure, weigh, perceive.
- 계시啓示 gesh, ᘉ ᢩ ᢍ ᢟ (गेष): 강구하다, 마음으로 인지하다, 추측하다, 밝히다. seek for, perceive in mind, guess, chase after, find out, imagine.
- 냉갈 ni-ang-gali, ᢖ ᢟ ᢞ ᠵ - ᘉ ᢙ ᢟ (निि- अङ्ग - गलि): '연기'의 전라도 사투리, 연기 뿜다, 매연, 박무. emit smoke, fume, mist.
- 쇠로기 sorgi, ᢛ ᥅ ᢞ ᘉ ᢟ (सरगि): 옛말, 쇼로기, 솔개의 고어(두시언해 杜詩諺解), 솔개, 하늘 높이 날다, 독수리 한 종류, 독수리가 닭을 챈다. kite, a kind of eagle, fly up high above the sky, the eagle fetches chicken.
- 께 kheya, ᢛ ᢩ ᢛ (खेय): 전라도, 북한 사투리, ~께, 께야, 분명하게 나타내 보이다, 밝히다, 보고하다. make manifest, illuminate, address, report, explain clearly.
- 머시기 masi-kheya, ᘈ ᘆ ᢞ ᢟ - ᢛ ᢩ ᢛ (मसि- खेयाऽसि): 전라도 사투리, 머시기야, 생각해서 상想을 만들다, 헤아려 밝히다, 설명하다. figure out, count, think of, so as to make manifest.
- 뭣이야 muh-si-ya, ᘈ ᥂ ᢙ - ᘆ ᢞ ᢛ (मुह-सि-या): 혼란에 빠지다, 당황하다, 당혹스럽다, 모른다. confused, perplexed, at a loss, not conscious of.
- 뭐라구 mar-a^-gho, ᘈ ᘆ ᢞ - ᘆ - ᘉ ᢙ ᥅ (मार - आ - घो): 무엇이라고. what.

꿈에

온나*
이리 온나

하무니*가 너에게
대자유를 얻게 해주마

꿈속인가

내려가다
내려가다
한 찰나에
한순간에

높이
높이 올라오다*!

북쪽 히말라야* 고원
북두칠성이 머무는 신령스러운 곳에
다다랐습니다

마고*할머니
마고할머니
고맙습니다

마고성이
둥두렷이
달로 떠 있습니다

사람들이
하늘 가득
은빛별로 반짝입니다

- 온나 ona, 𐎔𐎈𐎚 (오나): '오라'의 사투리, 와서 나타나다, 함께 오다. come, appear, get together, collect, see.
- 하무니 ha-muni, 𐎈-𐎔𐎈𐎚 (하-묻): '할머니'의 사투리 혹은 변형, 하늘처럼 큰(ha) 자비의 화신(muni). grand mother.
- 올라오다 ola-oda, 𐎔𐎚-𐎔𐎚 (올-아다): 떠오르다, 빛이 비치다. elevate, rise up, arise, shine forth.
- 히말라야 Him-a^laya, 𐎈𐎔𐎚-𐎔𐎚𐎚 (히미-아라야): 설산, 눈에 덮힌 산, 흰 산. abode of snow, snow covered mountain, heaped up with snow in mountain.
- 힘 him, 𐎈𐎔𐎚 (히미): 흰색, 백색. white.
- 마고 ma^gha, 𐎔𐎚𐎚𐎚 (마ː): 성좌, 별무리. sidus, a group of stars, genesis(Latin어로 polar star), constellation.
- 마고 magha, 𐎔𐎚𐎚𐎚 (마ː): 막강한, 세력과 재력 그리고 무력이 최고로 높은, 막강한 사람 혹은 나라. great, powerful, abundant, rich, magnificent, a man or country furnished with great power and abundant wealth.

우리들

우리*는 하늘을 섬기지*
몇만 년도 넘은* 옛날
북히말라야 파미르고원에서 히말라야 말*을 하면서 살 때
부터
밤하늘 가득 빈틈없이 반짝이는 별의 말씀을 따랐고
한낮*의 광휘로운 태양 빛 속에서는
하늘에 감사를 드렸*지

세월이 흐르고 흘러도
하늘과 함께*하는 것은 변함*이 없*었지
높은 산정 하늘 속 마고성이
히말라야 타림 분지의 흑수黑水인 타림강과
백산白山인 한텡그리산 즉 큰흰산인 태백산 주위로,
아사달로, 대륙의 중앙에서 일찍이 한반도로 건너와 세계
에서 제일 많은 고인돌을 만들고
마한, 진한, 변한과 같은 삼한을 세웠다 그리고 또 후에
평양*으로, 위례로, 서라벌*로도 점차 옮겨져와
복지에 터*를 잡고 솥*을 걸어 나라의 이름*을 새로 내걸었지

여전히 하늘이 우리의 님이었지
하늘로 인하여 수태*를 하고
하늘이 하는 일에 감격하여 소름* 돋았*지
하늘의 신성함에 눈물 흘렸지
하늘과 함께 세월을 잊고 사뭇 살았지*

먹장구름과 두꺼운 먼지가 허공을 채우는 때에도
하늘은 변함이 없이 그 너머에서 새파랗게 우리를 바라보
고 있지
하늘의 푸른 물이 배어*들어 푸르른 마음으로 살아온 우리는
아름답게 살아왔으니
앞으로도 무궁하게 찬란하게 살아가야만 하지

- **우리** uri, ㅈ ㅓ ⵁ (웨): 땅, 종족, 나라, 머물 곳, 인간사회, 약속의 땅이나 나라. land, tribe, accommodation, nation, admission, country, territory, society, human community, promised country or land.
- **섬기지** sam-giti, ㅑ ㅈ ㅈ - ㄲ ⵁ ㅈ ⵁ (섬-끼): 옛말, 사투리로 '섬기티', 숭상하다, 숭앙하다, 찬탄하다, 노래를 부르다. worship, honor, ode, exalt, praise, sing a song.
- **넘어가** ni-mi^-ga, ㅓ ⵁ ㅈ ⵁ ㄲ (니-미-까): 사투리로 '니미가', 넘어가다, (해가) 지다, 줄어들다, 떠나가다, 이전하다, 사라지다. go beyond, set (as the sun), decline, go away, move away, disappear.
- **말** mar, ㅈ ㅈ ㅓ (마르): 말하다, 측정하다. speech, measure.
- **낯, 낳** las, ㄹ ㅈ ㅑ (라스) = lasiya, ㄹ ㅈ ㅑ ⵁ ㄹ (라시야): 전라도 사투리로 '(얼굴이) 낯낯(하다)', 환하게 비추다, 불을 밝히다, 비추다, 빛났다. illuminate, shine forth, shed light upon. ('빛나다'의 의미가 '낯'이라는 단어로 쓰이게 됨)
- **드리** dri, ㅈ ㅓ ⵁ (뜨리): 호의로 여겨지는, 맞다, 호감 가는, 환영하는, 공경하는, 공경받는, 환영받는. considered to be favorable, fit, desirable, greet, honor, to be honored, greeted.
- **함께** aham-kheya, ㅈ ㅈ ㅈ - ㅈ ⴿ ㄹ (아함 - 켸야): 사람이나 어떤 것들이 서로 말하고 접속해서, 그 일에 찬성하고 동의하고, 상자 속에 같이 들어가듯이 모이는 것.
- **함** aham (a는 묵음), ㅈ ㄷ ㅈ (아함): 명함들, 말하다, 보고하다, 접속하다, 함, 옷장, 궤. name cards, speaking, reporting, addressing, box, chest (for clothes).
- **께** kheya, ㅈ ⴿ ㄹ (켸야): 찬성하다, 밝히다, 계棨. to be approved, agreed, made clear.
- **없** yup, ㄹ ㄷ ㄷ (윱): 없다, 사라지다, 없애다, 제거하다, 파괴하다, 고갈시키다. disappear, efface, remove, destroy, exhaust.
- **피** pi^, ㄷ ⵁ (피) 싹, 꽃이 피어나다, 부풀다, (꽃이) 돌출하다, 팽창하다. bud, burst into flowers, swell, shoot out, expand.
- **앙** ang, ㅈ ⵊ (앙): 출발하다, 착수하다, 오다, 도착하다, 진행하다, 움직이다, 도달하다, 확실시하다, 확인하다, 인정하다, 확실히 하다. set out, come, arrive, go along, move, approach, make firm, ascertain, acknowledge, confirm.

• **피앙** pi^-ang, 𑖢𑖰-𑖀𑖒(पञिङ): 평양의 사투리, 옛말, 우리말로 원래 피앙인 평양의 뜻은 꽃이 피어나듯이 생겨나서 커지고 진행되어 확실히 팽창한다는 것이다. 원래 피앙으로 부르다가 후에 한자로 표기되면서 발음과 뜻이 변천한 것임.

• **서라벌** sura-va^ra, 𑖭𑖲𑖨-𑖪𑖯𑖨(सुर-वा): 옛말로 '수라발', 왕도, 왕의 도시, 신성한 벌판, 성스러운 곳. king's city, capital city, scared wilderness, holy place or area.(sura, 왕 + va^ra, 벌판, 광야, 바다, 물)

• **터** the-, 𑖞𑖂(थाई): 장소, 집, 뜰, 주거지, 농장. place, ground, house, field, garden, marked place, dwelling place, plantation, foundation, abode, inhabitation, plot.

• **솥** soc, 𑖀𑖝𑖐(अतग): 요리하는 쇠 항아리, 솥에 불 때다. an iron pot, furnace, cook- wear, kiln, kettle, a pot, to burn, flame, glow.

• **이름** nir-ahum, 𑖡𑖰𑖨-𑖀𑖮𑖲𑖦(नरि-अहुम): 옛말, 사투리로 '니러험', 이름, 부르다, 말하다, 설명하다. name, call, speak, say, explain.

• **수태** suta, 𑖭𑖲𑖝𑖯(सुता): 옛말로 '(애기 들어)섰다', '숫따', 잉태하다, 수태受胎. to be pregnant, conceived(a fetus in the womb). (우리말 '수태'가 선조들에 의해 중원 대륙에서 후에 한자 受胎로 문자화되었음)

• **소름** so^rmi, 𑖭𑖺𑖨𑖿𑖦𑖰(सोर्म): 전율을 느끼다, 소름 끼치다. feeling a sense of thrilling & suspending in sensual organ, having waves, surging agitating.

• **돋아샤** doh-u^hut-ushiya, 𑖟𑖺𑖮-𑖄𑖮𑖲𑖝-𑖄𑖫𑖰𑖧(दोह-उशयिा): 밤 어둠을 없애다, 밝게 비추다, 빛을 뿌리다, 달이 내 사랑하는 님에게 빛을 뿌리게 빨리 떠오르도록 돕다. remove the darkness of the night, shine forth, diffuse light upon. help keeping the moon rise up in the sky rapidly so as to diffuse a splendid light upon my beloved heart.

• **사뭇 살다** sam'ut-sarati, 𑖭𑖦𑖿-𑖄𑖝𑖿-𑖭𑖯𑖨𑖝𑖰(सम्'उत्-सारति): 사투리로 '사뭇 살았티', 사뭇 살아가다, 불교의 윤회하다. cause to live the nexus process of causal ignorant life & death cycle in the world.

• **배다** baddha, 𑖤𑖟𑖿𑖠(बद्धः): 아이를 배다. cause to be conceived, pregnant, to bear a baby. ('배 안에 아이를 배다'라는 뜻에서 더 넓어진 의미로 '복부'를 의미하는 '배'가 되었고, 또 '안으로 배어들고 스며들다'의 '배'가 되었음)

속이 탄다

그냥 만들어진 이야기*인가 했소
'신화'라고 해서요
단군황제들의 나라에 대한 역사도요

지어낸 것은 허구로, 이바구*로 전해지지요
진짜 역사는 언어 속까지도 뿌리 깊게 남아
관습과 문화, 전통과 함께 숨 쉬고 영원히 살아 있습니다

단군*황제들은
환인*황제들, 환웅*황제들과 함께
우리말 속에 살아 있습니다
오래전에 우리말을 기록한 산스크리트에도 자취가 남아
있습니다
신화가 아닌 역사 속의 우리 이사금*들이십니다

호로병에 넣고 마개를 막아버리듯
우리 민족의 역사를 한반도 안에 가둬버린
일본 제국주의와
친외세 사대주의에 아주 속이 탑*니다

속이 탄다°!
탄다! 외칩니다

지구별에 언어를 퍼뜨리고
문명을 전파시킨 민족의 역사를 되찾고
민족이 하나로 통일되는 날
커다란 나팔을 불며 따°따따 노래하겠습니다
손에 손을 잡고 강강수월래를 추겠습니다

• **이야기** i-ya-gi, (इ-या-गी): 이야기, 전설, 설화, 말하다. a story, tale, speech, fairy tale, come to tell a story, come up to make a speech.

• **이바구** i- va^-ghu, (इ-व-घ): 경상도 사투리로 '이야기', 말하다. 위와 동일.

• **이바** i-va^, (इ-वा): 말하는 데 이르다, 말하게 하다. come to speak of, mention, so to speak, reach, arrive, set out to speak.

• **구** ghu, (घु): 말하다, 외치다, 글을 쓰다, 묘사하다, 지시하다. utter, say, regard, indicate, describe, write.

• **단군, 단라자** dhanu^-raja, (धनु-राज): 단군 임금, 빼어난 용기와 훌륭한 덕목을 갖춘 왕, 영웅. a king, hero endowed with the excellent courage and good virtue. (단-raja는 단-임금이라는 뜻으로 후에 단군으로 명칭되었음)

• **단** dha^n, (धान): 탄彈같이 달리다, 뛰어가다, 날아가다, 빨리 달리다, 옥수수, 곡식 묶은 것. dash, fly away, run quickly, a bundle of corn, grains.

• **단** dha^na, (धाना): 단丹, 단전, 생명의 근원, 곡물, 씨앗의 배태, 자궁, 태아. origin of life, grain and seed conceived by the earth, womb, embryo.

• **라자** raja, (राजा): 왕, 영웅, 지배자. king, hero, ruler.

• **환** phan, (फण्): 빛나도록, 가게 하기 위하여, 가도록 하기, 쉽게 생산하도록 하는, 기름기 없는, 격식이 없는 형태, 희석하기. to shine, to cause to go, to go, to produce easily or readly, to be unoily, causal form, to dilute.(Cologne digital sanskrit dictionaries의 Shabada-Sagara sanakrit-english distionary)

• **인** ina, (इना): 왕, 현인賢人, 왕, 귀족, 주인. king, a wise man, lord, master.(옥스포드 산스크리트 사전)

• **환인** phan-ina, (फन्-इना): 지혜와 광명으로 백성을 다스린 왕. the king, governed the people by the virtue of his enlightened knowledge, diffuse light upon the people. (강성원 박사의 연구에 의한 단음절의 조합이며, '환인'은 산스크리트 문자가 생겨나기 오래전에 쓰이던 말이어서, 산스크리트 사전에는 오르지 못하였으나 단음절로 '환'과 '인'이 남아 있어서 '환인'으로 음절을 합쳐 환원한 것임)

• 우 u^h, u^, ᄛ (ऊ),(derivable forms; u^h): 보호자, 보호하거나 연민하거나 누구를 부를 때의 감탄사, 하늘의 달, 물질을 만들 때 사용되는 입자. a protector, an interjection of protection, compassion, calling, the moon, a particle used to introduce a subject. (Cologne digital sanskrit dictionaries 의 Shabda-Sagara Sanskrit-English Dictionary)

• 잉 ing, ୦ᄼ (इङ्ग): 전라도 사투리, 가다, 앞으로 가다, 움직이다, 흔들다, 마음이 뒤흔들리다, 휘저어지다. to go, go to or towards, to move, shake, be agitated. (1899년판 옥스퍼드 산스크리트 사전)

• 웅 u^hing (u^h+ing), ᄛᅎᄼ (उहिग्): 보호해서 앞으로 나아가는 보호자(나해철의 해석). (『한글 고어사전 실담어 주석』의 해석으로는 '위하다'는 의미의 u^hi-ya, ᄛᅎᄶ (उहति-य)에서 나온 말로 '웅, u^hing, ᄛᅎᅎ (उङ्ग)'으로서 백성을 위하고 보호하며 명예롭게 한다는 뜻이라 함)

• 환웅 phan-u^hing, ᅘᄰᅎ-ᄛ୦ᄼ (फन-उहिग्): 지혜와 광명으로 백성을 보호하고 앞으로 나아간 백성의 보호자인 임금(나해철의 해석). (백성을 다스리는 임금, 왕. a king, ruler, ruling over -as to related to people-, governing, 『한글 고어사전 실담어 주석』의 해석)

• 니사금 ni^-isha-kam, ᅎ୦-୦ᄸ-ᅘᄰᄆ (नि-ईशा-कम) = 이사금 isa-kam, ୦ᅂᄰ-ᅘᄰᄆ (इस-कम): 전권을 가진 제왕. almighty king of authority, head king.

• 탄다 tan-dha, ᄼᅎ-ᅘᄰ (तन-): 속이 탄다, 속 앓다, 고통을 겪다. suffer pain, to be afflicted with pain, sick, ill with pain.

• 따 t'a, ᄼᄰ (त'ऋ): 소리, 노래하다, 소리 내다, 불분명하게 말하다. sound, sing a long, making a sound, speaking indistinctly.

한 사람

강물에 붉은 하늘이 떠 흐르다˚

강가에서
한 사람˚ 떠나온 서쪽을 바라보며
가슴 발그˚레 물들˚다

아득한 고원
북극성이 눈썹에 맺혀 속삭이던
고향을 생각하다

그만
강 물결에 떠 흐르는 어두워진 시간에 휘말리다˚

어둠이 동서남북을 채워
밤부엉이가 흑흑 울다˚
한 사람 눈시울에 가물가물 별들이 돋아나
별빛 온몸을 적신다

• **흐르다** hruda, [illegible] (हृद्): 흘러가다, 가다, 지나가다, 달려가다, 눈물 흘리다, 수치스럽다. flow down, go away, pass by, run away, shed tears, to be ashamed, disturbed.

• **밝아**, **발그** balga, [illegible] (बल्गा): 밝다, 영리한, 빛나는, 아름다운, 사랑스러운, 발가벗다, 어둠을 벗다. bright, clever, shiny, beautiful, lovely, take off (clothes), remove the darkness of night, vulgar, nude.

• **들**, **들이**, **드리** dhri^, [illegible] (धृरी): 몸에 걸치다, 옷 드리우다, 함유하다, 쥐고 있다, 어떤 상태에 오게 하고 있다, 영접하다, 결합하다, (결혼, 임신) 맞아들이다. to be put on, worn, held, honored, greeted, wedded, join with, married, received with glory, pregnant.

• **사람** sa^ri-am, [illegible] (सऋ - अम): 생각 있는 인간, 살아 있는 인체, 지각 있는 존재. a man of thought, a living being, sentient being.

• **사람** sa^ra-ma, [illegible] (सर-मा): '이 사람아'의 사람. human.

• **살이** sari, [illegible] (साड़ी): 생활, 살아 있는 삶, 시집살이, 더부살이. livelihood, vital life, live along, abide.

• **휘말리다** hmali-da, [illegible] (हमाली - दा): 관여되어서 흔들리다, 둥글게 날다, 무슨 일에 빠지다, 진흙에 처박히다. shake about, fly around, fall into, plunge into, connected with, involved in, plunged heading into a mud.

• **흑흑 울다** hikk hikk uli-dha, [illegible] (हकि्क हकि्क उलधा): 눈물 흘리다, 슬피 울다, 애통해 울다, 서럽게 눈물 흘리다. shed tears, sob at broken heart, lament sadly, weep, shed tears sorrowfully.

동서남북도 없이

그렇다•
그리고• 그러하•고•
그렇다
단순한 이야기•가 아니다
긍•께• 확실한 것이다•
그러므로• 그렇게• 모두
그리티야•!
그리야•!
그리유•!
그렇지! 라고 대답을 해야 한다
우리말은 한 음절마다 뜻을 가진 뜻글자이다
우리말은 히말라야산맥 높은 곳에서 시작된, 시원의
신비를 지닌 말이다
그러므로
우리가 살아온 역사는
우리말이 탄생된 히말라야 고원에서 시작되었고
고원의 분지에서 오래 살다가
동아시아 대륙과 대평원을 거쳐 한반도에 이르렀다
그러니까•

그러항께네*
우리 모두 그렇다! 하고
우리를 다시 한번 되돌아봐야 한다
우리말을 되돌아보고
움츠러든 우리의 장대한 역사를 되살려 펼쳐내고
남북 국토 분단과 동서 정치 분단을 끝내야 한다
하늘은 동서남북도 없이 드높아
몇만 년도 더 전부터 하늘로 간 우리 사람들이
분단도, 경계도 없이 자유롭다
우리도
몇만 년 세월의 사람들처럼,
푸른 하늘의 맑은 바람처럼
동서남북 거침없이 불어가고 불어와 보자

- 그렇다 gu^rta, गुरु ﺭ ﻧ (गुरता) = 그랴 griya, गर ﺳ ﺭ (गरीय): 찬성하다, 동의하다. approve, agree to, consider good or advantageous.
- 그러하 graha, गर ﺳ (गरह): 이해하고, 알고, 인식하고.
- 고, 구 gu, गर ﺳ (गु): 말하다.
- 그리고(접속사), 그러하고 graha-gu, गर ﺳ गर ﺳ (गरह - गु): 사투리로 '그러하구', 이해하고 말하고 밝히는데. understand it so as to manifest.('그러하구'에서 '그러하고'로 그다음에는 '그리고'로 변천했음)
- 그리고(그리워하고), 기리고 gri-go, गर ﺳ गर ﺳ (गरगी): 찬탄하고 기릴 만한 사람을 기리고, 찬양 기도하고. as it is known, observed, as it is praised, as it is remembered so.
- 이야기 ni-ya^-gi, ﺭ ﺳ ﺭ गर ﺳ (नियागी): 옛말로 '니야기', 소설, 이야기를 말하기 위해 오다. a story, fairly tale, speech, come to tell a story, come up to a speech.
- 긍 ghin, घ ﺳ ﺭ (घिन): 긍肯, 긍께의 '긍', 인정하다, 긍정하다, 영광스럽게 여기다, 명예롭게 여기다, 익히 알고 있다. to be approved, agreed, glorified, honored, acknowledged.(우리말 '긍'이 후에 대륙에서 우리 선조들에 의해 한자 肯으로 만들어짐)
- 께 kheya ख ﺳ ﺭ ﺳ (खेया): 긍께의 '께', 계誡, 인정하다, 확실히 하다. to be approved, agreed, make clear.
- 긍께 ghin-kheya, घ ﺳ ﺭ ख ﺳ ﺭ (घिन-खे): '그러니까'의 옛말, 전라도 사투리, 긍정하고 확실히 하다.
- 것이다 gadiya, गर ﺳ ﺭ (गद्यया): 옛말로 '거디야', ~라고 말하다, 여겨지다, 곧 즉卽. to be spoken, regarded, so called, so to speak, as known.
- 그러므로, graha-muro, गर ﺳ ﺭ ﺳ ﺭ ﺳ (गरह - मुरो): 이해하고, 인식하고, 알고, 헤아리다. comprehending and figuring out, perceiving so as to measure out.
- 그렇게 graha-kheya, गर ﺳ ﺭ ख ﺳ ﺭ ﺳ (गरह खेया): 이해하고 나타내다, 알고 누구의 의도를 밝히다. comprehend so as to make manifest, as know so as to illuminate one's intention.
- 그리티야 kritya, ﺳ ﺭ ﺳ ﺭ ﺳ (कृत्यः): '그렇다'의 북한 사투리, 그렇게 되다, 당연하다. cause to be done, performed, worked out, carried out, suitable, proper, fit, agreeable, natural, desirable, righteous.

- **그리야** griya, ग्र ꣾ य (ग्रि): 전라도, 충청도 사투리, 동의하다, 동감하다, 여겨지다, 사료되다, 그리워하다, 기리다. agreeable, assuredly, certainly so, referring, addressing, speaking of, to be said, addressed, referred to, regarded as.
- **그리유** griyuh, ग्र ꣾ य उ ꣳ (ग्रियुं): 충청도 사투리, 그리야와 동일한 뜻.
- **~유** yuh, य उ ꣳ (युं): 충청도 사투리, 문장의 끝에서 모두 원하다, 기원하다는 뜻을 표현한다. ending term, wishing, desiring, hoping that~.
- **그렇지** graha-ci, ग्र ह ꣳ च ꣾ (ग्रह-चि): 사투리로 '그랗치', 이해하고, 알다, 확실히 하다, 이해하고 밝히다. comprehend & acknowledge, make known, confirm, come to understanding so as to illuminate, comprehend, as known and made manifest, to be, perceive as it is known.
- **그러니까** graha-ni-ka, ग्र ह ꣳ - न ꣾ - क (ग्रह -नि- क): 그것, 그 일에 가까이 가서 이해되었다. approaching to the fact so as to understand it, get near to understand.
- **그러니까** graha-ni-kha, ग्र ह ꣳ - न ꣾ - ख (ग्रह -नि- ख): 이해하고 발언하다, 확실하게 설명하다. understand and make manifest, explain clearly.
- **그러항께네** graha-ing-kyeya-ne, ग्र ह ꣳ - ꣾ ꣡ - क ꣿ य ꣳ न ꣡ (ग्रह -इङ- क्येय-): 경상도 사투리, 알다, 이해하다, 이해하고 말하다. know, understand, comprehend so as to manifest.

어즈버

어즈버•
지나간 세월이여
아차•!
깨달은 순간,
찰나 찰나가 기쁨이고
순간순간이 자유로움이거늘

소란스러움을 돋게 하는 충만한 고요• 속에서
소 울음 우는 고을•이 피어난다
힘든 일도 뿌리치•지 않고 겪어내며 묵묵히 살아온
사람들이 보인다
붉은 대지와 하나가 된 흰옷들이 하얗게 빛난다

삼라만상에 스며든 사람들이
함께 우리•가 된 만물들과 우리끼리• 잘 지내자며
아하 좋다! 좋아! 하는데
빙그레 웃는 내 모습도 보인다

찰나에 벙그는

만년의 시간이 펼치는 고요 속에
소들이 우는 울음이 흰 구름으로 떠 있다

• 어즈버 ajiva, $\mathfrak{A}$ $\mathfrak{T}$ $\mathfrak{B}$ $\mathfrak{S}$ (अजीव): 생명이 없이, 허망한 인생살이, 헛된 인생. not alive. inanimate. destitute of vitality in the life. without spirit. human life in vain.

• 아차 accha, $\mathfrak{A}$ $\mathfrak{T}$ $\mathfrak{S}$ (अच्चा): 밝아졌다, 어둠이 걷혔다, 추운, 얼다, 엉기다. to become bright, remove darkness, cause to be illuminated, cold, frozen, frigid, congealed.

• 고요 go-yo, π $\mathfrak{5}$ – $\mathfrak{s}$ $\mathfrak{5}$ (गो-यो): (소를 우리에 넣거나 고삐에 묶어) 주위가 조용해진다. (after cow and all cattles put into the stable, or tied them) to be silent all surrounding.

• 고 go, π $\mathfrak{5}$ (गो): 소. cow,

• 요 yo, $\mathfrak{s}$ $\mathfrak{5}$ (यो): 묶다, 조이다. tie, fasten, to be harnessed.

• 고을 go-uri, π $\mathfrak{5}$ – $\mathfrak{s}$ $\mathfrak{T}$ $\mathfrak{S}$ (गो-उरी): 옛말로 '고우리', 마을에서 소, 가축 먹이는 곳, 소 농장. cow or cattle's stable, cow & oxen farm, cattle fed in the village.(소, go + 머무는 곳, uri)

• 뿌리치(다) pri-ci, $\mathfrak{C}$ $\mathfrak{T}$ $\mathfrak{S}$ – $\mathfrak{T}$ $\mathfrak{S}$ (प्रि-ची): 애정을 거절하다, 피하다, 포기하다, 던져버리다, 사랑을 중단하다. reject, avoid, give up, cut off, throw away, abandon a relation of affectionate. case to love.

• 우리 uri, $\mathfrak{s}$ $\mathfrak{T}$ $\mathfrak{S}$ (उरी): 땅, 종족, 나라, 머무는 곳, 인간사회, 약속의 땅이나 나라. land, tribe, accommodation, nation, admission, country, territory, society, human community, promised country or land.

• 우르 uru, $\mathfrak{s}$ $\mathfrak{T}$ $\mathfrak{s}$ (उरु): 땅 나라, 종족, 입국, 거대한, 넓은, 풍부한. land, country, race, nation, admission, great, broad, spacious, extended, large, abundant.

• 우리끼리 uri^kiri, $\mathfrak{s}$ $\mathfrak{T}$ $\mathfrak{S}$ – $\mathfrak{K}$ $\mathfrak{S}$ $\mathfrak{T}$ $\mathfrak{S}$ (उरी-करी): (어떤 것에 대해서, 우리 사이에, 우리들 관계에) 허용되는, 동의하는, 의견이 일치하는, 용납하는. in reference to a matter, agreeable, acceptable, allowable between among ourselves, as they agreed, allowed, granted, accepted among or between a number of persons.

임금님들

옥스퍼드 대학 산스크리트 영어 사전과
샤브다 사가라 산스크리트 영어 사전에

환*과 인*이라는 단어가 있어 합치면
환인*황제가 되어
지혜와 광명의 왕이라는 뜻이 되고

환과 웅*이라는 단음절을 합하면
환웅*황제가 되어 백성을 위하*여 신민을 보호하고
앞으로 나아가게 하는 광명의 왕이라는 뜻이 된다

단* 임금이라는 단어는
뛰어난 용기와 훌륭한 덕성을 지닌 왕 혹은 영웅이고
제사장이며 유능한 궁사라는 의미이다

환인, 환웅, 단군이라는 칭호는
히말라야 고원에, 타림 분지에, 동아시아 대륙에
긴 시간 동안 나라*가 있을 때부터
황제나 임금*님이라는 뜻으로 우리 민족이 부르던 말이어서

산스크리트와 한자로 표기되었고
우리말에 지금까지 변함없이 남아 있다

심지어
아사달*이라는 말도 그대로 산스크리트에 있어
아무도 꺾을 수 없는, 최강의 성城이며, 도시이고
현자가 머물고 있는 거주지를 뜻한다
역대 환인황제들, 환웅황제들이 머문 곳도 아사달이고
단군의 나라 조선이
아사달로 도읍을 옮겨
나라를 이어갔다고 하지 않던가

• 환 phan, 𑫰𑫦𑫥 (फण): 빛나게 하기, 가게 하기 위하여, 가도록 하기, 쉽게 생산하도록 하는, 기름기 없는, 격식이 없는 형태, 희석하기. to shine, to cause to go, to go, to produce easily or readly, to be unoily, causal form, to dilute. (Cologne digital sanskrit dictionaries의 Shabada-Sagara Sanakrit-English Distionary)

• 인 ina, ᳚𑫥𑫦 (इना): 왕, 현인賢人, 왕, 귀족, 주인. king, a wise man, lord, master. (옥스포드 산스크리트 사전)

• 환인 phan-ina, 𑫰𑫦𑫥-᳚𑫥𑫦 (फण-इना): 지혜와 광명으로 백성을 다스린 왕. the king, governed the people by the virtue of his enlightened knowledge, diffuse light upon the people. (『조선고어 실담어 주석사전』에 실린 내용이며, 세계적인 산스크리트 영어 사전들에 '환'과 '인'이 단음절로 남아 있어서, '환인'으로 두 음절을 합치면 위의 의미가 생겨남. '환인'은 산스크리트 문자가 생겨나기 아주 오래전에 쓰이던 말이어서, 현대의 산스크리트 사전에 오르지 못하였다고 여겨짐)

• 우 u^, u^h, 𑫩 (ऊ), (derivable forms; u^h): 보호자, 보호하거나 연민하거나 누구를 부를 때의 감탄사, 하늘의 달, 물질을 만들 때 사용되는 입자. a protector, an interjection of protection, compassion, calling, the moon, a particle used to introduce a subject. (Cologne digital sanskrit dictionaries 의 Shabda-Sagara Sanskrit-English Dictionary)

• 잉 ing, ᳚𑫬 (ईङ): 전라도 사투리, 가다, 앞으로 가다, 움직이다, 흔들다, 마음이 뒤흔들리다, 액체가 휘저어지다. to go, go to or towards, to move, shake, be agitated. (1899년판 옥스퍼드 산스크리트 사전)

• 웅 u^hing(u^h+ing), 𑫩𑫧᳚𑫬 (ऊहिङ): 보호해서 앞으로 나아가는 보호자(나해철의 해석). (『조선고어 실담어 주석사전』에서는 '위하다'의 의미로 u^hi-ya, 𑫩𑫧᳚𑫛 (ऊहित-य)에서 나온 말로서 '웅, u^hing, 𑫩𑫧᳚𑫬 (ऊङ)'으로 표기하고, 백성을 위하고 보호하며 명예롭게 한다라는 뜻이라고 함)

• 환웅 phan-u^hing, 𑫰𑫦𑫥-𑫩𑫧᳚𑫬 (फण-ऊहिङ): 지혜와 광명으로 백성을 보호하고 앞으로 나아간 백성의 보호자인 임금(나해철의 해석). (백성을 다스리는 임금, 왕. a king, ruler, ruling over—as to related to people—, governing, 강성원 박사의 해석)

• 위하다 u^hi-ya, 𑫩𑫧᳚𑫛 (ऊहित-य): 위하다, 보호하다, 받들다, 돕다, 명예, 막다. attend, take care of, wait upon, help, serve, worship, honor, defend, protect.

• 단 dhanu, ꡰꡠꡠꡣ(단)+군 ra^ja, ꡱꡰ(라자): 뛰어난 용기와 훌륭한 덕성을 지닌 왕 혹은 영웅, 제사장, 유능한 궁사. a king, hero endowed with excellent courage and good virtue, master of ritual ceremony, an excellent archer.

• 나라 naʾra, ꡱꡱ(나라): 국가, 국민, 인간, 여자, 여자 지배자가 경영하는 가정 살이. nation, people, human being, a woman, woman master managing household life.(여성이 지도자인 모계사회의 상황이 담긴 단어임)

• 임금(님금) nimi-kam, ꡱꡜꡰꡜ-ꡰꡰ(니미-캄): 왕 중의 왕. head of kings.

• 아사달 a-sha-dhar, ꡰꡠꡰꡱ(아-샤-달): the invincible castle, strong-hold, sanctuary, the abode of the wise man. 아무도 꺾을 수 없는 천하무적의 성城, 강력함을 지닌, 안식처, 현자의 거주지.

좋구나

아따*
참 좋구나

지금은 나라가 좁은 반도에 놓여 있고
남북 분단으로 한*스럽지만
히말라야 고원에서 인류 문명이 시작될 때
처음* 쓰는* 말로
우리말을 시작한 날을 떠올리니
좋구나*

외세와
외세를 쫓*고 따르는 불량정치 때문에
남북이 통일이 되지 못하고,
저질 언론 때문에 민심이 동서로 나뉘*고
서로*의 사투리를 애*써 배우려 하지 않지만
역사의 시작과 앞으로 일으킬* 역사를 생각하니
좋구나

자랑스러운 우리말도,

우리말이 가리키는 위대한 역사도
영원하리•니
좋구나
참 좋구나

• **아따** ad-dha, 𑖀𑖟𑖠(अद-धा): 전라도 사투리, 틀림없이, 분명히, 그럼요, 물론이지요, 정말로, 진정으로. certainly, truly, manifestly.

• **한** han, 𑖮𑖡𑖿(हन्): 한恨, 悍, 嫨, 捍, 攔, 猂, 죽이다, 상처 입히다, 강탈하다, 해를 끼치다, 당혹스러운, 한탄스러운, 비통한, 무자비한, ('한'의 뜻으로 보아 우리나라 '한국'은 원래 '환하다'의 '환국'에 가깝게 발음되었을 것으로 생각된다). kill, murder, injure, hurt, rob of, plunder, mischievous, perplexed, lamentable, sorrowful, ruthless.

• **처음** ci-umbh, (सि-उम्भ): 질서대로 정렬되다, 임신하다. to be arranged in order, conceived(as in the womb), pregnant.(정렬되었다는 것은 어떤 것이 시작될 수 있게 되었다는 것으로 처음이라는 뜻이고, 임신되었다는 것도 생명이 처음으로 시작되었다는 뜻이어서, 지금의 '처음'이라는 뜻으로 확대되어서 사용됨)

• **쓰다** sidha, (सिद्धा): 옛말로 '씨다', 사용하다, 유용하다, 착용하다. effectuate, use, employ, hure, put on, wear, apply, succeed, achieve.

• **구나** guna, (गुणः): 좋다, 잘한다, 멋지다, 익숙하다, 품질 좋게, 조예 깊게, 덕성 있게 잘한다, 현명한 사람, 통달한 사람, 임금. good, excellent, in quality, wonderful, well versed in, skillful, master, wise, sage, king.

• **쫓다**, **쪼츠다** cho-cuda, (चो-कुद): 전라도 사투리, 옛말로 '쪼츠다'(강아지가 닭 쪼츠다가 지붕만 쳐다본다잉), 쫓다, 추구하다, 쫓아내다, 공격하다, 사냥하다, 찢다, 잘라내다. chase after, seek expel, attack, hunt, split off, cut off.

• **나나**, **나누** na^na^, (नाना): '나누다'의 사투리, 옛말, 분배하다, 나누다, 나누어 갖다, 다르게, 따로따로. to be distributed, divided, shared with, differently, separately.

• **서로** sri^, (श्री): 사투리, 옛말로 '서르', 의지하다, 믿다, 향하다, 보살피다, 안에 머무르다, 놓다. cause to lean, depend, direct, abide in, lay. (의지하고, 믿고, 머무를 수 있다는 것으로 지금의 '서로'라는 의미로 확장되어 쓰임)

• **애** ahe, (अह): 애哀, 哎, 한탄스러운, 아주 슬픈, 신음하는, 고통스러운, 극도의 고통. lamentable, sorrowful, groan, feel pain, agony. (극도의 슬픔을 뜻하는 단음절로 원래부터 있던 우리말소리인데, 후에 문자로 우리 선조들이 한자漢字의 '哀'를 만들어 사용함. '애쓴다'는 고통이 따를 정도

로 무엇을 행한다는 뜻임)

• **일으키다** ni-ir-khi-ta, ㅈ ㅇ ㅇ ㅈ ㅉ ㅇ ㅈ (ㄲ-ㅉ): 사투리로 '니르키다', 일으키다, 일어나다, 올리다. cause to arise, rise up, get up, elevate.

• **리** lih, ㄹ ㅇ ㅅ (ㄹ): ~하리야, 원하다, 좋아하다, 핥아 먹다, 홀짝거리며 마시다, 애정을 느끼다, 바라다. want, prefer, lick, sip, fond of, wish.

제4부

평안도 사람

평안도 사람이
80년 세월,
고향을 그리워하다가
폭삭 늙었다

고랑고랑 살아가는데
텔레비전에서 북한을 주적主敵으로 한다는
못된 정부의 소리가 들리는 거라

어케 돼서° 그런 기야°
한 민족 한 형제가 주적이라니
어므나°
오메야°
어머나° 오메야

몸져누워 한탄하다가
눈가에 눈물 주르륵 흘리는 것이다

- 어케 돼서 a^kheya-desiya, 𑀆𑀔𑁂𑀬𑀤𑁂𑀲𑀺𑀬 (आ खेया-देसिया): 평안도 사투리로 '어떻게 되어서', 본질을 밝히다, 명백하게 설명하다. (regarding to the substantial nature of thing) to be prepared or arranged to make manifest, illustrate, exhibit, explain clearly.
- 그런 기야 graha-ni-kheya, 𑀕𑀭𑀳(𑀁)-𑀦𑀺𑀔𑁂𑀬 (ग्रह-नि-खेया): 평안도 사투리로 '그러한 것이야', 파악하다, 이래하다, 밝히다. know, understand, comprehend it so as to make manifest, illuminate.
- 어므나 a^mna, 𑀆𑀫𑁆𑀦 (आ म्न): 어머나, 생각지 못하다가, 예측하지 못하다가 놀라움으로 소리 지르다, 외치다, 기억이 살아나다. unthinkable, immeasurable, inconceivable, exclaiming with wonder, calling to memory.
- 오메야 o-meya, 𑀑-𑀫𑁂𑀬 (ओ-मेया): 불가사의한, 헤아릴 수 없는, 상상할 수 없는. incapable of being perceived, not countable, not to be figured out, immeasurable, inconceivable.
- 어머나, 어마나 a^mana, 𑀆𑀫𑀦 (आ म्नः): 놀라움으로 소리 지르다, 경이로운, 경탄하다, 크게 외치다. roar at surprise, wonderful, inconceivable, immeasurable, cry out.

퉤퉤

퉤퉤*
침을 뱉어,
똥 묻었으니까
더럽혀*지고 있으니까

앞에다* 두고
벌을 주고 싶어,
욕*보고 있으니까
백성들 모두가 허덕*거리고 있으니까

에비*!
귀신 온다
귀신 와서 잡아가라,
박수*무당처럼 외치고

마당* 장독대 위에
하얀 밥그릇*에 맑은 물 떠 놓고
칠성님께 빌고 비다*가
또 빌고 싶어

술에 취한 허수아비같이
바보짓을 하고도
무엇이 즐거운지 흐헤 흐헤 즐거이* 웃는
친외세의 무능한 권력자와
탐욕스런 그의 부인, 그의 일당,
그 자리에서 그만 내려오라고!

- 퉤퉤 t'hu^t'hu^, ㄷㅈㅇㄷㅈ(튱:튱:): 침 뱉는 소리를 내다, 침 뱉다. make the sound of spitting.
- 퉤 t'hut, ㄷㅈㅈ(튱튱): 침을 뱉다. spit out.
- 더럽히(다) dur- rupiya, ㅈㅣ-ㅣㄷ앵ㄹㅍ(둥-룺퍅:): 포악하게 하다, 사악하게 하다, 제멋대로 하다, 타락하게 하다, 나쁘게 하다, 침해 하다, 혼란케 하다. cause to be vicious, wicked, spoiled, corrupted, evil, bad, violate, confused.
- 앞에다 upe'-dha^, ㅈㄷㄱ-ㅈㅍ(웊에-닿:): 앞에다 두다, 도착하다, 닿다. put in front, put foreword, arrive, reach, hold, place, lay down.
- 욕 yog, ㅁㅈㄱ(욕): 욕보이다, 멍에, 굴레를 씌우다, 용서받는 것 으로서 힘든 시간을 갖다, 목에 굴레를 씌우고 무거운 맷돌을 끌게 하다. to be harnessed to the yoke, give hard time as a punishment, cause some one to pull forth a heavy grind stone harnessed to the yoke.
- 허덕 hu-duh-khi, ㅅㅈㅈㅼ앵(훙-둏-킹): 허덕거리다, 당혹하다, 혼란스럽다, 엄마의 젖이 끊겨 허덕거리다. cause to be perplexed, confused, go astray because mother's breast feeding should be ceased, stopped, to disturbed, trouble.
- 에비 ebhi^, ㄱㅈ앵(엡힝:): 공포스런 귀신이 찾아온다, 귀신 온다, 귀신 나타난다, 무서운 귀신. a fearful ghost seeks after, ghost comes, ghost appear, fear, afraid, fearful, dreadful ghost. (아이들을 어를 때, 에비! 귀신 온다!로 말한다)
- 박수 vak-su, ㅈㅑㅈ(봑쑤): 박수무당, 상상할 수 없는 방법으로 병을 치료하는 영혼의 전문가 혹은 의사, 죽은 자의 영혼을 불러내 는 의식의 주관자, 스스로를 죽은 자의 영혼이나 천국과 땅에 내놓 고 바치는 영혼의 전문가. a spiritual master or doctor who cures disease with an inconceivable manner, evoker of ceremony for invoking the spirit of the dead person, a spiritual master of offering, dedicating himself to the spirit of the dead and to the heaven and earth.
- 마당 madhya-ang, ㅈㅈㄱ-ㅈㅅ(맣야-앙): 집의 중심에 있는, 기 쁜 장소, 모이는 장소, 모이는 곳. center of assemble, central meeting place, middle ground, delightful place in the middle of the house, village.
- 밥그릇 bhaksh-krit, ㅈㅍㅈ앵-ㅈㅣㅈㅈ(밬솽-크릿): 옛말, 사투리 로 '바끄릇', 음식 그릇, 접시, 음식 운반 그릇, 음식 보관 그릇, 먹다,

걸신들린 듯 먹다. food ware, dish, food tray, container, eat, devour.

• 비다 vidha, ꠓꠀꠅꠓꠈ (विद:): 빌다, 기원하다, 마음의 정화를 빌다, 신에게 예배하다. praise, exult, pray for purified mind, ask, worship a god, dedicate one's self to, make our mind purified.

• 즐거이 jri-gai, ꠓꠀꠅ-ꠓꠈꠅ (ज्री-ग): 즐기다, 크게 기뻐하다, 열 정적인, 아주 좋아하는. enjoy, rejoice, dlight, favorable, passionate, fond of.

나라 걱정

나라를 왜국 일본에 갖다 바치고는
높은 작위를 받고 시시덕•거리•며
큰돈 벌었다•고 좋아하면서도 시치미• 떼며
호의호식하던 매국노의 후예들이
궁궐 같은 집•에서 자식들을 편히 길러
토착 왜구를 또 만들어냈구나
마음씨 무른• 백성들이
어어! 하면서 속아 넘어가 투표를 잘못하여
나라가 한없이 추락하는구나
일본 국비 장학생 1호의 자식이 친일파가 되어
대통령 자리에서 분탕질하는 나라를
정의로운 바람•이 동서남 바•다가 넘치게 불어와
바로잡기를 원하나니……
선열 앞에서도, 세계 앞에서도 커다란 수치다•!
역사 앞에 부끄러•워 국민의 마음이 짙은 그늘• 속에 있노니,
날마다 술•에 취해 비틀거리며 국민의 민생을 발로 밟•고
해해 히히•거리는 광대가 된 지도자를 끌어내려야 한다
비상계엄이라니!
숨통이 막히•고 껌정 숯•이 된 백성의 마음이

기쁨으로 활활 환하게 타올라야만 한다
미친 괴물이 된 바보 멍청이 윤가를
탄핵하고, 구속하여,
거대하고 올바른 민족정신이
뜨겁게 다시 타오르게 해야만 하리

- 시시덕 sisitak, ࿓ ༠ ࿓ ༠ ཪ ཥ (ससितिक): 재잘거리며 수다 떨다, 조소하며 웃다, 시끄럽게 웃다, (사랑 나누며) 사이좋게 웃다. chatter, chuckle, laugh noisily, smile amicably (during sexual intercourse).
- ~거리야 kriya, ཥ ཪ ༠ ཟ (क्रिय): ~거리다, 만들어지다, 되다, 이루어지다, 성취되다. 준비되다. be made, done, achieved, worked out, built up, set up.
- 벌었다 va^ratta^, ཌ ཥ ཪ ཪ ཪ ཥ (वारट्टा): (일을 하여 돈을) 벌다, 생계를 꾸렸다, 삶을 위해 벌이했다, 임금을 벌다. earned, worked for living, earn a wage, make living, livelihood.
- 시치미 sicimi, ࿓ ༠ ཟ ༠ མ (ससिमि): 인식하다, 생각하다, 지식, 의식하다, 이해하다. perceive, think, knowledge, consciousness, understanding. (현재 국어사전의 뜻풀이인 '매의 꽁지에 매단 이름표', '자기가 하고도 모르는 체하는 태도' 등은 어원을 잃어버리고, 후에 다른 것들이 섞여져서 만들어진 것임)
- 집 jiv, ࿓ ༠ ཌ (जीव): 거주하는 곳, 사는 곳, 거주하다, 존재하다, 살다, 성장하다. house, abode, dwelling place, inhabit, abide, exist, make living, live on (rice), bring up, grow, nourish, make a live.
- 무르다 murda, མ ཌ ཪ ཪ ཥ (मुर्दा): 말랑하다, 부드럽다, 연軟하다, 연하다, 젊잖다. mellow, soft, smooth, tender, mild, gentle.
- 바람 vaha^-ram, ཌ ཥ ཪ ཪ མ (वहा-रम): 바람 불다, 바람, 숨쉬다. wind, air, wind blows, blow air, to blow, breathe.
- 바 va^, ཌ ཥ (वआ) = va, ཌ ཥ (वा): 바람, 말하다, 물, 바다. wind, air, speak, say, address. water, the ocean. ('바'는 공기와 물이라는 뜻을 동시에 갖고 있다. 과학과 철학으로 해석해보면 공기나 바람 속에 물이 들어 있고, 물이나 바다 안에 공기가 들어 있음을 나타낸다. 또 바람과 물이 함유되어서, 즉 허파에서 나오는 소리에 습기가 섞여 있어서 말소리가 만들어지는 것이라는 뜻도 있다)
- 수치다 sucita, ࿓ ཌ ཟ ༠ ཪ (सुचिता): 한탄스럽고 통탄할 일이다, 부끄럽다, 슬픈, 괴로운, 고통을 안겨주는. cause to be lamentable, shameful, grieved, afflicted, tormented, distressed.
- 부끄리아 vi-kriya, ཌ ༠ ཥ ཪ ༠ ཟ (वि-क्रिय): 부끄럽다, 수줍음 타는, (수치스럽게 여겨)거부하다, 부정직한. to be shameful, bashful, disdained, dishonest.

• **그늘** gha-nri, 𑖑 𑖡 𑖨 𑖰 (घ-न): 그림자, 어둠, 영상, 보호. shadow, darkness, image, protection.

• **술** sur, 𑖭 𑖲 𑖨 (सुर): 강한 술(알코올), 정신(영혼, 기분, 마음). strong liquor, spirit.

• **밟** barb, 𑖤 𑖨 𑖤 (बर्ब): 밟고 가다. 따라서 걷다, 가다, 움직이다. step on, work along, go, move, thread along.

• **밟다** barb-ta, 𑖤 𑖨 𑖤 𑖝 (बर्बत): 밟으며 가다, 밟아 상처 주다, 누구를 파괴하다. walk along, step down, to be trampled down, injured, destroyed, disdained.

• **히히** hi^hi, 𑖮 𑖰 𑖮 𑖰 (हिहि): 가만히 웃다, 조소하며 웃다, 업신여기며 웃다. smile gently, chukle, laugh at disdainfully.

• **막히다** ma-khida, 𑖦 𑖏 𑖰 𑖟 (मा-खदि): 저해하다, 막다, 방해하다, 막히다, 숨 막히는, 막혀서 꼼짝도 하지 않는, 저해되는, 방해되는. hinder, obstruct, impede, to be clogged, choked, jammed, hindered, impeded.

• **숯** suci, 𑖭 𑖲 𑖓 𑖰 (सुचि): 목탄, 순수한, 깨끗한, 정화된. charcoal, wood burned to coal, pure, clean, purified.

엄니 옴마 어무니 말씀

어머니!

어무니*!
엄니! 라고 부를 땐
생명의 근원이시고 생명을 일으키는 모태母胎로서
자비를 구하는 분이라는 뜻이고요

엄마, 마마,
옴마*! 라고 부를 땐 신의 부인이시고 여신으로서
상상할 수 없는, 불가사의한 능력을 지닌 분이라는
의미가 있어요

에미*! 라고 하실 때는
끝까지 보살피고 헌신한다는 속뜻이 있어요

어머니의 첫 발음인
엄* 혹은 옴*은
생명의 근원, 자궁, 싹, 생명력을 말합니다

어머니!
모든 것을 한 몸에 지니셨으니
나의 신이시고 우리의 여신이십니다

엄니!
우리 사는 세상이 좀 더 평화로웠으면 좋겠어요
전쟁이 없고
가난이 없고
자연 파괴가 멈췄으면 해요
옴니의 자궁 속에서 다시 이 세상이 새로워졌으면 해요

어무니!
우리나라의 정치가 정말 아름다워졌으면 해요
이 땅의 정치가 정의롭게 되고
민족이 하나로 함께 살게 되었으면 해요
민족의 역사를 되살리고
웅혼한 민족정신이 다시 충만해졌으면 해요

• 어무니 emuni, ᱚᱯᱚᱫ (엠무니) = 엄니 umni^, ᱚᱯᱫ (움니) = 엠
니 emni^, ᱚᱯᱫ (엠니): 자비를 구하는 사람, 자궁. a person seeking
after compassion, womb, embryo.
• 옴마, 움마 uma, ᱚᱯ (우마) = 마마 mamma, ᱯᱯᱯ (맘마) = 엄마
umma, ᱚᱯᱯ (움마): 어머니, 신의 부인, 상상할 수 없는, 불가사의
한. mother, the wife of god, Siva, inconceivable, un-imaginable.
• 에미 emi, ᱚᱯ (에미): (자식, 가족을 위해 끝까지) 헌신하고, 보살피
는. seek or chase after so as to attend, take care of (as baby, family).
• 움, 움, 엄 umbh, ᱚᱯᱫ: 생명의 근원, 자궁, 움, 싹나다, 생명력.
the origin of life, womb, embryo, bud, shoot, vigor.

새

어디에 있습니까
지난밤
고요를 환하게 비춰주던
새 한 마리

갑자기
쑥꾹꾹 쑥꾹꾹 울어
천지의 침묵을 깨우던

아하*
소리 없이
소리 없이 만물을 거느리는 세계를
날개 저어가던 범종은
어디에서 침묵하고 있습니까

세상이
뒤틀려서
아 틀려*서 또다시 소란스러움에 빠졌습니다*
거짓이 정치를 하고 전쟁을 합니다

아兒를 잉태하듯이
아 낳아* 아이를 안듯이*
고요를 품고 소리 너머로 돌아간
허공 중의 자유로운 몸짓이여
지금 어디에 있습니까

• **아하** a^ha, 𑖁 𑖮 𑖀 (आहा): 아하!, 진실로, 확실히, 사실로, 동의하는, 천국 같은 기쁨과 영광을 가진다. to tell the truth, certainly, truly, saying yes, it is true, grant thee heavenly bliss and glory.

• **아 틀리아** a-tuliya, 𑖀 𑖝 𑖲 𑖩 𑖰 𑖧 (अ-तुलिया): 저울이 고장이다, 왜곡된, 평형을 깨뜨리다, 잘못된. broken scale, distorted, unbalanced, erroneous.

• **니다** ni-i-dha, 𑖡 𑖰 - 𑖰 - 𑖠 𑖀 (नि-इ-धा): ~니다, 가까이 가다, 도달하다, 어떤 상태에 이르다. get near to, approach, come by, come to, reach a state or condition of.

• **아** a^, 𑖁 (आ): 아兒, 알, 생명의 근원. embryo, origin of life.

• **아 낳아** a-nah, 𑖀 𑖡 𑖮 (अ-नः): 아이 낳다, 해방되다, 속박에서 벗어나다, 제작하다. 자유롭게 되다. to be born, not to bind, not fasten, procreated, produced, set free.

• **듯이** dhish, 𑖠 𑖰 𑖫 (धिश्): 그러리라 여기다, 나타나다, 반사하다, 인지하다, ~처럼 보이다. seem to be, appear, reflect, perceive, think, regard, look like, to be impressed by, by analogy of, to be hinted, assumed, indicated.

언니

아하°
언니°라는 말이 형제, 자매,
보호자를 의미하거나
하늘과 땅을 합해 표현한 것이기도 하는 말이구나

자녀°라고 발음되는 우리말은
어린이, 아이들, 자식을 뜻하는데
한글보다 이른 시기에 선조들에 의해
한자 문자인 '子女 자녀'로 먼저 표기한 것이구나

아하
언°니°가 갓난아기를
옹헤야° 하는구나

휴전선에 어둠이 오는데
아아°
남북 언니들이 갈라져 싸우기를 어언 80년이구나
아오°
애재라 통재라

- 아하 a^ha, � ㄹ ㅊ ㅉ (आहि): 진실로, 확실히, 사실을 말하면, 천상의 복락을 향유하다. to tell the truth, truly, certainly, saying yes, grant Thee heavenly bliss and glory.
- 언니 o^ni^, ㅊ ꙮ (आनि): 형제, 자매, 보호자, 낙원과 세상, 하늘과 땅, 천국과 지구. brother, sister protector, the heaven and earth. ('언, 온'은 완전함을 뜻하니 낙원, 천국, 하늘, the heaven으로 의미가 확대되고, '니'는 가까이 간다는 뜻으로 우리와 가까운 이 세상이나 땅, earth라는 의미로 확장된 것을 보여준다)
- 온, 언 on, ㄷ ㅅ (उपरि): 완전, 순수, 완비, 오다, 획득하다. complete, pure, perfection, wholeness, furnished with, endowed with, reach, come up to, attain.
- 니 ni, ㅅ (नि): 가까이 가다, 이웃, 인도하다, 안내되다, (읍, 입, 합) 니(다). get near to, neighbor, approach, guide, lead, govern, to be led away.
- 니 ni^, ㅅ ꙮ (नीड): 지도자, 지배자, 왕, 님(임)금, 지도하다, 이끌다, 지배하다(이런 의미로 후에 본인을 의미하는 '나'로도 발전하였음), 너, 어떤 사람, 진리(니), 이(니)유. leader, ruler, king, leading, guiding, governing, ruling over, you, some person, truth, reason.
- 자녀 jana, ꙮ ㅉ ㅅ (जनन): 자녀子女, 어린이, 아이들, 자식. a child, children, offspring.
- 옹헤야 o-ng haya, ㄷ ꙮ - ㄹ ㅉ ㅉ ㅉ (ओ - ड़ ह्या): 갓난아기를 보호해 주다, 껴안다, 젖을 주다. protect, take care of, hug, hold a baby, to be nourished, milked.
- 아아 aha, ㅉ ㄹ ㅉ (अहं): 비참한, 끔찍한. miserable, terrible.
- 아오 aho, ㅉ ㄹ ㄷ (अहो): 오오!, 놀라운, 비참한, 감탄사 아오!, 정말!, 확실히, 분명히, 실제로는. wonderful, miserable, indeed, surely, certainly, in fact.

엄마의 말씀

엄마가
말씀하신다

이리 온나*
남북의 내 자식들아

오래 떨어져 산 몸둥이
온*전穩全한지 껴안아보자

북두칠성이 빛나는 곳에서
이때껏 아들딸을 위해 기도해오신

엄마가 말씀하신다*
이리 온나
다들 사이좋게 이리 온나

• **온나** ona, ‍ऒऩा (ओना), on-na, ओ-ऩा (ओ-ऩा): 오다, 나타나다, 모여서 오다. come, appear, get together, collect.
• **온** on, ऒऩ (ऒऩ): 온穩, 완전, 순수, 완료, 완전함을 갖춘, 닿다, 도달하다, 전체. complete, pure, furnished with, endowed with, reach, come up to, attain, perfection, wholeness. (한자의 현재 중국 발음보다 우리 발음과 산스크리트 발음이 더 일치한다. 우리말이 산스크리트 문자, 한자, 타밀어 문자로 표기되었다)
• **다** dha^, ऌध (따): (~하, 이, 되, 오, 있)다, 어떤 상태, 조건이 되다, 장소에 닿다, 위치하다, 구비되다, 생각을 품다, 자궁에 잉태하다. get into or come to a state or condition, to be placed, stored, laid in or on, thought, conceived in the womb. (우리말은 단음절부터 뜻을 갖는 뜻글자이기도 하다는 것을 보여준다)

옹헤야

옹헤야° 옹헤야 어절씨구 옹헤야
저절씨구 옹헤야 잘°도 잔°다 옹헤야
에헤에헤 옹헤야 어절씨구 옹헤야
잘도 잔다 옹헤야

이월 삼월 옹헤야 보리 피니 옹헤야
사월 오월 옹헤야 타작한다 옹헤야

…………

옹헤야 울려 퍼지던 때는 언제였던가
갓난아기 돌보듯 곡식을 키우고는
하늘°에 감사드리던 때가 언제였던가
나라 사람들이
자연을 공경하던 때가 언제였던가

자본 만능 반생태주의가 고꾸라져°야 하리
무한 소모 성장은 그만두°어야 하리
자연 파괴 괴물은 이제 그만° 오므려°져야 하리
대자연과 하나였던 때로 돌아가야 하리

- 옹헤야 o-ng haya, ㅎㅅㅎㅁ(옹-ㅎ헤): 갓난아기를 안다, 보호하다, 젖을 먹이다. protect, take care of, hug, take, hold a baby, to be nourished, milked.
- 자 jha, ㅈ(쟈): 잠자다, 자러 가다, 취침하다. sleep, go to bed, feel a sleep, drowsy, slumber.
- 잘 jal, ㅆㄹ(쟐): 부유하게 산다, 건강하게 산다, 풍부한, 번창한. to live in abundance or in good health, rich, prosperous, thriving.
- 하늘 ha-nri, ㅎㅅㅣㅎ(ㅎ-ㄴ리): 하늘 세상, 천국 사람. sky world, the heaven people
- 하 ha, ㅎ(ㅎ): 하늘, 천국, 대양. sky, the heaven, the ocean.
- 늘, 누리 nri, ㅅㅣㅎ(ㄴ리): 나라, 국가, 본질로서 한결같음, 본질, 존재함, 삶, 살다, 본질적인, 기본적인, 남자, 인간. persistent in its essence, substance, exist, live, dwell, constant, substantial, country, nation, fundermental, man, human being. ('늘 파랗다'의 '늘'임)
- 나라 na'ra, ㅅㅍㅣㅍ(ㄴ라): 여성, 집안 살림을 장악한 여성 전문가, 나라, 국민, 인간. a woman, woman master managing household life, nation, people, human being.
- 고꾸라지다 go-kurh-a^ji-da, ㄲㅎㅡㅈㅣㅎ-ㅍㅡㅅㅎㅈㅍ(꼬-쿠ㅎ-아지-ㄷ:): (소가) 진흙 속에 빠지다, 가라앉다, 무릎 꿇다. to be plunged into, sunken down into, kneeled down in the mud(as the cow). (소, go, ㄲㅎ(꼬)가 넘어진 것에서 지금의 '고꾸라지다'가 나온 것을 알 수 있다)
- 그만두다 ghu-man-du-dhta, ㅁㅎ-ㅍㅣ-ㅌㅎ-ㅎ(ㅁㅎ-ㅁㅔ-ㄷ-ㄷ타): (말, 행동) 중지하다, 끝내다, 잊다, 포기하다, 가만두다, 방해하지 않다. stop doing, stop speaking, utter, cease to do, finish, forget, abandon, give up any, stop disturbing, give up any hindrance, abandon interference, don't disturb.
- 그 ghu, ㅁㅎ(ㅁ): 그만두다, 중지, 방해, 포기, 말하다, 언명하다. characterized by the notion of hinder, impede, prevent, stop, cease, utter, explain, speak.
- 두 du, ㅌㅎ(ㄷ): 가다, 닿았다, 움직이다. go, approach, move.
- 오므리 om-hri, ㅎㅍ-ㅎㅣㅎ(ㅎ-ㅎ리): 오므리다, 수축시키다, 데리고 오다, 잡다, 정지시키다. contract, fetch, take, catch collectively, shut down.

211

아따!

아따˚!
알라야˚가 뭘 안다고 그런다냐
나라 탓도 있다마는
아니 나라 탓이 크다마는

느그˚들 생각이라도 고쳐˚서
아들˚ 딸˚ 구별 말고
얼른 잉태˚해서 낳기만 해라잉˚

징허구만
마흔다섯이 넘도록,
결혼 십 년이 넘도록,
알라도 안 낳˚고

그냥
알˚라로 산다니
아마˚ 늙어 후회할 것이여

밤 깊으면 한번 문 열어봐라잉

문밖에
하얗게
할머니°가 서 계실 테니

- **아따** ad-dha, 𑀅𑀤𑀥 (अद-धा): 전라도 사투리, 감탄사, 확실히, 진실로, 명백히. certainly, truly, indeed, manifestly.
- **알라야** a^laya, 𑀆𑀮𑀬 (अ लया:): 아기, 태아. fetus of living in the womb.
- **느그** ni^-gi, 𑀦𑀺𑀕𑀺 (नि-गि): 전라도, 경상남도 사투리, 너희, 너희에게 말하노니. speaking to you, talking to, addressing to you, all others. ('너, 너희, ni^'와 '말하다, gi'의 두 단음절의 결합임)
- **고치다** go-ci-dha^, 𑀕𑁄𑀘𑀺𑀥 (고-치-다): 개축하다, 개조하다, 담장을 쌓다. mending, improving walls, stable, or building or renovating a house in good shape.
- **아들** a^dri^, 𑀆𑀤𑁆𑀭𑀺 (आद्रि): 아들, 맞아들이다, 협력하다, 환영하다, 존경하다, 보살피다, 돕다. son, honor, respect, attend, take care of, greet, receive, help, regard.
- **아들** a^-dr, 𑀆𑀤𑁆𑀭 (아-드): 위와 동일('아+들'로서 '아'름답고 조화로운 존재를 맞아 '들'이다라는 뜻임).
- **딸** ta^la, 𑀢𑀸𑀮 (타라): 딸자식, 만딸, 부드러운. a daughter, maid offspring, tender.
- **잉태** ing-ta, 𑀇𑀗𑁆𑀢 (잉-타): 잉태하다. to be pregnant, to be conceived a fetus in the womb.
- **잉** ing, 𑀇𑀗𑁆 (잉): 전라도 사투리, 움직이다, 흔들다, 마음이 뒤흔들리다, 휘저어지다, 가다, 앞으로 가다. to move, shake, be agitated, to go, go to or towards.
- **낳, 나티** nitya, 𑀦𑀺𑀢𑁆𑀬 (नित्यम्): 낳은, 출산한, 태어난, 본향의. born, be forgotten, native, innate, inherent, in born, constantly dwelling from birth.
- **니자** ni-ja, 𑀦𑀺𑀚 (नि-ज): 낳다, 출생하다. to be born, procreated, produced, be forgotten.
- **낳다** rah-ta, 𑀭𑀳𑁆𑀢 (रह-ता): 태어나다, 자유롭게 되다, 그만두다. to be born, liberated, quitted.
- **알** a^l, 𑀆𑀮 (आल): 알, 란卵, 생명의 본질, 알찬, 실속 있는, 능력자질 있는. vitality, capable, the faculty of consciousness, fetus in the womb, essence, effectual.
- **아마** a^ma, 𑀆𑀫 (आमा): 헤아려보면, 가상해보면. so as to think of it,

supposing that in considering.

- 할머니 hala-emuni, ᄒᆞᆯ-ᄋᆡᄆᆞᆫᅌᅵ (홀-ᄋᆡᄆᆞ니): grandmother.
- 할, 할라 hala^, ᄒᆞᆯ (홀): 쟁기, 지구, 만상의 어머니, 여성. a plough, the earth, mother of all things, female. (한라산의 발음인 할라산의 '할라'임)

거허!

성희는 대구 사람
오래된 친구
무슨 일 있어도
거허*!
개안타* 한다

인생사는 서로 통하는데
딱 불통인 것이 정치사라

엉터리 지도자 윤가 때문에
골나* 있는 나에게
천연덕스럽게 반민족, 반민중인 그 정당,
그 지도자에게 투표했다고 말한다

어쩔것인가,
나라 걱정 한가득 품고도
오래된 친구이므로 그러는가 할 밖에*
괜찮지 않아도
거허!
개안타 할 밖에

- **거허** gha, ㅁ(ㅌ): 참, 진실로, 확실히. indeed, truly, verily, surely.
- **개안타** gha-i-anta, ㅁㅉ-ㅇ-ㅉㄷㅈㅉ(ㅌ-ㅎ-अंत): 경상도 사투리로 '괜찮다', 개의치 않다, 방해받지 않다. not to be disturbed, not hindered, not distressed.
- **골나** ghol-na, ㅁㅌㄹㄷ(घोल-ㄱ): 뇌를 흔들다, 질병이나 상황을 악화시키다, 화나게 한다, 훼방 놓다. shake about brain, aggravate, make angry, caused to be troubled, disturbed.
- **밖** vak, ㅌㅈ(वक): (~할) 밖(에), 말하다, 보고하다. speak, say, address, report.
- **밖에** vahe, ㅌㄹㅎ(वहे): 사투리, 밖으로 향하는, 외부로 향하는, 외부, 제외하고, ~없이. outward, outside, external, without.
- **밖에** vahi, ㅌㄹㅇ(वहि): 사투리, 밖에, 외부에, 외진, 먼. outside, exterior, remote, distant.

마음 이야기

이 마음과 저 마음이 싸우다*
세상 사는 일이 어렵고 까다롭다*고
마음 하나가 욕심과 불안을
생각 가운데에 깔아*놓는다
마음이 마음을 때린다*
마음이 쓰리*다

이 마음아
저 마음을 씹*다가 뱉지 말라
서로 누가 이기는지 해보자고
마음이 마음을 가두고* 쌈나*지 말라

나라는 생각으로부터 뻗어나가는 것이 없어지면
세상일에 이것*이야 저것이야 하는 분별로부터 생기는
고통도 없어져
마음이 하나로 경전에 쓰인 대로 무無*에 머문다
마음이 고요해지고 만물과도 하나가 되고
진리 속에 있게 되어서
흔들림 없는 센* 것이 된다

자비와 공경을 행하게 되고
사회와
역사와 정치에도 헌신하게 된다
전쟁과 자연 훼손으로 고통받는 지구별을 위해서도
투쟁하게 된다

밝고도 밝은 마음으로 묻습니다
시방* 우리나라의 정치는 정상입니까*
아름답고 정의로운 정치 아래서 살고 싶습니다*
외칩니다
나라 걱정 없이 살고 싶다*!
정의가 바다*와 같이 펼쳐지고
억울한 사람이 없어 하나의 식구*가 된 국민들이
춤추*듯이 일하고, 즐겁게 쉬*고
함께 축제를 즐기고 싶다!
전쟁이 없어지고 자연이 보존되는 아름다운 세계의
시민이 되고 싶다!고 소리 높입니다

비탈*에 서서 바랑*을 짊어지고

빛과 소리°를 따라 걷고 또 걷던 시절에도
나라를 걱정하여 빌고 비다°가
어설픈° 시도 써서 발표하고, 불이 뜨겁게 싼° 촛불을 들기도 했다
목이 타도 물 마시°지 않고 무더°워도 피하지 않고
촛불이 타고 있는 곳이 나라를 구하는 곳°이라고
가득 찬,° 착°한 마음을 끝까지 지니고 가지°다가
몸이 상하기도 하였다
아직°도 나라가 옳게 서지 못하는 아픔 속에서
국민이 정의와 민족 통일의 깃발을 들고 앞으로 나아가°야만
곧° 역사에 부끄럽지 않은 나라를 만들 수 있을 것이다
세계 평화와 자연 생태 보호를 부르짖어야만
후손들에게 아름다운 지구를 물려줄 수 있다
가슴에 꽂°은 홍익인간의 염원으로
마음을 모아° 헌신하는 우리는 싸울아비°이어야만 한다

- **싸우다** sahuda, 卐ȝ勾ȝ玵 (सहुदः): 옛말로서 '싸후다', 투쟁하다, 대항하다, 정복하다, 경쟁하다. battle, conquer, fight, against, compete, strike, beat, destroy, murder.

- **까다롭다** kadda-ropta, ȝ玵玵ȝ - 玵ȝ다다 (कद्द-रो): 가혹하다, 극심한, 불리한, 곤경에 처하다, 좌절되다. harsh, sever, adverse, to be distressed, perplexed, disturbed.

- **깔아** kara, ȝ玵 (कर): 깔아놓다, 덮다, 놓다, 펼치다. cover, spread, stretch out (as carpet, marble), expend, to furnished, covered, equipped.

- **때리(다)** ta^riya, 玵玵玵다 (तारिया): 사투리로 '따리다', 때리다, 뚜드리다, 구타하다, 패다. beat, strike, hurt, injure, defeat, pound, to be defeated, beaten, subdued.

- **쓰리** sri, 卐玵ঙ (श्री): 쓰리다, 화상 입다, 불에 타다, 요리하다, 섞다, 섞이다, 심장이 무너지다, 가슴이 아프다, 고통스러운, 불꽃, 퍼지는 빛. burn, cook, mix, mingle, broken heart, sore, painful, lamentable, afflicting, flame, diffuse light.

- **쓰라** sra, 卐玵玵 (स्रा): '쓰리'와 동일. 쓰라리다.

- **씹** sibh, 卐ঙ玵 (सिभ): 씹다, 자르다, 탓하다, 학대하다, 중상하다, 죽이다, 상처 주다. chew, cut off, blame, abuse, kill, slay, injure.

- **봐야** bhaya, 玵玵다 (भया): (어디 한번) 해봐야!, 어디 해보자, 겁주다, 벌주다, 공포에 떨게 하다. terrify, cause fear, distress, punish.

- **가두다** gha-dudh-dha, 띠玵多玵玵 (घ-दुध्-धा): 감옥에 넣다, 영창에 갇히다, 감금하다. put in prison, to be jailed, to be confined, in a state of confinement for law breaker.

- **쌈나다** sam'-nada, 卐꼬玵玵 (सम्-न): 투쟁하다, 싸움 일어나다, 싸움 난다. quarrel, argue, battle, fight against, hurt, beat, strike, injure.

- **이것** eka, ワ玵 (एक:): 옛말, 사투리로서 '이카', '이꺼', 이것이, 하나, 각각, 이 사람. one, each, this one, this person.

- **이것이야** ekasiya, ワ玵卐ঙ玵 (एकसिया): 이것, 이 사람, 이 신사. this one, this person, this fellow, this gentleman. (친한 사이에 '야! 이것아!' 할 때의 의미임)

- **무(타)** mu-ta, 꼬ȝ - 玵玵 (मु-त): 묵黙, 침묵하는, 조용히 하는, 혀를 묶은, 최종의 정신 해방. kept silent, tranquil, tongue tied up, bound, final emancipation.

- 무 mu^, ㅁㅉ(뭉): 정각正覺, 침묵하는. reached the highest sublimated state of enlightened knowledge, kept silent. (일반적으로 '없다'라는 의미의 '무無'에는 정각이나 진리라는 '유有'가 들어 있다. 우리말로 '무'가 먼저 있었고, 선조들에 의해 한자 '無'가 중원대륙에서 만들어졌다)
- 무無다 mu-dha, ㅁㅉㅎ(뭉-따): 무효다, 허사가 되다, 불필요한. useless, in vain, to no purpose.
- 쎈 se^n, ㅆㄱㄱ(센): 쎄다, 심(힘) 쎈, 강력한. strong, mighty, powerful, efficient, courageous, valiant, brave.
- 시방 sibham, ㅆㅇㅈㅁ(사비ㅁ): 옛말로 '시밤', 시방時方, 지금, 이 순간에, 현재, 속히. at this moment, at present, quickly, speedly.
- 까 ka^, ㅈㅉ(ㅋ): 맞게, 적당한, 합당한, 좋아하다, 원하다, 바라다, 선호하다, 행복, 기쁨, 사랑, 왕, 물, 빛. fit, proper, agreeable, desire, wish, yearn for, attend to, to be interested in, pleased, satisfied, delighted, love, prefer to, willing to, happiness, joy, king, head, water, splendor, light.
- 습니다^ subh-ni-dha^, ㅆㅉㅈㄱㅇㅎㅉ(수ㅂ-니다): ('다'를 힘주어 발음할 때임), 적합합니다, 찬동합니다, 준비되었습니다, 할 수 있습니다, 유용합니다. make fit, suitable, prepared, capable, useful.
- 습니다 subh-ni-da, ㅆㅉㅈㄱㅇㅎㅉ(수ㅂ-니다): ('다'를 부드럽게 발음할 때임) ~처럼 보입니다, 기쁩니다, 상서롭습니다, 일이 좋게 진행됩니다, 돕습니다. look like, appear, seem, regarded as, it is pleased to do, good, auspicious, delighted, pleased, work out, help, praise, wish to be good, virtuous. ('습니다'에는 기쁘고 좋다는 긍정적인 뜻이 들어 있음)
- 싶다 siphada, ㅆㅇㅿㅎ(사피다): 옛말로 '시프다', ~하고 싶다, 원하다, 선호하다. fond of, want, desire, desirous of, interest in, inclined to.
- 바다 va-dha, ㅿㅎ(바-따): 해海, 물이 많이 쌓인, 위치한, 곳. the ocean stored with water, situated, placed.
- 식구 sikku, ㅆㅇㅈㅈㄱ(사끼ㄱ): 식구食口, 가족, 조부모, 부모 자식들, 며느리. a family member, grand parents, parents, children, boys and girls, daughter in law etc. ('식구'는 우리말이 食口라고 한글보다 먼저 한자로 표현되었을 뿐으로, 순우리말이다)
- 춤추다 cumb-cuda, ㅈㅎㅁㅿ-ㅿㅎㅎ(캄ㅂ-쿠다): 무용하다, 포옹하고 빨리 돌다, 춤을 추어 기쁘고, 흥분하고, 영감적으로 되다. dance. embrace and move quickly around, cheer up, animate; cause to be

cheered, inspired, excited with dance.

• 춤 cumb, ꠣꠣꠣꠣꠣ (कम्ब:): 입맞춤, 포옹, 껴안음. kiss, embrace, hug.
('춤'은 어원으로 보면 연인과 입맞춤하고 포옹한다는 것이다. 그러므로 춤을
춘다는 것은 독무일 경우, 연인이나 사모하는 신神을 그리며 입맞춤으로 하나
가 되었다고 상상하며 추는 것이고, 쌍무일 때는 상대방을 실제 연인으로 여기
면서 율동하게 되는 것이다)

• 쉬 si^, ꠣꠣ (सि): 옛말, 사투리로 '시어라'의 '시', 휴식하다, 눕다,
잠자다. repose, rest, lie down, sleep.

• 비탈 vi-tal, ꠣꠣꠣꠣꠣ (आवश्यक): 갈라지고 산산이 부서진 단애,
가파르고 높아서 움직이기 어렵고 오르기에 긴장되는 암벽. split,
tear asunder cliff. steep, high steep rock, hard to move, taut.

• 바랑 vaha-ra^-ng, ꠣꠣꠣꠣꠣ (वहा - र - ड): 걸망태, 배낭 메다.
carrying bag, back packer.

• 소리 sri, ꠣꠣꠣ (श्री)=sra, ꠣꠣꠣ (स्रा): 말하다, 소리 내다, 울리고 리
듬 있는 소리 내다. say, utter a sound, speak out, talk, make a resonant
sound, rhythm.

• 씨부리(다) svuri, ꠣꠣꠣꠣ (स्वुरि:): 옛말, 사투리, 씨불대다, '소
리'와 동일.

• 비다 vidha, ꠣꠣꠣ (विधा): 빌다, 찬양하다, 기뻐서 어쩔 줄 모르다,
마음의 정화를 위해 기도하다, 신을 숭배하다, 헌신하다. praise,
exult, pray for the purified mind (as the origin of life), ask, worship a god,
dedicate one's self to, make our mind purified.

• 어설픈 a-silpun, ꠣꠣꠣꠣꠣꠣꠣ (अ-सिल्पुन्): 옛말, 사투리로 '어실
픈', 실을 풀지(silpun) 못하는(a), 천이나 실을 잣는 데 기술이 없는,
예술이나 그림에 조예가 깊지 않은, 기교가 좋지 않은. not skilled in
weaving textiles or thread, not well versed in art nor drawing, not good
at.

• 싸다 sadha^, ꠣꠣꠣ (साध:): 불, 활활 불이 타다, 뜨거움, 화염. fire,
burning, aflame, hot, fierce.

• 마신다 ma-ish, ꠣꠣꠣ (मा-इ): 사투리로 '마이시', 내가 마신다. I
drink, drink,

• 이시 ish, ꠣꠣ (इष): 음료, 다과, 과일이나 케익. beverage,
refreshments, any drinks, fruits & cakes.

• 무덥다 mu^-tapta, ꠣꠣꠣꠣꠣ (मु-तप्ता): 말할 수 없이 덥다, 폭서,

폭염으로 믿을 수 없을 정도로 후덥지근한. unspeakably hot, heated, inflamed, incredibly muggy.

• **곳이** goshi^, (गोशी): 들판에 소가 디딘 발자국, 소가 안정적으로 발자국을 남기는 거주지로서 그 장소, 위치, 근원지. cow's footprints trodden in the field, origin of place, position, location-cow's stable, footprints, abode. ('곳이'는 우리말이 유목의 언어에서 왔다는 어원적 설명이 되는 단어이다)

• **찬다** canda, (कण्डा): 만족하게 되다, 가득히 만족하다, 즐겁다, 충족되다, 빛나다, 밝다. cause to be satiated, satisfied fully, rejoiced, gladdened, fulfilled, endowed, shined, bright.

• **착하스** cakas, (चकसः): 착하다, '착한'의 어간, 현명한, 영리한, 밝히다, 밝은. wise, clever, shine forth, bright.

• **가지(다)** gadh, (गध्): 옛말, 사투리로 '가디(다)', 소유하다, 부여받다, 가구가 비치된, 제공된. get, possess, hold, have, retain, harvest, endowed with, furnished, provided with.

• **아직** a^dikh, (आदखि्): 옛말, 사투리로 '아딕', 동이 틈, 밝아오는 빛, 동트기 전, 이른 아침, 최초에, 시작에. dawn, shine forth, illuminate, before dawn, early in the morning, at the first time, in the beginning, when dawning, shining forth.

• **앞으로 가** ape-ro-ga, (आपे-रो-ग): 앞으로 가다, 구하러 가다, 성취하다. go forward, seek for, achieve.

• **곧** godi, (गोदि): 옛말로 '고디', 고지, 곧 즉卽, 곧이, 말하는대로, 말한 사실. speaking, saying, what is saying.

• **꽂다** kota, (कोटा): 집이나 산꼭대기에 세우다. put up (the flag) on the top of a house or on the mountain.

• **모으다** madh, (मध्)=modh, (मोड्): 옛말, 사투리로 '뫄다', 중앙에 위치시키다, 집적하다, 쌓이다, 함께 쌓아놓다, 집합시키다, 얻으려고 간청하다. place in the middle of, to be accumulated, piled up, heaped up, stored, collected together, assemble, solicit.

• **싸울아비** saura-avi, (सौरा-अव): 영웅, 용맹한 군인, 용감한, 영웅적인, 용기 있는. a hero, valiant soldier, brave, heroic, courageous.

불꽃

불이 싸다*
무섭*게 탄다

민족과 반목하고 외세와 야합하는
정치 모리배가 불꽃에 사라진다

삿*된 것들,
사특*한 것들이 타*서 재가 된다

장작은 불붙어
제 몸까지 태우는 일에 집중하고
솟구치는 불꽃은
스스로가 타고 있다는 것마저
한순간에 놓아버리고 자유롭게 일렁인다

역사를 욕되게 하는 못된 것들과
몸 안팎의 탐욕과 집착들이
샅샅*이
남김없이 없어져서

허공 중에
추는 춤이 황홀하다

• **싸다** sadha, (साध): 불이 싸다, 불이 무섭게 탄다. burn fiercely a flame.

• **무섭** musi-va, - (मुसि- वा): 사투리로 '무서바', 무서운, 두려운, 테러당하는, 절도당하는, 공포에 질린. fearful, scared, afraid of, stricken by terror, plundered, robbed of, frightened of.

• **샷** s'at'h, (स'अत्'ह): 샷되다, 사특하다. deceive, flatterer, falsehood, vicious, wicked, evil.

• **사특** s'at'hya, (स' अत्'ह): 위와 동일.

• **샅** sa^t, (सत्): 샅샅이, 명명백백하게, 진실로, 확실히 보이게. make visible, clear, manifest, truly, really, fundamentally, physically, occurring, existing, present.

• **타버렸다** tapita, (तपिता): 사투리로 '타삐타', '타뻤다', 열 받다, 괴로워하는, 고뇌에 차다, 고통스러운. forged in the fire, heated, warmed, distressed, cause to be distorted, tormented, disturbed, pained.

• **샅샅** sa^t sa^t, (सत सत्): 샅샅이, 완전히 깨끗이, 사실로, 철저하게. truly, really. clearly, closely.

지랄하네

맞디예*
참 지랄 맞은 정권이랑께*

지랄*하네
나라를 강탈하고 민족혼을 말살했던 일제에 고마워하고
나라를 되찾기 위해 일신을 바친
홍범도 장군 같은 독립군 선열들을 폄훼하네

나라 안의 친일파들이 신이 나서
국민들을 향하여
혀를 랄*랄랄 내밀어 흔들고
혀를 낼름거리네

목숨 바쳐 왜적을 무찌르*고 나라를 구한
의사와 열사들을 조롱하네
민족을 멸시한 침략자들을 물리친*
역사의 랑*군들을 욕보이네
역사를 왜곡하고 지랄하네

참 지랄맞은 친일파 정권이랑께
윤가 정권에 치*가 떨리네
언필칭 보수라는 정치모리배들에,
지역감정을 조장하고, 자기 이익이 최우선인
부패 반민족 집단에 살이 떨리네

- 맞디예 ma^-dhi-ye, ꊉ ꊐ ꊕ ꋾ ꊃ ꊽ (अहं - जानामि- मा): '맞다'의 경상도 사투리, 측정하고 인지하다, 계산하고 생각하다. measure and perceive, count and think.
- 랑께 langhe, ꊴ ꊽ ꄷ ꊽ (भाषा - स): 전라도 사투리, 강력히 권고하다, 말하다, 언명하다, 충고하다, 강조하다, 권유하다. urge, speak, advise, recommend, induce.
- 지랄 ji-lal, ꊴ ꋾ - ꊴ ꊐ ꊴ (जी - लाल): 미친, 혀를 내밀어 흔드는, 경멸, 멸시, 퇴짜 놓다, 모독. cause to be crazy, wag one's tongue out, fantastic mad, scorn, contempt.
- 랄 lal, ꊴ ꊐ ꊴ (लाल): 혀를 내밀어 흔들다, 혀를 낼름거리다, 마음을 불편케 하다, 희롱하다. roll, wag one's tongue, put out the tongue, tease, aggravate, disturb one's mind, toss about, lick
- 무찌르다 mut-ji-ri-da, ꊉ ꋫ ꊐ - ꊴ ꊕ ꋾ - ꊐ ꊕ ꋾ - ꊕ (मुत् - जी - री - दा): 죽이다, 공격하다, 부수다, 갈다, 산산히 찢다, 내쫓다. kill, murder, attack, crush, grind, break down, tear asunder, expel.
- 물리치다 mri-chi-da, ꊉ ꊐ ꊕ ꋾ - ꋫ ꊕ ꋾ - ꊕ (मृ - चि - दा): 내쫓다, 파괴하다, 부수다, 공격하다, 단념시키다. expel, destroy, crack down, attack to deter.
- 랑 ra-ing, ꊐ ꊐ - ꊕ ꊴ (रा - इङ्): 사투리로 '~라잉', 좋아하다, 관심을 갖다, 애착하다, 집착하다. prefer, like, adhere, attach, to be interest in, concerned with, about.
- 치 ci, ꊐ ꊕ (ची): 치욕을 당하다, 미워하다, 혐오하다, 생각하다, 인식하다, 가치를 찾다, 기르다, 양육하다, (소, 말, 양을)치다, 마음이 가다. detest, hate, disdain, perceive, think, recognize, seek, search. grow, foster, to be milked, nourished, fix, turn one's mind toward, attend, diffuse(light, beauty, idea) over, cherish.

흰 눈

아이구°!
좋구나
아하°! 아우°!
밤새 눈이 왔네
눈이 사르르° 내리네
소리 없이 세상을 덮는 것은
흰 눈과
마음을 다하°는 기도이니

어이°! 아이°!
여러분° 이리 오시소
뜸° 들이지 말고
허리띠 풀라°놓고 밥 먹듯이°
맘껏°
흰 눈과 기도를 몸과 마음에 담°읍시다

아이다°!
아니다°! 하지 말고,
이카°고 모°한다 하지 말고,

엉뚱하게 우쭐°대지 말고
흰 눈밭 위에서 세상이 깨끗해지도록
맑고 고운, 파란° 마음을 모읍시다

어둡다°고 말만 말고,
마음을 무르게° 오므리°지 말고,
다부지게° 생각을 엮°어 멋있게 합시다
널뛰°고 울렁°이는 가슴을 단단히 여주고,°
몇만 년 전 흑수 백산°에서 하늘에 올리던 것처럼
흰 눈 위에서 무릎도 꿇°읍시다

불어나°는 망념을 다그치°고 뚜°드려 패서라도
하얀 눈 같은 고요를
망념이 있던 자리에 오지°게 재워° 넣°어서
단단한 부리°로 떨어진 나락°과 벌레°를 쫓는 새°처럼
기운°을 다 써서°
절°하는 마음을 펼쳐서 세상의 평화에 두루° 대여°줍시다

아하

눈이 쌓여 구린*내 나는 것들이 사라졌네
이쁜이*들도 하얗게 변했네
허드레* 것도, 소 먹일 꼴*도, 우물가 두레박*도,
비누* 조각도, 버려진 병딱까리*와 사발*도 덮였네,
물 긷는 여자* 머리칼 위에도, 엄마 치맛자락 움켜쥔
지지배* 발등 위에도,
감나무 밑의 귀머거리*와 바보*를 홀리는 까마귀*의
검은 날개 위에도, 눈이 쌓이고 있네

흰 눈과 함께
세상 만물의 화평함을 위해 기도하세
흰 눈 속에서 흰 눈이 되어버리세

• **아이구** a-i-ghu, 𑖀 𑖰 𑖑 𑖲 (अ-इ-घु): 말할 수 없는, 형언할 수 없는, 불가사의한, 고통스러운 소리를 발성하는. unutterable, not able to perceive, unspeakable, not able to utter, utter an agonizing sound.

• **아하** aha, 𑖀 𑖮 (अह॰): 놀라움, 의심, 경탄, 외침, 깊은 안부 때의 감탄. interjection of wonder, doubt, praising, calling, speaking, addressing, regretting deeply.

• **아우** au, 𑖀 𑖲 (औ): '아하'와 같은 의미.

• **사르르** saru, 𑖭 𑖨 𑖲 (सरु): 가는, 부서지기 쉬운, 약한, 미세한, 극미한, 깨지기 쉬운. thin, frail, minute, fragile.

• **다하** da^ha, 𑖟 𑖯 𑖮 (दा हा): 불태우다, 불에 소진되다, 불타는, 대장간. burning down, consumption by fire, flaming, forging. ('하늘ha만큼 크게 다da^ 주다' 혹은 '다 주어서da^ 다 감하여지다ha'는 의미로 두 단음절이 합해져서 '완전히 불에 다 태워지고 소진되다'는 뜻이 되었음)

• **다** da^, 𑖟 𑖯 (दा): 다 주다, 다 허락하다, 포기하다, 성교를 허락하다.

• **하** ha, 𑖮 (ह): 하늘, 경하하다, 바다, 강, 해하다, 감하다, 해, 세.

• **어이** e^hi, 𑖂 𑖮 𑖰 (ईहि): 사람 부르는 소리, 이리 오시오. come over here, come near to, approach.

• **아이** a-i, 𑖀 - 𑖰 (अ-इ): '어이'와 같은 의미.

• **분** pun, 𑖢 𑖲 𑖡 (पुन): 신사 숙녀분들, 여러분, 숙녀, 존경할 만한 사람. ladies and gentleman, some people, ladies, respectable man.

• **뜸** tim, 𑖝 𑖰 𑖦 (तिम्): 침묵하다, 말 없음, 틈. silent, speechless, gap.

• **풀라** pu^la, 𑖢 𑖲 𑖩 (पु ल): '풀어'의 경상도 사투리, 허리띠를 느슨하게 하다, 배부르게 먹다, 좋은 음식으로 잘 대접하다. to be loosened, extended as waist belt, eat full, full enough, well served with good food.

• **듯이** dhish, 𑖠 𑖰 𑖫 (धिश्): 그러리라 여기다, 나타내다, ~처럼 보이다. seem to be, appear, reflect, look like, to be impressed by, by analogue of, to be hinted, assumed, indicated.

• **망**, **만** man, 𑖦 𑖀 𑖡 (नरः): 망望, 생각, 이해, 상상, 추측. think, perceive, imagine, regard, consider, observe, suppose.

• **껏**, **끝** ksi, 𑖎𑖿𑖭 𑖰 (क्स): 최선을 다하여 소진되다. exhaust.

• **맘껏** man'ksi, 𑖦 𑖀 𑖡 𑖎𑖿𑖭 𑖰 (मन क्स): 사투리로 '망끗', 최선의 노력을 다하다. 힘껏 노력하다, 크게 기뻐하다, 결혼하다, 큰 기쁨, 즐거움,

바치다, ~에 헌신하다. make utmost effort, exert one'self to, rejoice, merry, delight, joy, devote, dedicate to. ('맘껏'을 '마음껏'의 준말이라는 현대의 풀이는 어원과는 다르다. 마음이라는 단어와 관계없이 망, 만 +끗이다)

• **담(다)** dha^m, 𑖠𑖦𑖿 (धम्): (곡식의 껍질, 먼지를 불어 날리고) 담다, 보유하다, 저장하다, 들여놓다, 저장되다, 곳간에 넣어지다. (blow out the crust, dirts of corns) contain, retain, store, put into, to be stored, put into barn.

• **아이다** a-idha, 𑖀𑖂𑖠 (अ-इध): '아니다'의 경상도 사투리, 부정한다, 위치하고 있지 않다, 있지 않다, 그 상태, 상황이 아니다. no, it is not placed, not stored, not laid in, not retained, not got to a state or condition.

• **아니다** a-nidha, 𑖀𑖡𑖰𑖠 (अ-नधि): 아이다와 같은 뜻.

• **이카** eka, 𑖊𑖎 (एक): 경상도 사투리로 '이것', 하나, 각각, 이것이. one, each, this one.

• **모** mo, 𑖦𑖺 (मो): 경상도 사투리로 '못', 할 수 없다, 못한다, 완수할 수 없다. not capable to doing, not able to work out, incapable of accomplishing.

• **우쭐** ut-tul, 𑖄𑖝𑖿-𑖝𑖲𑖩 (उत्-तुलः): 뽐내다, 거만하게 행동하다, 세우다, 설립하다, 일으켜 세우다. boast, behave arrogantly, to erect, set up, raise up.

• **파란** paran, 𑖢𑖨𑖯𑖜𑖿 (पराण्): 청색, 어두운 청색, 맑은 청색, 외진, 먼, 가장 먼, 멀리 떨어져, 다른 쪽에, 가장 높은, 푸른 하늘, blue, dark blue, clear blue, remote, distant, farthest, far away, on the other side, highest above, blue sky.

• **어둡다** adi^pta, 𑖁𑖟𑖰𑖢𑖿𑖝 (आदप्ि): 사투리로 '어덥다', '아덥다', 캄캄한, 밝지 않은, 동트지 않은, 밤에. dark, gloomy, at dusk, in the night.

• **무르다** murda, 𑖦𑖲𑖨𑖿𑖟 (मुरद): 부드러운, 연한, 매끄러운, 다정한, 순한, 점잖은. mellow, soft, smooth, tender, mild, gentle.

• **오므리다** o-mri-da, 𑖌𑖦𑖴-𑖟 (ओ-मृ-): 죽이다, 사냥하다, 상처 내다, 가져오다, 죽다, 끔찍하게 죽다. kill, hunt, hurt, fetch, die, perish. (사냥할 때 포위하고, 포위를 오므려서 대상을 죽인다는 뜻에서 현재의 의미가 남음)

• **다부지다** dabh-ji-dha^, 𑖟𑖥𑖕𑖱𑖠 (दभ-जी-ध): 추진하다, 행

동을 밀어붙이다, ~해야만 하게 하다, 파괴하다. drive, push into motion, impel, destroy.

• **엮다** yukta, युद्ध (युक्त): 결합하다, 두 부분을 연결하여 채우다, 일하게 준비하다, 마구馬具, 벨트 매다, 멍에를 씌우다, ~에 연관되다. joined, fastened, set to work, harnessed, yoked, engaged in.

• **멋있다** mudita, मुदित (मुदिता) = moda, मोद (मोद), mud, मुद् (मुद्): 특정한 유형의, 유행, 패션, 인기 있는, 섹시한, 맛있는, 멋진, 아름다운. vogue, fashion, popular, tasty, delicious, stylish, beautiful.

• **널뛰(고)** nr'tya, नृत्य (नृत्य): 높이 길게 뛰다, 발로 밟고 뛰다, 판 위에서 밟고 노는 놀이, 노는 경기, 뛰기. leap, jump, tread play on a pannel, play sports, leaping, jumping.

• **울렁(이는)** ul-langh, उल्-लङ्घ (उल-लङ्घ): 흔들리다, 뛰어넘다, 피하다, 침해하다, 불쾌하게 여기다, 충격을 받은. shake, leap over, pass over, violate, offend, to be offended, shaken.

• **여주다** yuju-dha, युजुध (युजु-ध): 옛말, 사투리, 주다, 여며주다, 조여주다, 넣어주다, 수여하다, 보관케 하다, 벨트를 여며주다, 보유하다, 갖다, 얻게 되다. give, fasten, bind, put into, confer, keep, harness, possess, take hold of, retain, gain.

• **흑수 백산**黑水 白山: 우리 민족이 히말라야산맥의 발상지에서 최초로 옮겨 간 지역의 이름으로써 『환단고기』 등에 기록되어 있다. 영양이 풍부한 물이 흘러 검은빛으로 보여서 흑산이고, 흰 눈이 봉우리에 있어서 백산이라 불렸던 곳이다. 히말라야산맥의 동부 지역으로 타림 분지 내의 지역이 해당된다. 타림강은 검은빛이고 한 텡그리산은 흰 봉우리이다. (우창수 역사가의 탐사 연구 결과이며, 마고성, 환인 아사달 등에 대하여 원주민들의 구술이 있었고 이 성터들이 남아 있었다고 한다. 필자도 우리말 어원을 공부한 결과로써 이 연구에 동의한다)

• **꿇(다)** kurh, कुर्ह (कुर्ह): 무릎 꿇다, 지배당하다, 기분이 좀 우울한, 압도당하다, 숙이다, 굴복하다, 소리를 중얼거리다. kneel down, to be conquered, subdued, overcome, bend down, submit one's self to, utter a sound.

• **불어나다** vridha^, वृध (वृध): 증가하다, 확대되다, 번창하다, 크게 하다, 흐르는 물, 물 넘치다, 팽창하다, 힘이나 권력을 갖다. increase, expand, thrive, make big, flood, overflow, inflate, have power or authority.

- **다그치다** dagh-chida, र ᄄ-ᘓ ᨦ र ह़ (दग्ध-चिदि): 책망, 탓하다, 공격하다, 때리다, 알아내다, 접근하다, 축출당하다, 탓을 당하다, 방해받다. reproach, blame, strike, beat, peck out, approach, cause to be expelled, blamed, disturbed.
- **뚜(드려 패다)** tud, ᄀ ᘉ र (तुद्): 무자비하게 때리다, 폭행하다, 격렬하게 치다, 겁먹게 하다, 심하게 벌주다. beat ruthlessly, attack, strike vehemently, frighten, punish severely.
- **오지다** oji-dha^, ᘉ ᘕ ᨦ ᄎᅠ ह़ (ओजि-धा): 열매가 실한, 효율적인, 효과적인, 강한, 단단한, 먹을 수 있는, 생명력 있는. fruitful, efficient, effectual, to be strong, solid, edible, vital.
- **재우다** jada, ᘕ ᘌ र (जद): (소금에) 축적하다, (양념에) 재우다, 저장소에 두다, 무기력해진, 잠이 든. to be stored(in salt), preserved(in seasonings), kept in storage, to be torpid, asleep.
- **넣(다)** ni-yuji, ᘍ ᨦ ᘚ ᘓ ᘕ ᨦ (नि-युजि): 옛말, 사투리로 '니여두다', '녀두다', '여두다', 넣어두다, 몸에 걸치다, 내려놓다, 유지하다. put into, put on, lay down, keep.
- **부리** bhrihi, ᘚ ᘘ ᨦ ᘕ ᨦ (भृहि): (새) 주둥이, 부리, 날카롭게 끝을 이룬 맨 끝, 끝점. beak(as a bird), sharp pointed edge, point.
- **나락** nalaka, ᘍ ᘌ ᘮ ᘐ (नलका): 곡식 이삭, 벼, 이삭 줍다, 식물 줄기, 식물이 든 자루, 기다란 용기들, 덮는 천. ears of corn, rice, glean, a stalk of plants, any tubular vessel, veil.
- **벌레** valli, ᘓ ᘌ ᘮ ᘮ ᨦ (वल्ली): 곤충, 땅속 벌레, 기생충, 기어다니는 곤충, 벌레. an insect, worm, a creeping insect or worm.
- **새** sa, ᚠᘌ ᨦ (स) = sai, ᚠᘌ ᨦ (स): 새, 새 떼, 간격, 금 간 것, 작은 구멍, 두 물건의 간격, 시간의 간격이나 경과, 날아가다, 서둘러 가다. a bird, a flock of birds, a gap, crack, aperture, interval in between two things, lapse of time, to fly away, dash. (새가 날아서 가는 것을 보고, 공간의 간격, 시간의 사이라는 의미로 확대됨)
- **기** gi^h, ᚠ ᨦ ᘎ (गिह): 생명력, 말[言], 젖. vitality, speech, milk.
- **기가** giga, ᚠ ᨦ ᚠᘌ (गिग): 생명력, 기질, 삶의 생명력, 힘, 강함. vitality, vein, vitality of life, power, strength(기가 있는 것).
- **다 썼다** das-ta, र ᚠ ᄀ ᘌ (दास-त): 사투리로 '다스타', 불에 타 없어지다, 사용되다, 소진되다. to be burned, used up, exhausted. ('불에 타(das)면서 도둑을 맞은 것처럼 없어지다(ta)'라는 뜻에서 '소진되다'라는 뜻으로 확

장됨. 지금의 '다 썼다'라는 표기는 어원적으로는 '다썼타'가 옳은 표기임)

- **타, (다 썼) 다 ta, ㄷ(ㅊㅔ):** 불타다, 따[地], 땅, 불타, 보석, 과일즙이나 꿀, 미덕이나 복덕, 도둑, 사악한 사람, 꼬리, 가슴 혹은 속이 타다, 자궁, 엉덩이, 가로지르다. fire, land, Buddha, a jewel, nectar, virtue, thief, a wicked man, a tail, the breast, the womb, the hip, crossing. ('불이 타다'의 '타'는 불타다의 뜻이고, '손 타다'의 '타'는 도둑이라는 의미이다. '타 먹다'의 '타'는 꿀이나 과즙을 섞어 먹는다는 것이고, '올라타다'의 '타'는 여성 몸에 올라가 성교한다는 의미이다. '천이나 박을 타다'의 '타'는 천이나 박을 가로질러 자른다라는 뜻이고, '속이 타다'의 '타'는 the breast에서 나온 의미로 '탄, tan, ㄷㅊ'은 고통을 겪다, to afflict with pain이다)

- **절 dri, ㄷㅈ(ㄷㄹㅣ):** 옛말, 사투리로 '덜', 절, 그 앞에 머리와 허리를 굽히다, 찬양, 공경, 숭배, 헌정하다. bow down before, praise, honor, worship, dedicate.

- **두루 du^ri, ㄷㅈㅈ(ㄷㅈㅊ):** 멀리까지 덮다, 멀리 뻗은, 먼, 끝이 없는. covering distant, far extended, remote, boundless.

- **대여(주다) daya, ㄷㅁ(ㄷㅑ):** 젖을 대여주다, 영양을 공급해주다, 젖 빨리다, 만족케하다, 공급되게 하다, 제공되게 하다, 유지하다. cause to be milked, nourished, sucked, satisfied, supplied, provided, sustained.

- **구린(내) ghurin, ㅁㅈㅈㅊㅅ(ㄱ리니):** 악취를 맡은. smell stingking, dirty smell, spoiled odor.

- **이쁜이 ni-puni, ㅈㅊㄷㅈㅊㅅ(ㄴㅣ-ㅍㅜ니):** 사투리, 옛말로 '니뿌니', 순수한 여인, 고결하고 지적인 소녀, 고결한 족장. pure lady, virtuous and intelligent girl, virtuous chieftain. (여성이 집단의 지도자이던 시기 즉 모계사회일 때 생겨난 단어임)

- **허드레 hud-dhriya, ㅈㅈㅈ-ㅈㅈㅊㅁ(ㅎㅜㄷ-ㄷㄹㅣㅑ):** 저장된 하찮은 물건들, 곳간이나 헛간에 모아두다. trifle things to be stored, accumulated in the barn or hut.

- **꼴 kola, ㅈㅈㄷ(ㅋㅗㄹㅏ):** (소, 가축) 먹이, 풀, 건초, 사료, 여성의 가슴, 젖, 엉덩이. forage, plants, hay, feed, woman's breast, milk, hip.

- **두레박 dhu^re-vahakhi, ㅈㅈㅈㅁ-ㅈㅈㅈㅊ(ㄷㅊㄹㅣ-바ㅎㅋ):** 물바가지, 줄에 조여 매어진 이동하는 바가지. a water basket, conveying basket harnessed, tied up with a string.

- **비누 vi-nud, ㅈㅊ-ㅈㅈㅈ(ㅂㅣ-ㄴㅜㄷ):** 씻다, 깨끗이 하다, 털어내다,

238

제거하다, 먼지 밀어내다, 맑게 하다, 비누, 세탁을 위한 물건. to wash, clean, fall out, remove, push out(as dirts), purify, soap, a substance for, cleaning, washing.

- 딱까리 takari, ㅈㅈㅈ ᰀ(तकरी): 사투리, 비속어, (솥)뚜껑, 덮개, 음부의 외음순, 외음부. a cap, lid, cover, sheath of womb, pudenda. ('궂은일을 처리하는 부하나 아랫사람'이라는 뜻의 사투리나 비속어로 쓰임)
- 사발 sa-bara, ᰀᰀ-ㅈㅈㅈ(स-बर): 밥그릇, 식판, 음식 그릇, 도자기 그릇, 담는 용기. bowl, plate, food ware, ceramic ware, container.
- 여자 ni^ye ja, ᰀᰀㅈᰀᰀᰀ(नियेजा): 여성 지도자의 정중한 표현, 모계사회의 족장, 여성 부모. courtesy title of woman ruler, chieftain of a maternal society, woman parent.
- 지지배 ji-jiva, ᰀᰀ-ᰀᰀᰀᰀ(जि-जी): 사투리로 '지지바', 아들, 딸을 낳는 자궁으로서 살아 있는 몸. the living body as a womb from which son and daughter may be born, produced.
- (귀)머거리 mu^kri, ㅈㅈㅈㅈ ᰀ(मुक्रि): 귀 먹음, 조용한, 침묵, 조용히 삼키다. deaf, no sound in the ears, silent, tongue tied, eat, devour swallow silence.
- 무타 mu^-ta, ㅈㅈㅈ(मु-त): '묶다', '무無다'의 사투리, 침묵하는, 혀를 묶다, 마지막 해방. kept silent, tranquil, tongue tied up, bound, final emancipation,
- 무 mu^, ㅈㅈ(मु): 침묵, 정각. reached the highest sublimated state of enlightened knowledge, the illusive perception tends to intend upon the permanent existence of one's own essential nature/self-nature.
- 바보 baka, ㅈㅈㅈ(बका): 옛말, 비속어로 '바까', '바가', 무지한 사람, 멍청한 자식. an ignorant man, a stupid fellow. (일본어이기 전에 우리 옛말이었으나, 현재는 우리는 안 쓰는 말이 되었다)
- 까마귀 ghama-gi^, ㅈㅈㅈㅈ ᰀ(घाम-गि): 까마귀, 검은 새의 한 종류. a crow, a kind of black bird.

제5부

나의 시간

에누리* 없*는 장사가 어디* 있느냐고
나의 시간을 사 가는 손님이
싸게 하자고 보챈다

팔지 않을 수 없는 시간이지만
에누리를 해주고 싶지 않다

이미
나의 시간에는
기쁨만이 가득 들어차 있기 때문이다
나의 시간에는
슬픔과 번민이 없기 때문이다

덜어내지 않은
온전한 기쁨을 가지게 하고 싶고

손님이
아따*!
오지구만*! 하면서
기쁨으로만 가득 차기를 바라기 때문이다

• **에누리** e-nri, (ई-नृ): 옛말로 '에느리', 가격을 깎다. cut off the price, seek to discount, hurl down. break off the price.

• **없다** i-yupta, (इ-युप्ता): 옛말로 '이없다', 가지고 있지 않다, 존재하지 않다, 정신이 없다. not to have, not possessed, not retained, not obtain, not exist, cause to be troubled, disturbed, confused, perplexed in mind.

• **어디** adhi, (अधि): 어떤 방향을 향해서, 어떤 곳, 옆에, 멀리, 밖에. to, toward, away, above, over, beside, distant, outsides.

• **아따** ad-dha, (अद-धा): 전라도 사투리, 진실로, 확실히. certainly, truly, indeed, manifestly.

• **오지구만** o'ji-ghu-man, (ओ-जि-घु-मन): 정력적, 실한, 활력이 넘치는, 효율적인, 능률적인, 능력 있는 것으로 생각되고 여겨지는. to be regarded, considered to be vigorous, powerful, vital, fruitful, useful, efficient, ability.

고맙습니다

부모님이 골°수를 빼서 만드신 돈으로 공부를 했으나
무슨 벼슬이나 하는 것처럼
골치 아프°다고 까탈스럽게 군° 적이 많았어요
급하고 예민한 성격이었어요
'날°마다 나의 성질을 다듬°자, 나는 나를 고치다°'가
좌우명일 때가 있었고요
성인이 되어서는 사는 일이 어렵고, 복잡하고, 아파서
여기, 지금 내가 존재하고 있는 것이
무슨 일이고,
무슨 사건이 일어난 것인가?
세상과 우주 만물은 또 어떻게 이런가? 하고
걸으면서도, 앉아서도, 쉬면서도, 일하면서도
생각을 모으°고 모으다가
다음°의 체험에 이르렀어요
생각하고 정신을 모으는 어느 순간
존재를 품고 있는 시공간 전체가,
과거, 미래, 현재라고 부르는 시간과
이곳과 거기라는 공간이, 모두 하나가 되어
한 점 빛으로 작아지고 작아지며 빛났어요

만나'는 삼라만상이 춤추는 빛이 되어 일렁였어요
시간이 찰나, 찰나로 영원인 듯 고요하였어요
그렇게 지내오다가 어느 날, 어느 찰나,
'죽어도 좋아'라고
그것마저 놓아버리는 상황을 겪었어요
그 순간,
한없이 자유로왔어요
가벼움 속에 나에 대한 인식이 사라지고
환희롭고 아름다웠어요
그 후 이 일이 어떤 현상인가 하여
경전을 읽고 확인하니'
자비로움 속에서 몸에 밴 습관을 고치는 일이 남았어요.
소년일 때와 똑같이 여전히 성질을 고쳐야만 하는 것이지요
자비의 마음이 안팎을 감쌉니다
부모님 고맙습니다'

- 골 ghol, ꡠꡜꡘ (ꡁꡡꡙ): 뇌의 반유동적인 물질, 뇌의 혈관, 골수. the semi-fluid substance of the brain, soft vascular tissue, marrow in the brain.
- 골치 아푸 ghol-chi-apu, ꡠꡜꡘ-ꡐꡛ-ꡘꡜꡋ (ꡁꡡꡙ-ꡄꡞ-ꡀꡚꡟ): 머리 통증으로 고통받다. 교란되고, 문제 되는 의식 능력이 되다. 당황하게 하다, 혼란스럽게 하다, 어리둥절하게 만들다. suffer from head ache. make the faculty of the consciousness disturbed, troubled. cause to be disturbed, perplexed, confused, at a loss.
- 군, 구나 guna, ꡢꡘꡛ (ꡂꡟꡋꡜ): 익숙하다, 능숙하다, 기술 좋다, 좋다, 양질이다, 훌륭하다. skillful, well versed in, good, excellent in quality, wonderful.
- 날 nri, ꡛ꡵ꡏ (ꡂꡟ): 날[日], 해시계, 늘어나다, 넓어지다, 팽창하다, 이끌다. a day, sun dial, extend, widen, expend, lead.
- 다듬다 dai-dam-ta, ꡩꡘꡏ-ꡛꡊꡘ (ꡊꡨ-ꡊꡏ-ꡈꡨ): 정제하고 길들이다, 훈련시키다, 길들이다. purify and tame, cause to be trained, tamed, disciplined, purified.
- 고치다 go-ci-dha, ꡁꡜꡏ-ꡝ (ꡂꡡ-ꡄꡞ-ꡊꡨ): 가축의 우리나 담장을 개축하다, 개조하다, 벽을 고치다, 집을 짓거나 개축하다. mending, improving walls, stable, building or renovating a house in good shape.
- 모다 modha, ꡒꡜꡝ (ꡏꡡꡊꡨ): 전라도 사투리로 '모으다', 함께 만나다, 집적하다. collect together, meet, assemble, join together, heap up, accumulate.
- 다음 dha^um, ꡝꡩꡘꡒ (ꡊꡨꡀꡏ): 아래와 같이 특정하다, 내용을 표현하다, 착수하다, 함유되어 있다, 지지하고 인정하다. specifying (as in the following), expressed (as contents), set out, contained, supported by, granted upon.
- 만나다 manada, ꡒꡩꡛꡘ (ꡏꡋꡊꡨ): 상봉하다, 얼굴끼리 만나다, 존경하다. encounter, meet face to face, honor, respect.
- 하니 ha^ni, ꡄꡩꡘꡏ (ꡜꡨꡋꡞ): (일을 하니 일이) 줄어들다, 일이 감해진다, 버리다, 포기하다, 후퇴하다, 돌아오다, (일에서) 자유롭게 되다. decrease, diminish, abandon, give up, retreat, come back, free away.
- 고맙습니다 go-mah-subh-ni-da, ꡁꡜ-ꡒꡘ-ꡛꡦꡜꡘ-ꡛꡘ-ꡝꡘ (ꡂꡡ-ꡏꡜ-ꡛꡟꡜ-ꡋꡞ-ꡊꡨ): 소가 일한 큰 노고에 감사하다. (고, go, ꡁꡜ (ꡂꡡ) = 소, cow

246

/ - /맙, 마, 마ㅎ, mah, ꏄꓱꙅ(마ㅎ)= 많다, 큰, 좋다, great. good/ - /습, subh, ꛢ
ꙁꙅ(수ㅂ)= 찬양, 칭찬하다, 좋다, 상서롭다, praise, good, auspicious,/ - / 니, ni,
ꙅ(니) = 가까이, 근접하다, near, approach,/ -/ 다, da, ꙅ(ᄃ) = 주다, give. 신령
스럽고 힘 좋은 소(고)를 빌려주셔서, 저의 일을 참 많이(맙) 하였으니, 님(니)
께, 고마움으로 찬양(습) 드리고, 그 마음 변함이 없이 있겠습니다(다), '고마
워'의 경우를 봐도 '고맙습니다'의 '맙'은 '마, 마ㅎ'가 어원으로 맞다. '고맙습
니다'는 '고마ㅎ+습니다'이다)

• 마, 마ㅎ mah, ꏄꓱꙅ(마ㅎ): 많다, 큰, 좋다. great. good.
• 습subh, ꛢꙁꙅ(수ㅂ): 찬양, 칭찬하다, 좋다, 상서롭다. praise, good,
auspicious.

있다

완전한 고요여
그 가운데에 있다*
있*다는 것이랄 것도 없이
있다*

나라는 인식이 없으니
시간이 그 자체로서 온전하여
찰나 찰나가 고요하고
영원이다*

삼라만상이*
아무 조건도 없이 오롯하게 있다
변함없는 자리에서 솟아나 빛나니
만화경이요 신기루요 신비로움이다
환희롭다
좋고도 좋을 뿐이다

- **있다** i^s-dha, ℘유-𐤓(유-때): 완전히 장악한 상태나 조건이 되다. get into or come to a state of governing, ruling over.
- **〜다** ~dha^, 𐤓ㅠ(~때): 어떤 상태, 조건이 되다, 구비되어 있다, 생각되다, 인지되다. get into or come to a state or condition, to be placed, stored, laid in or on, thought, perceived. (in the womb)
- **있** i^s, ℘유(유): 소유하고 있다, 장악하다, 다스리다, 지배하다. have, possess, hold, get, retain, take hold of, manage, govern, rule over.
- **이싼나** i^s'ana, ℘유ㅋㅌ𐤓ㅌ(유ᄃ아ᄁ): 옛말로 '이싼', 지배자, 부유한 사람, 있는 사람, 부자이면서 힘있는 사람. a ruler, man of power, authority, wealth, man of wealth and mighty power. ('있'는 사람을 뜻하는 말로서, 박완섭 시인이 페북에 쓰기를, 공초 오상순 선생의 전집에 '이싼'이라는 단어가 있는데 그 의미를 알 수 없다고 해서 답글에 단 내용임)
- **이다** ida^, ℘ㅌㅌ(으새): 이 순간, 현재, 지금, 이제. at this moment, at present time, up to now.
- **이다** i-da, ℘ㅌㅌ(으-ᄃ): 현재, 순간에, 지금, 돕다, 보살피다. up to now, present, to give, donate, helping, serving, denoting, implying.
- **이다^** i-dha^, ℘-𐤓ㅌ(으-ᄃ): (지금, 이 순간) 어떤 상태나 조건에 이르다, 닿다. come to or get to a state or condition, to be contained, stored, placed, laid in or on.
- **이** i, ℘(으): 그, 그녀, 이것, 그들, 이 녀석, 이 사람, 이 인간, 그 인간, 그것, 사람들. he, she, it, they, this fellow, this man, this/that person, this/that one, lots of people. (명사가 생기기 전에 대명사로서 '이'가 쓰였고, 명사가 발달하면서부터는 명사 뒤에 붙어서 어조사 '이'가 되었다)

누렁소야! 이 몸뚱이야!

이리야*
이리야 짜짜 히야*

일을 하니* 좋잖니
우리가 기르*는 밭의 파릇*한 새싹들을 보아라
껄렁껄렁*대고 놀*았어봐*
밥*이 나오더냐* 보리*쌀이 생기더냐
걸칠 삼베*가 어디서 뚝 떨어지더냐
주워 먹고 쪼*아 먹어야 했을 것이다
그래*
우리 그동안 아주 게으르게* 살지는 않았다

너 힘들면 내가 앞에 가마*
덥*고 힘들어도 다치*지는 마라
일에 굴*복하지는 않았지만 사타구니*에 오줌은 지리*느냐
가뜩*이나 뻣뻣*한 몸을 늙도록 부리*고
밭을 갈*게 하니
눈물이 눈시울에 서리*는구나

거울˚ 앞에 서면 빼빼˚한 팔다리로,

쌍둥이 얼굴로 쳐다보는

안쓰러운 새끼˚야 정다운 친구야

입맛이 없어도 누가 보내왔으니 전기 가마˚에 구운

고구마라도 맛보지 그러니

너 때문에 뒤주˚에 곡식이 떨어지지 않았다

너를 위해서도 그리˚ 오래 정신을 집중하는

푸닥거리˚를 하였구나

이제 기어코

자유롭게 두려움 없이

너를 이만치 두고 바로 볼 수 있게 되었구나

입 닥치˚라는 듯 오히려 잠잠˚히 있는 너를 두고

글쎄˚ 여태˚ 혼자 씨부리˚는 것 같아도

인연으로 만난 너를 죽도록 좋아하리˚라 좋아히˚여야지

마음먹은 지 이미 오래되었다

너를 비롯하여 너와 다름없는 만물을 공경하고 우러러˚보는

순간, 순간이 상서롭다˚

이리야!
이리야 짜짜 히야!
우리 어두워질 때까지
이 세상에 와서 마냥 헛것*일 수는 없으니
오늘은 아주 뒤늦게* 쉬더라도,
내일*은 아주 이르게 일어나더라도 함께 가자꾸나

- **이리야** iriya, ⑨ ꣼ ⑨ ꣼ (इरिया): (소 몰 때) 이랴!, 일어나다, 기운내다, 흥분하다. to be risen up, arose from, energetic, cause to be powerful, restored to vitality, cause to be excited, elevate, pluck up.

- **이리야 짜짜 히야** iriya jjaja-hiya, ⑨ ꣼ ⑨ ꣼ - ꣼ ꣼ ꣼ ꣼ - ꣼ ⑨ (इरिया ज्जज-हिया): 극한으로 노력하다, 분투하다, 빨리 나아가다, 흥분하다, 기운내다, 빨리. make utmost effort, strive after, drive, proceed quickly, cause to be excited, energetic, quick, powerful.

- **하니** ha^ni, ꣼ ꣼ ꣼ ⑨ (हानि): (일을 하니 일이) 줄어들다, 감해진다, 버리다, 포기하다, 후퇴하다, 돌아오다, (일에서) 자유롭게 되다. decrease, diminish, abandon, give up, retreat, come back, free away.

- **기르다** gir-uh-dha, ꣼ ⑨ ꣼ - ꣼ ꣼ - ꣼ (गिर -उह -धा): 키우다, 기르다, 양육하다, 길러지다, 양육되다. grow, rear, nourish, foster, cause to be grown, nourished, subsisted by.

- **파룻** pa-rudh, ꣼ ꣼ ꣼ ꣼ (पा-रुध्): 녹색으로 싹이 나오다, 움트다. to be sprouted, bodded, grown in green color.

- **껄렁껄렁** khel-ang khel-langh, ꣼ ꣼ ꣼ - ꣼ ꣼ ꣼ - ꣼ ꣼ ꣼ - ꣼ ꣼ ꣼ ꣼ (खेल-अड खेल-लड): (몸을) 건들거리다, 흔들다, 불안하게 만들다, 무례하게 행동하다, 앞으로 움직이다, 허영심 많은 존경을 보이다, 들썩이며 걷는다. shake about, tremble, agitate, behave arrogantly, move to and fro, show up vain glory, walk along restlessly.

- **놀** lul, ꣼ ꣼ ⑨ (लुल्): 놀다, 흔들고 춤추다, 즐겁게 하다, 즐겁게 만들다, 즐거운 시간을 갖게 하다, 게임을 하거나 경주하다, 이리저리 거닐다. play, swing, make sport, make merry, amuse, play games or race, ramble about.

- **(았)어봐** sva, ꣼ ꣼ ꣼ (स्व): '~했어봐'의 옛말로 '서바', 몸소, 스스로, 자신이 (~) 했어봐, ~엇서봐. of one's own, his own, their one, by or in one's self, in person. ('서바'로서 어원에 의하면 '~써어봐'의 연음법칙이 필요치 않음을 보여준다)

- **밥** pappa, ꣼ ꣼ ꣼ ꣼ ꣼ (पप्पा)=**빠** pa^, ꣼ ꣼: 쌀, 밥, 음식, 식사. rice, food, meal.

- **(~)더냐** dhiyana, ꣼ ⑨ ꣼ ꣼ (धियाना): 경상, 전라 사투리로 '(~)디야', ~라고 생각한다, 인지하다, 명상하다, 알다, 생각되다, 인지되다. think, perceive, meditate, know, acknowledge, to be thought, perceived.

- 보리 vrihi, ᬳ ᬭ ᬶ ᬳ ᬶ (वृहि): 보리 알갱이들, 쌀의 야생 낱알들. barley grains, wild grains of rice.
- 베 ve, ᬳ ᬯ (वङ्क): 옷을 짓다, 베를 짜다, 직물을 짜다, 직물이 지어 진, 질감을 살린, 좋게 보이는. woven clothes, to weave, to be woven, textured, on a good loom.
- 쪼다 cho-ta, ᬳᬜ᭄-ᬭ (चो-त): 부리로 쪼다, 먹다, 자르다. peck out with beak, eat, cut off.
- 그래 graha, ᬕ ᬭ ᬱ ᬳ (ग्रहः): 이해하다, 알다, 인식하다, 인지하다. comprehend, understand, know, see, perceive.
- 게으르(다) gehi-uliya, ᬕ ᬳᬶ ᬶ-ᬋᬊ ᬶ ᬬ (गेहि-उलिया): 나태하다, 게 으르다, 일하지 않고 집에서 시간을 낭비하다, 겨울철에 집 안에서 지내다. to be idle, lazy, waste time at home without doing work, make a living during winter season.
- 앞에 가마 apa-gama, ᬱ ᬤᬱ-ᬕ ᬫ (अप-गम): 앞에 가다, 뒤에 남기 다, 쭉 가다. go forward, leave behind, walk along.
- 덥(고) du-va, ᬭ ᬊ-ᬭ ᬱ (दु-वा): 경상도 사투리로 '더봐', 뜨겁다, 날씨가 따뜻하다, 열, 화상, 불이 붙다. hot, warm (as weather), heat, burn, ignite.
- 다치다 dah-chi-ta, ᬭ ᬱ ᬳ-ᬜ ᬶ-ᬭ (दह-चि-ता): 화상을 입다, 다 쳐 아프다, 부상을 입다, 상처를 입다, 불에 의해 해를 입다. to be burned, hurt, wounded, injured, harmed by fire.
- 굴(복하다) ghu^r, ᬫ ᬊ ᬭ (घुर): 무릎을 꿇다, 굴복하여 절하다, 차 단하다, 다치다, 상처를 입다, 정복당하다, 좀 우울한, 조각으로 부 서지다, 분리되다. kneel down, bow down, cut off, hurt, injure, to be conquered, subdued, broken into pieces, separated.
- 사타구니 satya-guh-ni, ᬲ ᬭ ᬬ ᬕ ᬊ ᬳ (सत्य-गुः-नि) = sata-guh-ni, ᬲ ᬭ ᬊ ᬕ ᬊ ᬳ (सता-गुः-नि) = s'attva-guh-ni, ᬲ ᬭ ᬠ ᬭᬱ-ᬕ ᬊ ᬳ ᬶ (सत्तव-गुः-नि): 생명을 출산하거나, 소대변을 보는 구멍이 있는 인체 부위. genous organ for giving birth to a baby, falling, thrusting out urine and excrement.
- 지리다 jiri-da, ᬚ ᬶ ᬭ ᬶ ᬭ (जिरि-दा): (오줌) 싸다, 배설하다, 적시 다, 오줌 누다, 분비하다, 떨어뜨리다, 펼치다, 확장시키다, 뿌리다, 소변보다, 활동적인, 빠른, 떨어뜨리는, 뿌리는. voiding, discharge, wet, piss, excrete, drop, spread, expand, sprinkle, urinate, active, speedy,

quick, dropping, sprinkling.

• **가뜩(이나)** kadd, ꙮ (कद्): 어려운, 거친, 불리한, 심한, 힘든. hard, rough, adverse, severe, tough.

• **뻣뻣** pu^t pu^t, (पुत्पुत्): 가파른, 거친, 힘든, 잘 소화 되지 않은, 어렵게 숨 쉬는. steep, rough, tough, not well digest, hard breathing.

• **부리(다)** bhrih, (भृ): 누구를 일하게 만들다, 고용되다, 취 직되다, 노동하다, 운동하다, 진행시키다. make someone to do, cause to be hired, employed, work out, drive.

• **(밭을)갈다** ghari-da, (घरि-दा): 쟁기질하다, 삽질하다, 쟁기질하게 되다, 삽질하게 되다, 땅, 가루로 만든, 녹여진, 다져 진. plough, shovel, cause to be ploughed, shovelled, ground, powered, dissolved, chopped.

• **서리다** srida, (श्रीद): 물기, 습기에 젖다, 증기에 쏘이다, 물기, 습기에 잠기다. to be moistened, wet, steamed, soaked.

• **거울** gauro, (गौरो): 거울에 반사되는, 눈부신, 아름다운 색 깔들, 반사하는, (거울의)광택. reflecting on mirror, brilliant, beautiful colors, reflecting upon, brilliance (a mirror).

• **빼빼** pa^pe, (पापे): 호리호리한, 쇠약한, 살찌지 않은, 약 해서 줄어들다, 불쌍한, 나쁜, 사악한, 악랄한, 못된. slim, emaciated, not fat, wane, bad, evil, vicious, wretched, wicked.

• **새끼** sakhi, (सखी): 오래되고 애정 어린 친구, 동료, 벗. a fellow, old & affectionate friend, a companion. (본디 묵은 친구를 의미하 다가 후에 자식이라는 의미가 더해짐. 이 새끼, 저 새끼 할 때 본디는 욕이 아니 었음)

• **가마** ghama^, (घमा): 요窯, 가마, 용광로, 도자기 가마, 어둠, 검게 그을린, 햇빛에 그을린, 검음, 가볍게 화상 입은. kiln, furnace, fire chamber for burning porcelain, darkness, smokedness, tanned color, blackness, lightly burned.

• **~보지** bhuji, (भुजी): 음식을 ~해보지, 맛보지, 먹고 마셔 보지, 음식을 즐겨보지. taste, try to eat or drink, to be enjoyed in food, to be delighted in food. ('~보지'라는 말은 본디 먹는 것에서 시작된 말임을 알 수 있다)

• **뒤주** dhi-ju, (धि-जू)=뒤지 (전라도 사투리) dhi-ji,

(धिज): 쌀이나 곡식을 저장하는 상자 혹은 저장고. a storage, chest for rice(corns).

• **그리** kri, ㅈ ㅗ ੲ(क्) = **그러티야**(북한 사투리) kritya, ㅈ ㅗ ㅈ ㄹ (कृत्यः): 일이 당연히 그렇게 되다, 동의한, 자연스러운, 원하는 대로, 옳게. cause to be done, performed, worked out, carried out, suitable, proper, fit, agreeable, natural, desirable, righteous.

• **그리** gri, ㅠ ㅗ ੲ(गरि) = gu^rta, ㅠ ㅎ ㅗ ㅈ (गुरता): 찬성하다, 동의하다, 좋거나 이익된다고 여기다. approve, agree to, consider good or advantageous.

• **푸닥거리** pu-dagh-ciya- kshi/kri, ㄷ ㅎ-ㅈ ㅍ-ㅈ ੲ ㄹ-ㅈ ㅂ ੲ/ㅈ ㅗ ੲ(पु-दघ-सिया/क्): 악귀를 영접하고, 다그쳐 밖으로 끌어내다. accept, greet the evil spirit, strike and agitate it, and then exorcise it outside of the house.

• **닥치(다)** dagh-ci, ㅈ ㅍ-ㅈ ੲ(दघ-चि): 다치게 하다, 속박하다, 죽이다, 공격하다, 쪼다, 고발하다, 방해하다, 얽어매서 꼼짝 못하게 하다, 속박되다, 얽어매지다, 고발되다. hurt, fetter, kill, attack, peck out, impeach, hinder, entangle, to be fettered, entangled, impeached.

• **잠잠(히)** jham-jham, ㅈ ㅍ ㅁ-ㅈ ㅍ ㅁ(झं-झम्): 낮은 목소리로 중얼거리는, 말하는, 조용히 말하는, 속삭이는, 고요하게 말하는. murmuring in low voice, chatting, talking silently, whispering, speaking quietly.

• **글쎄** glesh, ㅠ ਲ ੲ ㅂ(ग्लेश): 상상하다, 추측하다, 인지하다, 생각하다, 찾다, 찾아내다. imagine, guess, perceive, think, seek, find out.

• **여태** yata, ㄹ ㅈ (यत इति): 지나갔다, 진행됐다, 달아났다, 탈출했다, 가버렸다, 사라졌다, 주었다. passed away, proceeded, fled, escaped, one by, disappeared, died.

• **씨불이(다)** svuri, ㅂ ੲ ㅎ ㅗ ੲ(स्वुरिः): 소리, 리듬, 입으로 소리, 말을 하다, 공명 소리를 내다. sound, rhythm, utter, speak, make a resonant sound.(어원으로 보면 씨부리다가 맞으며, 연음법칙이 필요 없었다)

• **하리(다)** harya, ㅎ ㅗ ㄹ(हर्य): 하다, 하리다, 좋아하다, 결심하다, 원하다, 충성하다. resolve, exert, oneself to make effort, yearn after, long for, to be determined to decide, delight in, pleased to do, prefer.

• **히** hi, ㅎ ੲ(नमस्कार): 사투리로 히(다)는 뜻으로 히(다, 하리(다))와 동일, '하다'의 '하'와 동일.

• **우러러** ullal, ᘔᘔᘔ ᗕᘔ (उल्लल): 존경하여 위로 쳐다보다, 명예를 드리다, 칭송하다, 숭배하다, 존중하다, 그 앞에서 머리를 숙이다. look up to, honor, praise, worship, respect, bow down before.

• **롭다** ropita, ᗥᗕᗪᗕᗡ (रोपिता): 올리다, 순수하게 하다, 승화시키다, 높이다, 찬송하다. elevated, purified, sublimated, risen up, raised, praised.

• **헛(것)** hud, ᘔᗕᗡ (हुद): 헛간이나 곳간에 놓인 사소한 물건들, 헛간, 저장소, 곳간, 창고, 기구. trifle thinks stored in the hut or barn, hut, cottage, barn, warehouse, tools.

• **뒤늦게** di-ni-kheya, ᗡᘔᗡᘔᘔᗕᗡᗕ (दि-नि-खेया): 해 진 후에, 황혼에, 저녁에, 밤늦게. after the sun set, at dusk, in the evening, late at night.

• **내일** nai-i^r, ᗡᗕᘔ-ᘔᗡ (नै-इर): 내일, 그다음 날, 곧 해가 떠오른다, 동이 틀 무렵. tomorrow, the next day, get near to arise (as the sun), about dawn.

체험이라니

힘들고, 고통스럽고,
우울은 밀려오고,
어˚! 어! 하면서, 비틀거리고 축 늘어져서 어쩔 줄 몰라 하
면서
몇 날 며칠˚을 간신히 시간을 보내는데

무슨 이유로든
갑자기
하루아침˚에 문제가 해결될 때
편안함과 자유로움이라니

갓난아이˚이고 젖먹이 아이일 때
배가 고파 힘들고, 고통스럽고,
엄마가 영영 떠나가버리셨나 생각되어 공포스러울 때

급한 걸음으로 귀가하신 어무니˚가
젖가슴을 열고 드디어˚ 맘마˚를 주실 때
꾹˚ 젖을 잡˚고 젖을 빨˚ 때의
안도감과 환희로움이라니

나라는 의식을 무기로
매 순간 온갖 생각을 일으키게 하고,
생각들에 휘둘리게 하는 탐욕스럽고 예민한
마음의 감독관이
한순간에 사라지고 없어지는 체험이라니

바라보고, 들리고, 맡고, 맛보고, 만져지고, 인식되는
모든 것이 아무런 조건 없이
그대로
맑게 밝게* 영롱하게
즐겁게 빛*나는 것이라니

- **어** u, ङ(उ): 당황할 때 어!, 도움을 원하다, 사람을 부르다, 돕다, 구하다. request help, calling a person, assist, save.
- **며칠** me-ci-ir, ꠰-ꠦ-ꠢ (मि-चि-ꠢ): 사투리로 '메칠', 태양이 솟음을 날마다 생각하고 인지하다, 항상, 매일, 하루하루. figure and perceive every day as the sunrises, constantly, every day, day by day.
- **아침** achim, ꠌꠦꠤ (अचिम्): 아침에, 동이 트고 날이 밝다, 태양이 밤의 어둠을 부수다. in the morning, the day is dawning, broken out, the sun breaks down the darkness of the night.
- **갓난아기** gadh-rahan-agi, ꠌꠦꠢ-ꠢꠦꠢ-ꠌꠤ (गध-रहन्-आगि): 새로 태어난 아기. a newly born baby.
- **갓** gadh, ꠌꠦꠢ (गध्): 받다, 얻다, 잡다, 간직하다 데리고 가다. get, catch, retain, take.
- **나**, **라** rah, ꠢꠦꠢ (रः): 자유롭게 하다, 자궁으로부터 놓여나다. liberate, set free, separated oneself from the womb. ('갓나ㄴ아기', '놓여나다'의 나임)('rah'의 'r'인 'ㄹ'이 'ㄴ'으로 변천된 것임)
- **어무니** e-muni, ꠦꠢꠤ (ई-मुनि): 어머니, 자비를 구하는 사람. mother, a person seeking after compassion.
- **드디어** didhiya, ꠢꠤꠢꠤ꠰ (दिधिया): 사투리로 '디디야', 깊이 생각하다, 깊이 의도하다, 깊이 인지하다. carefully consider, think, intent on, perceive, meditate.
- **맘마** mamma, ꠦꠢꠦꠢ (मम्): 엄마 젖, 모유, 여성 젖가슴. mother's milk, female breast, to be milked, nourished.
- **꾹** kuk, ꠌꠡꠌ (कुक्) = **꼭** kok, ꠌꠡꠌ (कोक): 꾹 잡다, 꾹 쥐다, 잡다, 집다, 쥐다. hold firm, seize, take, make firm, pick up, retain, grasp.
- **잡** jabh, ꠎꠦꠢ (जब्ह): 와락 붙잡다, 잡아채다, 잡다, 움켜쥐다, 이빨로 뜯다, 먹다, 음식을 제공하다, 사로잡다, 빼앗다. snatch, snap at, catch, fetch, grasp, bite, eat, take, serve, possess, deprive of. (수렵 시기에 생겨난 단음절 말로, 음식이 되는 짐승이나 열매를 잡아먹을 때의 단어임)
- **빨** pa-lih, ꠢꠦꠢ (प-लिह): 빨다, 핥아 먹다, 홀짝거리다, 젖을 먹이다. suck, lick, sip, to be milked.
- **맑게** ma^rgya, ꠦꠢꠢꠌꠤ꠰ (मारग): 맑게 하다, 순수하게 하다, 깨끗이 하다, 정제케 하다. cause to be cleaned, purified, made clean, distilled, refined clean, pure.

- **빛** vich, ব ৺ফ (विच्): 빛, 앞을 비추다, 조명하다. light, shine forth, illuminate.

네

뉘라서 묻겠는가
나'가
그 일을 겪었느냐고

깜'이 되고
깜냥이 되냐고
의문이라도 갖겠는가

지구별에 와서
네미'
네미럴
지금 여기에 있는 '나'라는 '사건'의 정체와
이 '하늘과 땅, 세계'에 대해서
왜, 무엇 때문에 이렇게 있는가 하는 의문을
사무치게 가져야만
그동안 살아올 수 있었으니
고통 속에서
존재할 수 있었으니

누가 묻지 않아도
이제는 홀로
네 좋습니다라고 고요히 자답하며
빙긋이 웃으리라

귀가 없고 눈꺼풀이 떨어져
뜬 눈으로 눈 감고 있는데
창밖 나뭇가지˚에서 누가 니예˚ 니예 우짖는다
사위가 환하고 환하다

- **니** ni^, ᄼ ᅇ (ᄁᆢ): 너, 뉘(누구), 지도자, 통치자, 이성理性, 진리. you, some person, leader, ruler, king, premier.
- **깜** kam, ᅎᅿᄆ (ᄁᆡ): 지도자, 지배자, 앞선 자. head, ruler, premier.
- **갗, 가지(다)** ga-dhi, ᅏᅔᅇ (ᄁ-ᄖ): 옛말, 사투리로 '가디', 가지다, 소유하다. get, hold, have.
- **네미** nemi, ᄼᅐᄆᅇ (ᄂᆌ): 네미럴, 나쁜 상황하에, 역경 속에서도, 이를테면, 말하자면. at the edge, so called, to name it, under a bad circumstance, even though adversity.
- **가지** ga^-dhi^, ᅏᅲᅔᅇ (꾸-ᄖ): 나뭇가지, 자손子孫. branch of a tree, descendant, offspring)
- **네, 니예** niye, ᄼ ᅇ ᄅ ᄀ (ᄂᆔ): 옛말로 '니예', 네, 긍정의 대답, 진실, 예禮. yes, approval answer, truth, moral virtue, merit of goodness.

다솜

다솜*은 내 생각 없는 '무아無我*'에서야 온전히 행해지리
모든 이의 다*솜에서 생겨난 자비가 번져나가면
세계는 평화롭고
자연 생태가 회복되리

다솜의 국어사전 설명은
'사랑이라는 뜻을 가진 순우리말 중 하나이며
사실상 옛말로 분류된다'이다

웃차* 그럴테지*
다솜의 다ㅅ*는 사랑하고 숭배한다는 뜻이고,
옴*은 모든 것, 전체를 의미하니까,
또는
다*는 봉헌하고 희생하고 주고 몸을 허락한다는 뜻이고
솜*은 숭배와 열렬한 사랑을 의미하니까,

우리의 고유 말과 모든* 사투리는
오랜 옛날에 북히말라야에서부터 쓰던 옛말이니까*

다솜에서 생겨난 자비는 행하고 행하더라도 줄지 않아서
다 썼다˚라는 말이 있을 수 없는
무한의 보물이리
행하면 행할수록 더욱 늘어나는
신비의 생명체이리

나라는 의식에 매인 것 없이
무아無我로서,
광활한 자유로움 속에서
모든 것과 자비로움으로 함께하는 것이 다솜이리

바람˚처럼 햇빛처럼
다솜은 세상 만물에 들어차 있는 진리이리

- 다솜 da^s-om, ᚛ ᚔ ᚕ ᚖ ᚗ (다스-오ᄆ): 완전한 사랑. complete love. (da^s=명예, 공경, 사랑, 애정, 연민, 동정심, 친화적인, honor, worship, affection, love, compassion, lovely, amicable. /om= 전체)
- 다ᄉ da^s, ᚛ ᚔ ᚕ (다스:): 공경, 숭배, 애정, 사랑, 연민, 사랑스러움, 우호적인. honor, worship, affection, love, compassion, lovely, amicable.
- 옴 om, ᚖ ᚗ (ᅙᅩᆷ): 자궁, 생명의 근원, 전체, 전부, 함께 모으다, 함께 오다, 모든 것을 갖다, 완전. womb, vagina, embrio, the origin of life, whole, all, collect together, come together, contain all, accumulate, heap up, complete.
- 다솜 da^-sumbh, ᚛ ᚔ ᚕ ᚘ ᚖ ᚙ (다 - 숨ᄫ): 숭배하여 스스로를 봉헌하고, 몸을 허락하는 열렬한 사랑.
- 다 da^(짧은 발음으로 하는 '다'), ᚛ ᚔ (다): 주다, 승인하다, 존경의 뜻으로 수여하다, 제공하다, 봉헌하다, 희생하다, 성교를 허락하다. give, grant, bestow, offer, provide, supply, give one's self to, offer, give up, permit sexual intercourse.
- 솜, 섬 sumbh, ᚕ ᚘ ᚖ ᚙ (숨ᄫ:): 명예, 찬양, 숭배, 열렬히 사랑하다, 찬미하다, 주의를 기울이다, 장식하다, 스스로를 봉헌하다, 아름답게 꾸미다. honor, praise, worship, glorify, attend, adorn, dedicate oneself to, beautify.
- 무아無我: 불교에서 나온 말로, 분별하는 의식이나 마음이 없어지고 '나'라는 생각도 사라지는 것을 뜻함. '나'를 중심으로 의식이 작동하는 것이 사라져서, 자유롭고, 평온하고 환희로운 상태 속에 있게 된다.
- 웃차, 웃차 utcha, ᚘ ᚛ ᚚ (उत्चा): 떠나가다, 출발하다. set out, begin.
- ～테지 teji, ᚛ ᚛ ᚝ ᚞ (तेजि): 결과를 말하게 되는 원인이다, ~로 여기다, 깊이 생각하다, 수행되다, 이룩되다, 관찰되다, 정리되다, 보호되다, 준비되다, 계획되다. cause to be said, regarded as, considered, performed, work out, observed, arranged, protected, planned.
- 모든 modhen, ᚖ ᚘ ᚙ ᚝ (मोधेन): 모여든, 집합된, 물건의 모든 종류. collective, assembled, all kind of things.
- 까 ka^, ᚗ ᚛ (का): 원하다, 바라다, 동경하다, (원해서) 시중들다, 흥미를 느끼다, 즐거운, 만족한, 기쁜, 사랑, 선호하다, 행복, 즐거움, 왕, 머리, 물, 훌륭한, 빛, ('~좋게'의 '게'어원으로서) ~에 합당한, 적당

한, 동의하는. desire, wish, yearn for, attend to, to be interest in, pleased, love, prefer to, willing to, happiness, joy, king, water, splendor, light, fit, proper, agreeable. (본디 '~까?'는 좋은 것에 같이 참여하고 싶다는 긍정의 뜻임)

- **다 썼다** das-ta, ᛏ ᛃ ᛕ (다쓰-): 소실되다, 소진되다, 다 사용했다, 탈진했다. to be burned down, used up, exhausted.
- **바람** vaha-ram, ᚦ ᚴ - ᛁ ᛉ ᛗ (바하-ㄹ미): 공기, 바람 불다, 숨 쉬다. wind, air, wind blows, blow air, to blow, breath.
- **바** va, ᚦ (바): (바람)바, (바다)바, (이른바)바. wind, air, water, the ocean, speak, say, address. ('바람'의 '바'에는 물, 바다의 의미가 들어 있다)
- **람** ram, ᛁ ᛉ (ㄹ미): (바람)람, (사람)람, 기쁨, 즐거움, 행복함, 크게 기쁘게 됨, 기뻐하게 됨. delight, enjoy, make happy, to be rejoiced, delighted. (사람도 바람도 기쁘고 행복한 존재라는 것을 의미한다)

아니랑게

전라도 사투리로 하자면,
아니랑게,˚
아니야˚……
마음을 오래 들여다본다고만 해서
마음˚이 완전하게 편해지는 것은 아니랑게

경상도 사투리로 하자면, 어디예˚
아니예,˚아니야……
생각을 하나로 집중한다고만 해서
온전한 마음의 자유를 얻는 것은 아니에

사무치게 ―'존재'가 왜, 이렇게 있는가―에 매달리다가
한순간 '죽어도 좋아' 하는데
어머나˚!
오매!
우짖는 창밖 새소리에
단박에, 찰나에,
나라는 생각이 없어져버렸는가! 하는 체험 이후에나

되었네
되어부렀네잉
좋아라잉* 한당께*

긍께*
나라는 의식이 없어져야 한당께로,
삼라만상이 나에게 결합되어 인식되는 것이
없어져야 한당께로,

상황과 나와의 관계로 인해 생기는
이러니, 저러니,
기분이 어쩌니, 느낌이 저쩌니 하는 것도 나라는 의식이
없어지면
사라져부러!
세상 만물이 그대로 아름답고 귀해부러
자유롭기가 그지없고잉*

- 랑게 langhe, (랑톄): 전라도 사투리, 말하다, 강력히 권고하다, 충고하다, 강조하다, 권유하다. speak, urge, advise, recommend, induce. (영어의 '언어, language'의 어원이 되기도 하는 단어임)
- 아니야 aniya, (아니야): 아니다, 각자 의견이 다르다, 우주에 없는 사실이나 이유, 틀린, 사실이 아닌. untrue, different from the opinion each other, truth or reason not contained in the universe, false itself.
- 마음 ma^um, (마옴): 마음, 몸, 생각하는 기관, 생각, 인지, 측정, 계산하는, 그리다, 의식하는 능력. mind, body, thinking organ, think, perceive, measure, count, figure out, estimate, conjecture, calculate, faculty of consciousness. (마음과 몸이 하나의 단어였고, 마음이 몸이고, 몸이 곧 마음임을 뜻했다)
- 어디예 a-dhi-ye, (아-디-예): 경상도 사투리로 '아디예', 그렇게 생각되지 않는다. not be so regarded or considered.
- 아니예 a-niye, (아-니예): 경상도 사투리로 '아니다', 부정적인, 다른, 동의하지 않는, 옳지 않은. negative, different from, not agreeable, not in the right, not true.
- 어머나 a^mna, (아마,나): 놀라 소리 지르는, 생각할 수도 없는, 추측할 수도 없는, 상상 할 수 없는, 기억을 부르는. exclaiming with wonder, unthinkable, immeasurable, inconceivable, calling to memory.
- 긍께 ghin-kheya, (긍-쎼야): 전라도 사투리, 긍정해서 찬성하다, 명예롭게 생각하고, 이미 알아서 찬성하고 밝히다(긍+께).
- 라잉 ra-ing, (ㄹ-잉): 좋아하다, 애착을 갖다, 들러붙다, 관심을 갖다. prefer, like, adhere, attach, to be interested in, concerned with, about.
- 긍肯 ghin, (긍): 긍정하다, 찬성하다, 명예롭게 여기다, 이미 알다. to be approved, agreed, glorified, honored, acknowledged.
- 께, 게 kheya, (쎼야): 찬성하다, 밝히다, 계쌀. to be approved, agreed, made clear.
- 잉 ing, (잉): 전라도 사투리, 움직이다, 흔들다, 마음이 뒤흔들리다, 액체가 휘저어지다, 가다, 앞으로 가다. to move, shake, be agitated, to go, go to or towards.

271

마음과 몸

생로병사에 대해 괴롭게 생각하는 마음을 덜어내기 위해
마음만을 닦°는 것을 강조하다 보면
마음°과 몸°이
저만치 서로 다른 것인 같이 여겨지네
고행으로 몸을 힘들게도 하네

흰 구름처럼 피어났다 사라지고
없어졌다 생기는, 생각으로 된 마음이여
자기 몸을 나라고 생각하는 놈°이 사라지°면,
무아無我를 체득하면,
대자유를 얻게 되기도 하지만

우리 옛말의 마음이라는 단어와
몸이라는 단어는 하나의 단어였고 뜻도 하나였으니

그렇구나
자연과 하나이던 영성의 시대부터
마음이여,
마음이 자유로우면 몸도 자유롭고,

마음이 자유롭게 되려면
몸도 자유로워야만 했었구나
몸도 고통에 매어 있지 않아야 했었구나

- 마음, 몸 ma^um, ꑀꑀꑀꑀ(마3매) = manah, ꑀꑀꑀꑀ(마ː): 마음, 몸, 생각하는 기관, 의식하는 능력, 추측, 측정, 계산하다, 모습을 속으로 그려 보다. mind, body, thinking organ, faculty of consciousness, think, perceive, measure, count, figure out, estimate, conjecture, calculate.
- 닦 dhakk, ꑀꑀꑀꑀ(닥): 닦다, 물로 씻다, 세척하다, 깨끗이 하다. wash with water, wipe off, brush, cleanse, sprinkle, annihilate.
- 여 yu, ꑀꑀ(유): 사투리로 '여(주다)', 여(다), 기쁘게 주다, 제시하다, 기부하다, 여미다, 조이다, 하나로 하다, 마구를 채우다, ~을 잡다, 가지다, 얻다, 유지하다. please to, glad to give, offer, donate, bind, fasten, unite, harness, take hold of, tie up with, take, get, gain, put into, keep.
- 놈, 느미 nme, ꑀꑀꑀ(먀ᇹ): '놈'의 옛말 '느미', 이놈의 것, 이놈의 물건, 일, 그 자식, 아무개, 친구. one, several, some one, thing, a person, this, that one, fellow.
- 느마 nema, ꑀꑀꑀꑀ(네마) = nme, ꑀꑀꑀ(냐): '놈'의 옛말로 '(그) 느마'.
- 사라지, 스러지 sruji, ꑀꑀꑀꑀꑀ(스지): 소멸, 쇠멸, 쇠잔하다, 사라지다, 스러지다, 쓰러지다, 붕괴하다. perish, disappear, wither, pass away, died, to be ruined, withered, dissolved, collapsed, broken down, fallen down, declined, set off.

아유하 방아 찧다

죽음이 오면 몸도 버리고 떠나는데
그대여
우리 살면서 행복해지기 위하여서,
분별로 가득 차 꼬리°에 꼬리를 무는 생각들과
과거와 미래에 사로잡혀 괜스레 두려워하는
의식을 버리고 떠나자

안거°를 망치는 망상들과 이별하자
짐승°처럼 잡아먹을 듯 스스로를 몰°아가고 평온을 절°단
하는
뱀° 같은 머리° 속 사념들을 버려버리자

가°자!
막° 가°!
가버리자!
나라는 의식과 집착에서 벗어나자
나로부터 출발한 생각은 자투라기°도 남기지 말자
텅 비어서
환희와 자유로움이 가득히° 넘치게 하자

그대여,
그러다가 어느 날 어느 순간
드디어 비로소*
진리 자체와 하나가 되었다고 설*하며
환희심을 말하게 되는가
그러나 그대여,
우리는 아직 몸이라는 것과 갈*라서지 않았으니
지금부터는 몸이 하는 자비로운 행동行動을 따라가자
습관習慣을 아름답게 만들자

퍼져나가는 맑고, 밝고, 따뜻한* 기운을 보라
아유하
방아 찧다
아유하 바앙 아찧다* 가락*으로 일하면서도 노래하듯,
사는 일을 노래하며 춤추듯,
초라니*처럼, 품바*처럼,
머물 둥지*가 없어도 즐겁기만 한 동냥치*처럼,
단단한 나무 둥치에도 구멍을 뚫는 딱따구리*처럼,

무명無明을 깨뜨리는 지혜*로 가득한 부자*처럼
세상 속으로, 부드러운 기운으로, 봄바람으로 풀어지자

• 서, 설, 써 sulk, 𐩩𐩭𐩫 (술ㄱ), k 묵음: (~해)서, (~으로)써, ~라고 말하다, 설명하다, 진언하다. narrate, tell, say, mention, address, explain, stay, remain, to be addressed, mentioned. 전라도 사투리로 '(~했)써(밥 무으써)', 당위로 하였다, 머물다, 일을 끝냈다. to be done or should be done, stayed, stayed, made, worked out, performed.

• 꼬리 khori, 𐩭𐩬𐩢𐩩 (꼬리): 매력적인 혹은 감각적인 기술이 풍부한 여인, 몸을 떨다, 유혹하다, 매혹하다. a attractive or sensually skillful woman, to quiver, tempt, cause to fascinated. (엉덩이를 흔들며 유혹한다는 뜻의 '꼬리'에서 후에 '꼬리 치다'가 나왔고, 짐승의 '꼬리'라는 단어로 정착됨)

• 안거安居 an-gha, 𐩩𐩭𐩬𐩢𐩩 (안-): 집 안에서 머물다, 집에서 생활하다, 불교에서 하안거, 동안거 착수하다, 시작하다, 시행하다, 진행시키다. stay inside a home, dwell in the house, set out (as a seasonal practice of meditation), commence, put into effect, drive, incite, impel, begin to discipline body and mind in a season of summer and winter.

• 망치다 man'c-chid, 𐩩𐩭𐩬𐩢𐩩𐩫 (망취ㄱ-치ㄷ): 사기치다, 부정행위를 하다, 파멸시키다, 파괴시키다, 못 쓰게 만들다, 소멸되다, 죽다, 쪼개지다, 좌절되다, 실패하다, 시들게 되다. cheat, deceive, ruin, come to destruction, cause to be spoiled, deceived, perished, split out, frustrated, failed, ruined, withered.

• 짐승 jim-sin'gh, 𐩫𐩩𐩭𐩬𐩢𐩩𐩫 (짐ㅅ-신): 동물, 곤충, 미생물, 세균. animal, insect, germ, bacteria.

• 몰殺 mri, 𐩩𐩭𐩩 (무ㅇ): 죽이다, 사냥하다, 죽다, 해를 끼치다. kill, hunt, die, harm.

• 몰이가다 mri-ga, 𐩩𐩭𐩩𐩫 (무ㅇ ㄱ) = mori-gaya, 𐩩𐩭𐩬𐩢𐩩𐩫 (무ㅇ까야): 사냥가다, 사냥하다, 쫓다, 찾다, 죽이다. go hunting, hunt, chase after, seek, kill, to be searched for, chased after. (한자 '몰殺'이, 우리말 '몰이가다'의 '몰'로서, 한자가 우리말을 기록한 문자라는 예이다)

• 절(折,切) chur, 𐩭𐩬𐩢𐩫 (쭈ㄹ): 절단하다, 조각내다, 칼로 죽이다. cut off, break in pieces, kill with a sword. (한자가 우리말을 형상화한 문자라는 예의 하나이다)

• 뱀 vi-yam, 𐩭𐩩𐩫𐩫 (비-얌): 사투리, 옛말로 '비암', 뱀, 더 길게 늘어나다, 길게 뻗다, 건너다, 구불구불하다, 기어가다, 널리 뻗다, 퍼

지다, 길을 횡단하다, 가로지르다. a snake, to extend, stretch out, cross over, meander, crawl, spread out, cross ways, traverse.

• **머리** mauli, (मौलि): 머리, 몸 꼭대기, 사람, 우월함, 초자연적인 능력을 지닌 초월적인 몸 기관, 최상의 감각 기관. head, top of body, people, the excellent, transcending organ of the supernatural faculty, superb sense organ.

• **버리(다)** vriji, (वृजि) = vrija, (वृजः): 내다 버리다, 내려놓다, 포기를 선언하다, 자르다, 포기하다, 유기하다, 제거하다. throw away, put down, renounce, relinquish, cut off, give up, abandon, remove.

• **가** gah, (गः): 가자, 빨리 가자, 서둘러 떠나자. let's go along, hurry up to leave, hasten to go off.

• **막** makk, (मक्क): 막 가다, 앞으로 가다, 가까이 가다, 거침없이 가다, 전진하다. go forward, approach, proceed, move forward.

• **가** ga, (ग): 가다, 떠나다, 죽다, 꺼지다, 고갈되다(그 사람 맛이 가다). go away, pass away, die, wither, exhaust.

• **자투라기** jaturaki, (जतुराकि): '자투리'의 옛말, 사투리, 나머지, 금속이나 옷감 조각으로 잔여분, 자손, 방계 가족. left-over, remants(as scraps of metal, piece of fabrics), descendants, branch(as family)

• **가득히** gad-khi, (गद्-खि): 가득 차다, 넘치게 하다, 앞으로 붓다. full, cause to be overflowed, pour forth.

• **비로(소)**, **비롯** viruh, (विरुः): 생명의 싹이 나오다, 싹, 아이나 정액이 나오다. sprout out, shoot forth, bud, arise(as semen virile, fetus). (생명의 발아를 의미하다가, 무슨 일이 그것으로 인하여 시작된다는 의미로 확장되어 쓰임)

• **설**說, **서**, **썼** sulk(k 묵음), (सुल्क): 말하다, 이야기하다, 설명하다, 사투리로 '~(그랬)서', '(했)시야', '(했)서'의 서, 시, 머물다, 설치하다, 만들어지다. narrate, tell, say, mention, address, explain, stay, remain, to be addressed, mentioned, to be done or should be done, made, work out, performed. (한자 설說도 중국 대륙에서 만들어질 당시의 우리말을 표현하는 문자라는 것을 보여주는 예이다. 그리고 '했어'의 경우 '했did'다는 것을 '말하는speak' 것을 의미하므로 '했어'가 아니라 '했서'가 어원으로 봐서 옳다. 연음법칙이 적용된다면 '어'는 의미가 없는 발음기호로서만 작

용하는 것으로 이는 어원적으로는 맞지 않다)

- **갈** gal, ㅈㅉ� (गल): 갈리다, 분리되다, 나뉘다, 떠나다. separate, divide, leave, depart.

- **따시다** tus'ta, ㅈㄹㄻㅈ (तुस्त): '따뜻하다'의 옛말, 사투리로 '뜨시다', '뚜시다', '떠시다', 따뜻해진, 달궈진, 따뜻한, 축복, 편안한, 행복한, 기분 좋은, 더없이 행복한. heated, got warmed, steamed, roasted, warm, blessing, comfortable, happy, delightful, blissful.

- **아유하 바하 앙 아 찧다** a^yu^ha-vaha-ang-a^jita, ㅉㄹㅎㅈ ㅈㅈ ㅉㅈㅈ ㅉㄻ ㅎ (आयुह-यहा-अङ्-साजिता): 어서 와서 방아 찧자. hurry up!, come over, hurry up to the water mill-hut, so as to pound and peel the bark of grains or let's grind the grains in the motor.

- **가락** ka^rak, ㅈㅉ ㅈㅉㅈ (कारक): 노래 부르다, 노래, 찬송, 큰 즐거움, 큰 기쁨을 주다. sing, song, praise, delight.

- **초라니** chorani^, ㅉㅎㅈㅉ ㅎ (चोराणी): 전문적인 전통 무용가, 무대에서 춤추는, 링 안에서 춤 추는. a professional folk dancer, to dance on a stage or ring.

- **품바** phumphua, ㄹㄹㅈㄹㄹㅉ (फुम्फुआ): 불꽃이 튀는 타닥 치칙 소리를 흉내 낸, 베를 짜는 베틀에서 나는 박자를 맞춘 쿵덕쿵 소리를 흉내 낸, 대장간의 큰 화로의 쉭쉭거리는 풀무를 흉내 낸. imitating sound made by the crackling of a fire, weaving imitating air blowing tool in a smith burning furnace. (불꽃, 베틀, 풀무질 소리처럼 박자를 맞춘 흥겨운 소리, 타령을 의미하다가, 후에는 그것을 연희하는 사람이라는 의미까지 확대됨)

- **둥지** duh-ungji, ㅈㅎ ㅈㄹ ㅆㅎ (दुह-उङ्ज): 태어난, 부화된, 둥지 튼, 둥지에서 젖, 영양분 먹이는. to be born, hatched, nestled, milked, nourished in a nest.

- **동냥치** doh-ni-nya-ang-ci, ㅈㅎㅈ ㅈ ㅎ ㅈㄹ ㅉㅉ ㅈ ㅎ (दोह -नि-न्य-चि): 걸인, 탁발하는, 구걸하는, 이웃에게 도움을 요청하는. a beggar, medicant, make begging, ask for help from the neighbor.

- **딱따구리** tak tak-guri^, ㅈㅉㅈ ㅈㅉㅈ ㅈㅈㅈ ㅎ (तक तक- गुर): 나무를 부리로 쪼면서 울리는 소리를 내는 새, 부리로 나무를 쪼는 새가 울리는 소리를 내다. a roaring bird of wood pecker, a wood pecker roars.

- **지(혜)** dhi^, ㅈㄹ ㅎ (धि): 지혜智慧, 현명함, 현명한, 지적인, 지성, 깨우친 마음, 지식. wisdom, wise, intelligent, intelligence, enlightened mind, knowledge. (한자, 지智가 우리말 '지'를 문자화한 것임을 볼 수 있다)

• **부자**(富) pu^ja, ㄷㅈㄷㅉㄸㅉ (ㅂㄲ): 부자富者, 부유한 사람, 현명한 사람, 예배하다, 숭배하다, 공경하다. a rich man, wise man, worship, revere, honor. ('부자'라는 우리말이 먼저 있었고 후에 한자 '富者'가 만들어졌음을 알 수 있다. 그리고 히말라야에서 살 때 우리 민족 안의 '부자'는 매우 존경을 받았으며 숭배의 대상이었다!)

비단 짜기 삶

베틀에 잉아*를 걸고 북을 움직인다
하늘과 땅 사이도,
시간과 시간 사이도 커다란 베틀이다
삶의 과정은 날실 사이를 씨실을 품고
잇따라* 왕래하는 북이다

왔다 갔다 왔다 갔다 하는데
한 필의 비단*이 완성된다

마음도 베틀이다
왔다 갔다 하는 북이 있*어
망상과 번민이 끊임없이 생겨나고 사라져도
본래 변함이 없는 것으로 잉앗대가 있었다*

북이 되어 살아, 왔다 갔다 하는 날마다의 삶에
이리 치*이고 저리 치이면서,
도무지 존재의 근원을 알 수 없어서,
살아 있는 것이 사무치고 사무쳐서

잉앗대에 잉아처럼
'있는 것들'에 대한 생각을 걸었고
한시도 놓지 않고 잊지 않았다

어느 찰나,
어!
잉아마저 사라진 순간,
한 폭의 비단이
허공을 훨훨 자유로이 나비 되어 날았다

- **잉아** ing-a, ঙ𑀘-ম (ङि-ग): 직기의 축, 직조할 때 실을 조정하는 것. a spindle for the loom, weaving thread pilot.
- **잇따라(이따라)** itara, ঙ ᅎ ᅎ ম (इतर): 다른 것 뒤를 계속하다, 연이어 하다, 뒤따르다, 이것과 저것. continued the one after another, consecutive, follow one after another, this and that.
- **비단** vi-dha^na, ᅐ ঙ-ᅕᅗ ᅎ ম (वि-धन): 짜여진 비단, 비단실, 비단 천을 짜다, 비단실을 베틀에 묶다, 정돈하다, 만들다, 창조하다. woven silk, silk thread, interplaiting silk fabric, put in order, arrange, seat, build, create.
- **있(잇스)** i^s, ঙ ᅲ (ईस): 가지고 있다, 소유하고 있다, 소유한 것을 지킨다. have, possess, retain, hold, protect.
- **있었다** i^s-ita, ঙ ᅲ-ঙ ᅎ (ईस-इता): 가지고 있었다, 소유하고 있었다, 있는 것을 지켰다. had, possessed, retained, protected.
- **치** ci, ᅎ ঙ (ची): 치욕을 당하다, 미워하다, 혐오하다, 생각하다, 인식하다, 가치를 찾다, 기르다, 양육하다, (소, 말, 양을)치다, 마음이 가다. detest, hate, disdain, perceive, think, recognize, seek, search, grow, foster, to be milked, nourished, fix, turn one's mind toward, attend, diffuse(light, beauty, idea) over, cherish.

낙타

사막을 걸어가는 것처럼 일생을 산다
비가 내려도 사막인 것은 마찬가지

음마*!
비 오다*가 또 비 온다! 중얼거리며
한시도 멈추지 않고
무슨 짓*인가를 하며
몸을 움직여 무엇인가를 향해 간다

땅은 말라서 벌써 모래밭이다

걷다 보면
오! 와서 쉬*세요! 하고 서 있는,
어딘가에 있다는
오아시스*에 가 닿을 수 있을까
쉼터*를 만날 수 있을까

…………

자네*
오늘도
터벅터벅 길*을 걷는 사람아
이미 그대 안까지 번져온 사막을 걷고 있구나

걷자꾸나
어느 모래 산 위에서
눈썹 긴 낙타를 만나는 한순간이 있어
푸른 숲이 거기 반기*리
숲 그늘에서 하냥 쉴 수 있으리다*

- 음마, 움마 uma, ꗊ ꗊ ꗊ (उमा): 상상할 수 없는, 불가사의한, 엄마, 어머니. inconceivable, unimaginable, mother, mammy.
- 비오다 vi-o-d'ha^, ꗊ ꗊ - ꗊ - ꗊ ꗊ (वि- ओध:): 비에 젖다, 비 내리다, 비 뿌리다. raining down, get wet in the rain, sprinkle.
- 짓 cit, ꗊ ꗊ ꗊ (गइत) = jit, ꗊ ꗊ ꗊ (जइत): 행동, 활동, 태도, 생각, 인지, 관찰, 이해, 마음을 맞추다, 치유되다, 완치되다, 의학적으로 치료되다. behavior, act, manner, think, perceive, observe, comprehend, fix the mind on, to be healed, cured, treated medically.
- 쉬 si^, ꗊ ꗊ (सि): 전라도 사투리로 '시', '(어서) 시(어라)', 휴식하다, 눕다, 자다, 쉬다, 몸과 마음을 재충전하다, 수면하다. take rest, lie, sleep, refresh body and mind, repose.
- 오아시스 oasis, ꗊ ꗊ ꗊ ꗊ ꗊ (ओअसिस): 사막의 푸른 쉴 곳, 오! 와서 쉬세요. a green field in the wilderness of sand-dunes, oh! come here so as to take a rest.
- 쉼터 sim-thu, ꗊ ꗊ ꗊ ꗊ ꗊ (सिम-थु): 휴식하는 구역, 방이나 실室. a rest area, room or hall.
- 자네 jana, ꗊ ꗊ (जन): 사람, 인간, 세상. a person, human being, world.
- 길 giri^, ꗊ ꗊ ꗊ ꗊ (गिरि): 산 계곡의 다져진 길이나 소롯길, 산악, 언덕. a trodden way or alley way in the mountain valley, a mountain, hill, rock, rising ground.
- 반기 vand-gi, ꗊ ꗊ ꗊ - ꗊ ꗊ (वन्द - गी): 반기다, 반가이 맞다, 환영하다, 찬탄하다, 축하하다. salute, praise, accept, honor, sing along celebrate, accompany.
- 리다 ridha, ꗊ ꗊ ꗊ (रिधा): 이루다, 성공하다, 접근하다, 분투하다. accomplish, succeed, approach, exert one's.

어머나

아씨바*
아씨발!
아슬*아슬했구나
차에 부딪힐 뻔했구나

살아났으니
무슨 일에도 아쉽다고 하지 말고
어머나*
어머나 하면서 기뻐해야겠구나

어느 곳에 가서도
이곳에!
기적처럼 왔*다고 여겨
일터이면 참되이 즐겁게 일하고,
식당이면 참말로 맛있게 얌*얌 먹어야겠구나

이 순간도
어머나! 어머나!
펼쳐진 삼라만상이 참으로 환하게 좋구나!
외치고 좋아해야 하구나

- **아씨바** a-siva, 쳐 𝆑 ⽰ 𝆑 (अ- शिव): 아씨발, 재수 없는, 불친절한, 상서롭지 않은. unfavorable, not suspicious, unkind, unlucky.
- **아슬** asri^, 쳐 𝆑 ᴵ ⽰ (अस्रे): 아슬아슬한, 위험한, 판자나 절벽의 날카로운 모서리에 서 있는, 칼날의 날카로운 모서리에서 위험에 직면한. feeling suspensive, thrill, dangerous, standing on a sharp edge of a board, cliff. facing a danger on a sharp edge of a sword.
- **어머나** a^mana, 쳐 ᴣ 𝆑 (अम्मः): 기쁜, 즐거운, 경이적인, 만나서 기쁜, 즐거운. delightful, joyous, pleasant, glad, pleased to see, delighted to meet or come across.
- **왔** as, 쳐 𝆑 (यथा): 왔다, 집에 오다, 도착, 어떤 상태로 있다, 살다, 존재하다, 거주하다. arrive. reach to house, to be, live, exist, take place, abide, dwell.
- **얌** yam, ᴣ 쳐 ᴣ (याम्): (얌얌) 먹다, 먹을 것을 주어 살아가게 하다, 살기 위해 먹다, 먹이다, 양육하다, 음식, 영양분, 젖 먹다, 먹이다. sustain, nourish, give food, feed breast, milk, foster, meal, nourishment, to be nourished, milked.

목이 긴 구두

걸으면서 하나*의 생각에 매달려
땅바닥을 밟* 았다
나라는 생명의 시작과 끝 그리고 현존은
어떤 의미인가 하고
집중하고 집중하였다

때로는
걸음걸이 하나, 하나에 마음을 모았다
펼쳐진 세계와 시간과 한 덩어리가 되는 것처럼 느낄 때도
있었다
한 걸음, 한 걸음을 대지를 다지* 듯 온전히 인식하였다
걸음마다 발바닥에 닿는 지구별과 소통하였다

고등학교 때 문학의 밤 준비로 계단을 뛰다가 접질러
넘어져* 끊긴 발목 인대 부위가 시큰거려
어른이 되어서는
발목을 높이 감싸는 구두*를 자주 신었다

많이 헤지고 구린* 냄새가 배었어도

목이 긴 구두가 좋았다
그러던 어느 날
어느 찰나 이후
그 구두를 쓰레기통에 버렸다
발걸음이 자유로움 속에 있었기 때문이다

- **하나** hana, (허): 창끝, 칼, 화살 끝. (예: 가족을 해친 원수여! 내 칼, 하나 받아라) spearhead, sword, arrow head. (처음에는 도구의 날카로운 끝을 의미하는 단어였다가 후에 숫자 하나가 되었음)
- **밟** barb, (바릅): 밟다, 밟고 가다. step on, walk along, go, move, tread along.
- **다지** dardhiya, (दर्दीयात्): '다지다'의 옛말로 '다디다', 사투리, 단단하게 하다, 굳게 하다, 튼튼하게 하다. to be hardened, fixed, strengthened.
- **니머지다** ni-majji-dha, (नि-मज्जि-धा): '넘어지다'의 옛말, 사투리, 아래로 넘어지다, 거꾸러지다, 뛰어들다, 물에 가라앉다, 목욕하다, 뚫다, 잠수하다. fall down, plunge into, dive into, sink down, bathe in, penetrate in, submerge, to be fallen down.
- **구두** guh-duh, (꿍): 신발, 발싸개, 보호하는, 숨기는. shoes, feet cover, protect, hide.
- **구린** ghurin, (푸린): 악취가 나는, 더러운 냄새가 나는, 제멋대로인 냄새가 나는. smell stinking, smell dirty, smell spoiled odor.
- **어느** anu, (अनु): 어느 방향, 어느 곳, 어느 시간. to what place, along, together, ~with, approaching, wherefore, under, instantly, at, away, after, following.
- **따마** tama, (뜨마): '때문에'의 옛말, 사투리, 누구의 욕구 때문에, ~로 인하여, 욕구. owing to one's desire, due to one's darkness, anxiety, distress, ignorance, because of~, destitute of knowledge or wisdom, on account of ignorance.

1. 우리말은 먼저 산스크리트어로 문자화되었고 후에 한글이 창제되었습니다.

2. 지금도 쓰이는 각 지역의 사투리와 조선 시대, 이십 세기 초까지의 옛말일수록 산스크리트어와 일치합니다.

3. 우리말이 먼저 있었고, 히말라야 지역에서는 산스크리트 문자로, 인도에서는 타밀어 문자로, 아시아의 대륙에서는 한자로 우리말을 기록하는 문자가 만들어졌습니다. 그리고 조금 늦게 훈민정음 즉 한글이 만들어졌습니다. 그러므로 우리말의 발음과 뜻이 같은 단어들이 산스크리트어, 타밀어, 한자어에 아주 많이 존재합니다.

4. 우리말을 표기한 산스크리트어는 발음이 우리말 발음과 같으며 그 뜻도 우리말과 같습니다. 훈민정음에서 보이는 지금은 사라진, 모음의 중간 소리와 자음의 복합 소리가 아주 많은 예에서 발견됩니다.

5. 각 지역의 사투리는 우리 고어가 지금까지 남아 있는 것으로 우리말의 본디 발음과 뜻을 그대로 가지고 있습니다. 사투리가

남아 있는 이유는 깊고 풍부한 의미에 있고 또 발음이 쉽기 때문입니다.

6. 한자를 읽는 우리말의 발음과 뜻이 산스크리트어와 일치합니다. 그 예가 되는 한자가 아주 많으나 단어들이 시詩 안에 쓰임을 받아야 하는 까닭에 극히 일부만을 기록했습니다.

7. 산스크리트어는 인도 유럽어의 어원이 되는 언어라고 옥스퍼드 사전에 명기되어 있습니다. 산스크리트어와 같은 시원을 가진 우리말이 인류 초기의 언어라는 것을 에둘러 밝히고 있습니다.

8. 우리말은 인류 문명 초기에 발생했으므로 현재의 침팬지 같은 유인원이 쓰는 언어처럼 단음절부터 의미를 갖습니다. 그러므로 한글은 표의문자이기도 합니다. 자연을 경외하고 하늘을 경배하던 동굴 생활에서부터 사용이 시작되었기 때문에 동굴 언어이며 영성언어입니다.

9. 우리가 현재 읽는 한자 단어의 발음이 중국인이 읽는 발음에 비해서 원래의 발음에 가깝습니다. 강성원 박사의 『동국정운』 연구에 의하면 한자의 원래 발음은 그대로 우리말과 산스크리트어 발음입니다. 한자는 우리말을 표기한 우리 문자라는 의식이 우리에게 있어서, 오랫동안 우리 민족이 한자를 우리말을 표기하는 글자로써 거부감 없이 사용해왔습니다.

10. 우리말의 원래 뜻과 어원은 우리말을 초기에 기록한 산스크리트어에 그대로 남아 있습니다. 산스크리트어는 우리말을 기록한 옛 문자입니다. 더욱 많은 연구가 이루어지길 기원합니다.

11. 산스크리트어와 한자, 타밀어가 발생된 지역은 우리말이 고대에 사용된 지역입니다. 히말라야산맥과 광대한 아시아 대륙에서 우리말을 사용했던 선조들의 삶이 기록된, 장대한 우리 고대 역사를 반드시 복원해야만 합니다. 초기 언어를 사용했을 구석기 시대와 신석기, 청동기, 철기를 썼던, 마고, 환인황제들, 환웅 황제들, 단군황제들 시대의 역사를 언어학과 고고학을 통해서 밝혀내야만 합니다. 그래야 비로소 삼한, 그리고 삼국, 사국 시대와 같은 후대의 역사와 강역도 더 정확하게 알 수 있을 것입니다.

12. 우리말의 시원을 확실히 알면, 우리 민족의 정신과 문화 그리고 장대한 역사를 알 수 있습니다. 반드시 대중들에게도 교육되어야 할 것입니다.

13. 훈민정음에는 있으나 현재는 쓰지 않는 여러 글자와 소리가 있습니다. 그중 연서連書와 병서竝書원칙을 순경음 ㅂ과 ㅍ 그리고 닿소리 ㄹ에 적용한 ㅸ , ㆄ, ㅰ만이라도 되살려야 합니다. 현재 두루 쓰이는 영어의 우리말 외래어 표기 시 V, F, R에 만이라도 ㅂ, ㅍ, ㄹ 대신에 각각 ㅸ , ㆄ, ㅰ을 적게 하면 영어에 대한 우리 발음과 표기가 더 정확해지고 세계 최고의 문자인 한글의 완벽함이 더해질 것입니다.

14. 한자는 우리 민족이 중국 대륙에 머물고 있을 때 만든 글자입니다. 중국 진나라 이전에는 실로 우리 민족의 한자韓字입니다. 한자 교육을 부활하여야 합니다.

| 찾아보기 |

ㄱ

~가 129

가두다 67, 221

가득히 279

가뜩(이나) 255

가락 280

가르치다 118

가마(그릇 굽는) 255

가(어디로 가다) 54

가(죽다) 29

가지(나뭇가지) 264

가지(다) 224

가차이 감 110

간드러(지다) 115

갈 280

갈다(날카롭게 하다) 118

감(은) 127

갓 260

갓난아기 260

갔다(죽었다) 64, 99

갖(다) 264

갓다 54, 105

같다 99

개안타 217

거름 67

거시(기) 49 159

거울 255

거짓말 60

거허 217

건더기 60

건드리다 55

건디기 60

겁 68

겁나다 32

것이다 175

게으르(다) 254

계시(다) 40

계시啓示 159

고 44, 104

고기 67

고꾸라지다 104

고맙습니다 246

고뿔 32

고샅길 120

고와라 44

고요 47, 179

고을 44, 104, 179

고치다 214, 246

곧 224

곧이 60

골 246

골나 217

골치 246

곳 55
곳이(장소) 224
구나 186
구(나쁜, 구겨지다) 113
구두 292
구린 292
구린(내) 238
구(말하다) 169, 175
구먹(구멍) 151
구비지다 134
군(~구나, 굴다) 156, 246
굴(동굴) 33, 61
굴(복하다) 254
굽(굽어살피다) 61
(귀)머거리 239
그 83
그(그만두다) 211
그까짓거 112
그 느므커 깠다 112
그늘 199
그래 254
그래(서) 64
그래스리헷수다 114
그랴 159
그러니까 176
그러므로 156
그러하 175
그러하고 175
그러항께네 176

그런 기야(그런것이야) 191
그렇게 68, 175
그렇다 175
그렇지 176
그리 256
그리고 175
그리야 99
그리유 99
그리티야 175
그만두다 68, 211
(그제서)야 112
글러(었다) 115
글쎄 256
긍 175
긍께 175, 271
기가 237
기냥 111
기려 111
기르다 253
기리고 175
기리야 99
기(생명령) 237
기야 112
길 287
길바닥 72
까 222, 267
까다 118
까다롭다 221
까뜩 114

까마(검은) 120
까마귀 239
까만 120
깔끄막 73
깔아 221
깜(검은) 127
깜(앞선자) 264
껄렁 253
껏(맘껏) 234
께 49,159
께끼 151
께야 49
꼬 32
꼬꼬댁 72
꼬(꼬마) 32
꼬리 278
꼬마 32
꼴 238
꽂다 224
꾸(나쁜) 113
꾹(꼭) 260
꿇(다) 236

ㄴ
나 32
나(놓여나다) 260
나누(다), 나나 186
나라 183,211
나락 237

나투다 32
날 246
낮 165
낭 214
낳다 214
내려가 120
내버리다 61
내일 257
냉갈 159
냐 64
널뛰(고) 236
넘어가 165
넣(다) 237
넣다 117
네 264
네미 264
네미럴 264
녹쐈다 116
놀(다) 253
놈 274
높이다 152
누리 211
(눈,귀)머흐다 114
뉘 264
뉘우치다 114
느그 214
느마(놈) 274
느미(놈) 274
늘 68

니 29, 138, 207, 264
니그라디(다) 113
니그러디(다) 116
니그려뜨리다 112
니다 40, 205
니르바 152
니머지다 292
니미가(다) 120
니불 134
니사금 170
니아가 76
니예 264
니자 214
님 138

ㄷ

~다(상태되다) 93
다 267
다그치다 237
다듬다 246
다듬이 55
다디다 292
다락 73
다리다(약 다리다) 119
다부지다 55, 236
다ㅅ 267
다솜 267
다시(다) 152
다 썼다 237

다음 246
다지(다) 292
다치다 254
다하(다) 234
닥치(다) 256
닦(다) 274
단군 169
단(달리다, 총탄) 169
단라자 169
단(생명의 근원, 단전) 169
달 34
달(다) 120
달(설탕이 달다) 152
달아나 132
담(다) 235
담아 56
담(흙담) 72
닿다 73
대여(주다) 112
댁 53
더냐(~하더냐) 253
더럽히(다) 194
덖(다) 115
데꼬가(다) 110
데(불에 데다) 73
도 151
도와(주다) 118
독아지 67
돈아샤(돈왔지) 166

돌아 78
동냥치 280
동이(동이족) 132
되 151
되디다 114
두(다) 211
두드라(패다) 118
두레박 238
두루 238
두루미 61
두리바(두려워) 32
두메 72
두메산골 72
둥지 280
뒤늦게 257
뒤란 32
뒤주 255
드(드시다) 54
드디어 260
드리 165
드시다 54
들 172
들이 172
듯이 205, 234
디나가다 106
디나(지나) 111
디(다) 113
디디(디디다) 132
딤채 37

따 170
따라 72
따라(가다) 115
따마(때문에) 292
따시다(따뜻하다) 280
딱까리 239
딱따구리 280
딸 214
때리(다) 221
때문에 33
떳떳 33
떼(모임) 42
떼어지다 37
뚜(드려패다) 237
뚜드(리다) 117
뛰어가 37
뛰어나 37
뜨락 37
뜨리(다) 112
뜸 234
뜻 56
띠 49

ㄹ
라(놓여나다의 나) 260
라우 83
라잉 271
라자 169
랄(랄랄랄) 230

302

람(바람, 사람) 268
랑게(랑께) 271
랑(군) 230
랑(아리랑) 138
롭다 257
리 81, 138
리(~하리랴, 좋아하다) 187
리다(이루다) 287
리사(이사) 121

ㅁ

마고 101, 148, 162
마고-성 101, 148
마(금지) 64
마냥 32
마당 194
마디예(맞지요) 125
마라 152
마루(산마루) 101
마마 202
마(마구) 92
마(많다) 247
마수 33
마신다 223
마(엄마) 92
마음 271
마(측정하다) 125
마히 113
막(다) 156

막아 156
막히다 199
만나다 246
만들다(망글다) 32
많은 61
말(말하다) 165
말씀 55
맑게 260
맘껏 234
맘마 119, 260
맛 60
망 234
망가지다 116
망글다(만들다) 32
망치다 278
맞디예(맞다) 230
맡김 56
마馬 87
머리 279
머슴 136
머시기 136
머시야 159
머(해서) 111
먹고잡(다) 119
멀건이 151
멋있다 236
멤이 111
며칠 260
모다(모으다) 246

모('못'의사투리) 110
몰랐지 83
몰이가다 278
몰沒 278
몸 274
무던(하다) 54
무덤 42
무덥다 223
무르다(연하다) 235
무섭(다) 227
무아無我 267
무찌르다 230
무(침묵, 정각) 221
무타(묶다) 239
물리치다 230
무無다(무효하다) 222
뭐라구 159
뭣이야 159
므으(먹어) 60
미르 101

ㅂ
바 81
바구니 73
바다 47, 222
바람 198, 268
바랑 223
바(바람, 바다) 198, 268
바보 239

박수(무당) 194
박(아) 117
밖(~할 밖에) 217
밖에(외부에) 217
반가이 33
반기(다) 287
받들(다) 119
받아 67
발(머리털) 54
발악(하다) 116
밝아 172
밟 199, 292
밟다 199
밥 253
밥그릇 194
밭 67
(밭을)갈다 255
배다(배어들다) 166
뱀 278
버려지(다) 115
버리(다) 279
버히다 134
벌레 237
벌어 53
벌었다 198
베 254
베풀다 119
보다 73
보리 54, 254

보지(해보지) 255
보(해보지) 81
봐봐 53
봐야(어디 한번 해봐야) 221
봐(해보다) 55
부끄리아(부끄럽다) 198
부르(불다, 부르다) 152
부리 237
부리(다) 255
부자(富) 281
분 234
불(다) 117
(불)당기(다) 119
불어나다 236
비누 239
비다(빌다) 132, 195, 223
비단 284
비로(소) 279
비록 53, 132
비 맞았다 81
비바리 81
비슷타(비슷하다) 115
비여 47
비여봐 47
비 오다 44, 81
비탈 223
빛 261
비雨 81
빠 87, 92

빨(다) 117
빨리 가 87
빨(빨아 먹다) 260
빼빼 255
뻣뻣 255
뿌리 156
뿌리치(다) 179

ㅅ

~시야(했시야) 110
사 105, 151
사나유 152
사니 152
사다 152
사라지(다) 274
사람 172
사르르 234
사리 119
사뭇 살다 166
사발 239
사이 120
사타구니 254
사투리 105
사특 227
삯 116
살림 64
살림살이 53, 64
살아나갔다 64
살아봐 64

살아지냐 64
살아지다 64
살으마 64
살이 64
살자 64
삿(되다) 227
삳(살이) 227
삳삳(이) 227
새 237
새끼 129, 255
새끼(줄) 56
서다 40
서라벌 166
서로 186
서리다 134, 255
서(설명하다) 278
설(날) 56, 136
설(설설 녹다) 60
설 쇠다 56
설(하다) 278
섬기지 165
섭(섭섭하다) 78
섰다 40
세다(힘이 세다) 129
세배 78
센 222
소름 166
소리 223
손님 152

손이 타 151
솜 섬 267
솟아 67
솥 166
쇠다(힘이 다하다) 129
쇠로기 159
수릿(날) 136
수(생명) 151
수수께끼 151
수치다 198
수태 166
순대 119
술(알콜) 199
숯 199
쉬(다) 223
섬터 287
스럽다 76
스리 138
스리랑 138
습니다 33, 40
습(찬양) 247
시냇(물) 119
시럽다 76
시름 81
시방 54, 222
시(수를 세다) 78
시시덕 198
시원(한) 54
시치미 198

식구 222
실아가 76
실아서가 76
심(힘) 81, 136
싶다 222
싸다(불이 싸다) 223, 227
싸다(오줌 싸다) 47, 73
싸우다 221
싸울아비 224
싹 129
쌀 54
쌀(사투리로 살) 68
쌈나다 221
샀다 40
써 278
썰(다) 60
썼다(말하다) 279
쑤시야 42
쓰다(사용하다) 186
쓰라(리다) 221
쓰러지다 116
쓰레(질) 118
쓰리(다) 221
쓰리 맞(다) 116
씨다(힘이 세다) 129
씨부리(다) 223
씨불이(다) 256
씹(다) 221

ㅇ

~유(충청도 사투리) 176
아구리 73
아궁이 73
아그(에그) 56
아 낳아 53, 205
아니다 235
아니야 271
아니예 271
아득캐라 127
아들 214
아딕 127
아따 186, 214, 243
아라 138
아라리 139
아레 110
아름다워 32
아름드리 151
아리 138
아리랑 138
아마 214
아바 53
아바이 53
아부지 42, 53
아비 53
아빠 87, 92
아사달 183
아서(라) 81
아슬 289

아씨바 289
아아 207
아(아니다) 29
아(아름다운) 87,138
아(아이) 205
아야 온나 56
아오 60,207
아우 234
아유하 바하 앙 아 쩧다 280
아이구 234
아이다(아니다) 235
아이(어이) 234
아자나(알잖아) 56
아재 40
아지 40
아직 127,224
아차 179
아침 260
아 틀리아(틀리다) 205
아프 42
아하 205,207,234
안거安居 278
안뗴 49
안뗴(에게) 49
안띠 49
안테 49
안티 49
알라야 129,214
알(란) 214

알(알현하다) 54
알았다 129
(았)어봐('했어봐'의 옛말) 253
앙 165
앙거(앉아) 78
앙껏두 없다 110
앙징 56
앞다지 76
앞에 가마 254
앞에다 194
앞으로 가 224
(애)닭(다) 116
애(애쓰다) 186
애햄 53
야 136
얌 289
어느 292
어(당황할 때) 260
어둑해(아닥해) 136
어둠 156
어둡다 235
어둡다(아덥다) 136
어디 243
어디로 120
어디바 127
어디예 127,271
어떻게 44,53,68
어론(황진이 시 가운데 어론님) 134
어머나 191,271,289

어무니 37, 202, 260

에비(감탄사) 194

어므나 191

엠니 37, 202

어서 81

여 274

어설픈 223

여(서)(넣어) 117

어울리다 115

여우다 113

어이 234

여자 239

어즈(르다) 115

여주다(여며주다) 236

어즈버 179

여태 256

어지르(다) 56

엮다 236

어찌까 111

오그라(들다) 32

어케 돼서(어떻게 되어서) 191

오마니 60

언 207

오메 29

언능 가(얼른 가) 55

오메야 191

언능 갔다 64

오므리 211

언니 207

오므리다 235

없다 33

오시다 44

얻은 67

오아시스 287

얼굴 33

오지구만 243

얼랄라 129

오지다 156, 237

얼(얼다의 옛말) 134

오직 60

얼(정신) 32, 134

온 207, 209

엄 87, 202

온나 162, 209

엄니 29, 202

올라오다 162

엄마 87, 92, 202

옴 267

없(다) 165

옴니 29

없다 243

옴마 202

엎다 136

옹헤야 207, 211

에누리 76, 243

왔 289

에미 37, 202

욕(욕보이다) 194

우 102
우두머리 72
우러러(보다) 257
우르 179
우리 165
우리끼리 179
우쭐 235
울렁(이는) 236
움니 29, 37
움마 202
움집 73
(웃어)싸따(앙께) 114
웃자라(다) 116
웅 102
위(위하다) 55
위하다 182
으뜸 156
으시시 으시시 44
음마 287
웃차 267
이것 221
이것이야 221
이다 249
이른 아침 136
이름 166
이리야 253
이리야 짜짜 히야 253
이바 169
이바구(이야기) 169

이쁜이 238
이시 223
이쌋나 249
이아가 76
이야기 169, 175
이(지시 대명사, 어조사) 249
이카나마 110
이카('이것' 사투리) 235
익히(다) 117
인 102
일으키다 187
임금(님금) 183
잇따라(이따라) 284
잇 249
있다 249
있었다 284
있(잇스) 284
잉 102
잉아 284
잉(전라도 사투리) 214, 271
잉태 214

ㅈ

(~)짓(헛짓) 110
자(그 사람) 113
자꾸 113
자꾸 그리야 113
자네 287
자녀 207

310

자라나다 118
자(자식) 60
자(잠자다) 40, 211
자투라기 279
잔(소리) 55
잘(잘산다) 56, 211
잠잠(히) 256
잡(다) 260
장마 120
재우다(소금에 재우다) 237
절(하다) 56, 238
절(折, 切) 278
좋다 33
즐거이 195
지(김치) 37
지나 33
지랄 230
지리다 254
지사(제사) 119
지지배 239
짐승 278
짐치 37
집 198
집안일 121
짓 287
지持 76
쪼다 254
쫓다 186
쭉 72

ㅊ
차야(충만) 67
착하스(착하다) 224
찬다(만족) 224
찰라스 101
찰랑 67
참(참 먹다) 67
처음 186
철(철들다) 68
철(물이 철철 나오다) 67
쳐들어온다 117
초라니 280
춤 223
춤추다 222
치다 118
치(치욕) 284
칠칠(맞다) 114

ㅋ
캄 127
쿠(나쁜) 113
쿨리야(코리아) 105
크샤트리아 105
키우다 118

ㅌ
~테지(그럴 테지) 267
타 238
타뺏다(타버렸다) 111

탄다(속이 탄다) 170
탄다(악기 탄다) 61
터 166
터지다 114
턱(한턱내다) 53
텃밭 42
투리 105
퉤 194
퉤퉤 194
틈 73

ㅍ
파 101
파내류국 99
파란 235
파릇 253
파미르 101
판찰라스 101
판(판을 벌리다) 100
푸닥거리 256
푸르디 55
풀 55
풀라(풀어) 234
풀어 56
품바 280
피 165
피앙(평양) 166

ㅎ
하나 292
하늘 211
하니 246, 253
하리(다) 256
하먼(경상도사투리) 156
하무니 162
하(하늘) 211
한국 103
한떼 49
한띠 49
한(스럽다) 186
한테 49
한티 49
할라(할라산) 215
할머니 215
할(할머니) 215
함 76
함께 76
(해)봐시다 113
(해)봐유 111
해야 64
해찰(하다) 114
(했는가)분디 111
했다 57
허덕(거리다) 194
허드레 238
허물어지다 33
헐(뜯다) 114

헐(헐리다) 42

헛(것) 257

환 101

환국 99

환웅 102, 170, 182

환인 102, 169, 182

효도 68

횔(횔횔) 42

휘말리다 172

흐르다 172

흑수 백산黑水 白山 236

흑흑 울다 172

흠飮 76, 139

희간(하얀) 69

히 256

히말라야 81, 162

히히 199

힘 81, 162

엄니 옴마 어무니 말씀

1판 1쇄 인쇄	2025년 5월 7일
1판 1쇄 발행	2025년 5월 7일
지은이	나해철
펴낸이	임양묵
펴낸곳	솔출판사
총괄이사	박윤호
편집	윤정빈, 임윤영
마케팅	한의연
경영관리	박현주
주소	서울시 마포구 와우산로29가길 80(서교동)
전화	02-332-1526
팩스	02-332-1529
블로그	blog.naver.com/sol_book
이메일	solbook@solbook.co.kr
출판등록	1990년 9월 15일 제10-420호

© 나해철, 2025

ISBN	979-11-6020-211-3　(03810)